미인
1941

미인 1941

초판 1쇄 발행 2024년 5월 3일

지은이 조두진
펴낸이 정성욱
펴낸곳 이정서재

편집 정성욱 이금남
마케팅 정민혁
디자인 김지현

출판신고 2022년 3월 29일 제 2022-000060호
주소 경기도 고양시 덕양구 무원로6번길 61 605호
전화 031)979-2530 ｜ FAX 031)979-2531
이메일 jspoem2002@naver.com

© 조두진, 2024
ISBN 979-11-982024-9-9 (03810)

여러분의 소중한 원고를 기다립니다.
jspoem2002@naver.com

조두진 장편소설

미인
1941

이정
서재

차
례

1941년.

충칭重慶 대한민국 임시정부는 극심한 재정난과 무기 부족에 시달렸다. 지난 해 9월(1940년 9월) 한국광복군을 창설했지만 이름뿐이었다. 병사와 무기는 물론이고 연료, 보급, 정비, 피복 같은 병참 역시 턱없이 부족했다.

임시정부 수반 김구주석은 이 난관을 돌파하려고 갖은 애를 썼다. 중국 국민당 총재 장제스와 소련 공산당 서기장 스탈린에게 여러 차례 지원을 요청했지만 답이 없었다.

1941년 6월, 독일이 소련을 전면 침공했다. 독일군은 파죽지세였고, 소련군은 맥없이 무너졌다. 모스크바 함락은 시간 문제였다.

소련 공산당 서기장 스탈린은 당황했다. 경험 많은 장군들은 동부국경을 지키는 30개 사단 병력 중 절반을 서부전선으로 이동 배치해 독일군에 맞서야 한다고 주장했다.

문제는 독일과 동맹인 일본이었다. 독일의 공세를 막기 위해 동부국경에 배치된 병력을 서부전선으로 돌리면, 그 공백을 노려 일본이 침공할 가능성이 매우 높았다. 서부전선에서 독일군의 전면 공격을 받는 마당에, 동부에서 일본의 대규모 공세를 받는다면 소련 멸망은 자명했다. 그렇다고 무너지는 서부전선을 마냥 두고 볼 수도 없었다.

그 무렵, 독일 언론인으로 위장해 일본에서 암약 중인 소련 스파이 리하르트 조르게가 극비 암호무선 첩보를 소련 정보부에 타전했다.

'일본 대본영이 천연자원 확보를 위해 군대를 남방으로 진출시키기로 비밀리에 결정했다.'

소련 동부국경에 배치된 병력을 서부전선으로 돌리더라도 일본이 침공해올 가능성은 낮다는 말이었다.

"하지만, 조르게가 타전한 정보를 어떻게 믿는다는 말인가? 동부국경의 군대를 서부전선으로 뺐는데, 일본이 대규모 공세를 취한다면…"

스탈린은 이럴 수도, 저럴 수도 없었다. 소비에트 연방의 존망이 걸린 문제였다.

김구주석은 스탈린의 그 딜레마를 파고들었다.

오자키 호츠미尾崎秀実.

일본 대본영의 군사정보를 빼내 소련 스파이 리하르트 조르게에게 넘긴 일본 고위관료였다. 김구주석은 오자키를 일본에서 데리고 나와 스탈린에게 넘기는 작전을 세웠다. 오자키가 제시하는 자료를 통해 조르게가 보낸 첩보가 정확하다는 사실을 확인하게 된다면, 스탈린은 동부 국경에 배치된 군대를 서부전선으로 옮겨 독일군에 맞설 것이다.

김구주석은 오자키 호츠미를 소련에 넘기는 대가로, 소련 동부 지역 부대가 서부전선으로 이동하며 남기는 무기를 대한민국 임시정부에 인계할 것을 스탈린에게 제안했다. 김구주석의 예상은 적중했다.

스탈린은 오자키 호츠미가 갖고 있는 정보와 무기를 맞바꾸자는 제안에 관심을 보였다. 그렇게 오자키를 일본에서 데려오기 위한 임시정부 특공대 '도쿄 납치 배달조'가 1941년 10월 도쿄로 급파됐다.

우리가 몰랐던 이야기

[1941년 9월, 충칭 임시정부-도쿄 납치배달조 출발 이틀 전]

충칭 임시정부 김규식 부주석이 특공대원 내무실로 찾아왔다.

"동지들! 인사 하시오. 이쪽은 이번 작전을 지휘할 유상길 대장이오."

김규식 부주석을 따라 내무실로 들어온 남자는 사십 대 중반으로 검은 얼굴에 강인하고도 무표정한 인상이었다. 도쿄작전에 전투원으로 참여하게 된 서우진은 그의 얼굴에서 강인함을 넘어 칼날 같은 차가움을 느꼈다.

유상길.

명성이 자자한 인물이었다. 얼굴을 직접 본 사람은 드물었지만, 충칭 임정 본부 대원 중에 그의 이름을 모르는 사람은 없을 정도였다. 히로히토 일본 천황 암살 작전, 상하이에 정박해 있던 일본군 잠수정 이즈모호出雲号 폭파 작전, 윤봉길의 홍커우 요인 암살 작전, 조선 총독 우가키 가즈시게 암살 작전에도 참여했던 정예요원이었다.

유상길은 불사신이었다. 그와 함께 작전에 투입됐던 수많은 대원들이 체포되거나 작전 현장에서 목숨을 잃었다. 이봉창, 윤봉길, 이덕주, 유진식, 장현근 등 전설 같은 동지들도 일본 경찰에 체포돼 사형됐다. 하지만, 유상길은 그 많은 작전을 수행했음에도 체포는커녕 부상 한번 입지 않았다.

대부분 그의 작전 능력을 칭송했지만, 그가 좀 의심스럽다는 말도 소곤소곤 나돌았다. 어쩌면 유상길이 일본 경찰과 끈이 닿아 있고, 모종의 거래를 하고 있는지 모른다는 의구심이었다.

나흘 전, 도쿄납치배달작전을 지휘할 대장으로 상하이에서 활약하는 유상길이 결정됐다는 소식이 전해졌다. 도쿄작전에 참여하게 된 최윤기는 고개를 갸웃거렸다.

"참, 이상해. 어떻게 그 많은 작전에 투입되고도 부상 한번 입지 않았을까? 그렇게 많은 동지들이 체포되거나 죽었는데…."

입에 올리지는 않았지만, 최윤기는 유상길이 수상하다고 여기는 기색이었다. 임정 주변에 일본 경찰 끄나풀이 한두 명이 아니었다. 솎아내고 또 솎아냈지만, 끄나풀은 비갠 후 들판의 잡초처럼 돋아났다. 믿었던 동지가 일본 경찰 끄나풀로 판명돼 처형당한 일도 있었다. 유상길이라고 일본 경찰과 내통하지 않으리라는 보장은 없었다.

"워낙 능력이 걸출하니 그렇겠죠. 용감하고 유능하면 총알도 피해간다잖아요."

서우진이 대수롭지 않다는 듯이 대꾸했다.

"아니 봐봐. 작전을 할 때마다 동료 대원들은 죽거나 다치거나 체포돼. 그런데 유상길은 멀쩡해? 그럼 이번에는 우리가 죽거나 다치는 거야? 아니면 잡혀?"

"선배는 무슨 그런 재수 없는 말을 해요. 우리가 왜 죽거나 잡혀요."

"아니, 지금까지 유상길이 참가한 작전이 다 그랬잖아? 동지들이 죽거나 실종되거나, 잡히거나…."

서우진이 최윤기의 말허리를 잘랐다.

"지금까지 유상길 대장이 수행한 건 전투나 암살이었고, 이번에는 그냥 도쿄에 가서 사람 하나 데려오는 건데, 뭘 그리 심각하게 생각해요."

"야, 그게 말이냐? 도쿄에 가서 그냥 사람 하나 데려오는 거라고? 도쿄가 왜놈들 본국이야. 거기 가서 사람을 납치해오는 게 그렇게 간단해? 전투나 암살보다 훨씬 어렵다고."

틀린 말이 아니었다. 그 먼 일본 도쿄에서 중국 충칭까지 일본 고위 관료를 납치해온다는 것은 만만한 일이 아니었다.

서우진은 혼란스러웠다.

지금까지 수행했던 작전과는 분명 다른 성질의 작전이다. 암살이나 폭파, 탈취 작전이 아니니 총격전은 없을 것이다. 총격전이 벌어진다면 작전은 이미 실패했다는 말이다. 총격전을 벌여가며 일본 도쿄에서 충칭까지 사람을 데리고 올 수는 없다. 사람을 데려오기는커녕 살아 돌아오지도 못한다. 그렇게 찜찜한 기분으로 며칠을 지냈는데, 드디어 유상길이 충칭 임정 본부에 도착한 것이다.

유상길은 주로 상하이에서 활동해온 대원이었다. 충칭 임정에도 작전 지휘 능력을 갖춘 유능한 대원들이 있었다. 지도부가 굳이 상하이에서 활동하는 유상길을 불러온 것은 그만큼 '도쿄납치배달작전'에 거는 기대가 컸기 때문이었다.

"다들 반갑소."

"반갑습니다!!"

충칭 임정 본부에 소속된 대원 중 도쿄납치작전에 선발된 대원은 3명이었다. 최윤기와 서우진은 전투원, 김지언은 전투 훈련을 받았으나 줄곧 행정업무만 맡아온 대원이었다.

유상길을 데리고 온 김규식 부주석이 특공대원들에게 당부했다.

"이번 작전은 동지들이 지금까지 수행했던 어떤 작전보다 중요하고, 특별한 작전임을 명심해 주시오."

김 부주석은 충칭 임정의 딱한 처지를 덧붙여 설명했다. 그의 말이 아니더라도 임정이 고질적인 재정난에 시달리고 있음을 누구나 알고 있었다. 충칭 이전에도 마찬가지였다. 항저우, 광저우, 치장 시절에도 연명하기 급급했다.

1921년 '자유시 참변' 이후 대한독립군의 재정과 무장武裝은 사실상 지리멸렬한 상황이었다. 일본 관동군에 맞서기는커녕 게릴라 작전을 수행하기에도 무장이 턱없이 부족했다. 임정 초기였던 상하이 시절에 잠깐 상황이 좋았을 뿐, 1921년 후반부터는 외교 선전활동이 거의 이루어지지 못했다. 1930년대에 들어와서는 대원들이 개인화기조차 갖출 수 없는 지경이었다.

'도쿄납치작전'은 김구 주석이 직접 내린 결정이었다. 현재 임시정부가 처한 난국을 타파하고, 광복군을 제대로 무장시켜 만주에서 일본 관동군에 맞선다는 계획이었다. 김규식 부주석은 배달 특공대원 한 명 한 명과 굳은 악수를 나누었다.

부주석이 대원들을 격려하고 내무실을 나가려고 돌아서는 데 문이 벌컥 열렸다. 성큼성큼 걸어 들어온 사람은 놀랍게도 김구 주석이었다. 특공대원들은 바짝 긴장한 표정으로 주석을 바라보았다. 김구 주석은 온화한 눈빛으로 대원들을 한 사람 한 사람 둘러보았다.

"동지들 고맙소. 부디 임무를 완수해주시오."

김구 주석은 커다란 눈을 끔뻑이며 대원들과 악수를 나누었다. 손을 맞잡은 김지언이 고개를 숙였을 때, 김구 주석 역시 살짝 고개를 숙여 인사했다. 옆에서 그 모습을 바라보던 서우진은 코끝이 찡했다. 아버지뻘의 김구 주석이 딸 같은 나이의 김지언에게 고개 숙여 인사했던 것이다. 옆으로 걸음을 옮긴 주석은 서우진과 악수할 때도 고개를 살짝 숙였다.

김구 주석과 김규식 부주석이 내무실을 나가자 유상길이 커다란 책상 앞 가운데로 나와 섰다.

"동지들 반갑소. 내가 동지들에 대해서 대략 알고 있듯이 동지들 또한 나에 대해 대략 알고 있을 것이라고 믿는다."

"명성은 익히 들었습니다."

서우진이 답했다.

"지금 이 시간부터 작전명에서 '납치'라는 말을 뺀다. 우리는 '도쿄배달조'이고, 우리 작전명은 '도쿄배달'이다."

혹여 누가 듣게 될 경우를 대비해 작전명을 기업의 상업적인 '배달업무'처럼 보이도록 한 것이다. 유상길 대장은 무표정한 얼굴만큼이나 말투에도 높낮이가 거의 없었다.

"배달조의 임무는 명확하다. 도쿄로 가서 일본 고노에 후미마로近衛文麿 내각의 고위관료 오자키 호츠미를 만나서 충칭까지 데려오는 것이다. 물론, 그가 확보하고 있는 각종 군사자료도 모두 갖고 와야 한다. 다른 질문 있나?"

"우리가 그 오자킨가 뭔가 하는 사람을 데리고 와서 소련에 넘기기만 하면 소련이 우리한테 무기를 주는 것은 확실합니까?"

최윤기였다. 그는 전투원으로 오래 활동했지만 눈매가 서글서글했다. 민간인 옷을 입고, 이마에 수건을 두르면 영락없는 농부의 얼굴이었다. 서른다섯에 얻은 첫 아들이 이제 막 걸음마를 시작했을 때부터 틈만 나면 아들 자랑을 했다. 속에 든 마음을 숨기지 못하고 그대로 드러내는 성품이었다. 유상길 대장은 최윤기를 흘끔 바라보더니 말했다.

"소련군 무기와 일본인 오자키를 맞교환하는 문제는 임정 지도부가 협상 중인 것으로 알고 있다."

"오자키란 자가 스탈린에게 그렇게 중요합니까?"

역시 최윤기였다.

"리하르트 조르게가 소련에 넘긴 첩보는 무선 암호자료에 불과하다. 그것만으로는 스탈린이 동부국경의 병력을 서부전선으로 옮길 결단을 내리지 못하는 것이다. 오자키가 갖고 오는 사진 자료와 문서 자료를 확인하면 스탈린도 결단을 할 것이다."

"그런데 우리가 도쿄에 가면 그 오자키라는 사람을 곧바로 만날 수는 있습니까?"

이번에는 서우진이었다.

"도쿄에 도착하면 오자키를 곧바로 만날 수 있다. 현지 우리 대원이 그의 소재를 파악하고 있다."

"그를 만나기만 하면 됩니까? 그 자가 우리와 함께 충칭으로 오기로 약속돼 있다는 말입니까?"

"그런 상황은 아니다. 일단 도쿄로 가서 조금 시간적 여유를 두고 그자와 친분과 신뢰를 쌓아야 한다. 그 다음 충칭까지 함께 오는 것이다."

유상길 대장은 대한민국 임시정부의 일본 내 거점이 도쿄에 있다고 했다. 사진관으로 위장해 작전 수행 중이라는 말이었다.

"아니, 그러니까요. 오자키가 뭘 하는 사람이 우리와 함께 떠나기를 거부하면요? 도쿄에서 여기까지 강제로 데리고 올 수는 없지 않습니까? 죽여서 들쳐 업고 올 수도 없고….."

최윤기는 작전 성공에 회의적이었다.

"반드시, 산 채로, 무사히 데리고 와야 한다."

"무슨 수로요? 그 자가 대체 우리를 어떻게 믿고 따라 나선답니까?"

최윤기의 거듭된 질문에 유상길 대장은 잠시 침묵하더니 입을 열었다.

"각자에게 주어진 임무가 있는 걸로 알고 있다."

서우진과 최윤기는 서로의 얼굴을 쳐다보았다. 오자키라는 일본인을 충칭으로 데려오는 것이 우리 임무다. 그 외에 각자에게 주어진 임무가 또 따로 있다는 말인가?

"너, 뭐 따로 들은 거 있어?"

최윤기가 옆에 서 있는 서우진을 돌아보며 물었다.

"아니요. 도쿄에 가서 오자키를 데려오는 것이 우리 임무 아닙니까?"

"그럼, 김지언 너는?"

최윤기가 손가락으로 김지언을 가리키며 물었다.

김지언은 말없이 고개를 저었다. 최윤기가 다시 김지언에게 무슨 말을 하려고 했지만 유상길 대장이 대화를 마무리했다.

"각자 부여 받은 임무는 공유하지 않는다. 동지들은 각자 주어진 임무를 숙지하고, 현장에서 내 지시에 따르면 된다. 모레 오전 아홉시에 출발한다. 해산!"

내무실을 나오면서도 최윤기는 고개를 갸웃했다.

"대체 어떻게 돌아가는 거야? 진짜 넌 뭐 따로 임무 받은 거 없어?"

"없어요. 도쿄에 가서 오자키를 충칭까지 호송해 온다. 불가피한 경우가 아니면 전투는 최대한 피한다. 그래서 총을 휴대하지 않는다. 도쿄에 도착해서 총이 필요할 경우가 발생하면 도쿄 현지 대원이 제공할 것이다. 제가 아는 건 이게 전붑니다."

"나도 그런데?"

"오자키를 설득하거나, 어떻게든 충칭으로 이송 가능한 상태로 만드는 건 도쿄 현지 대원들 역할인가 보죠?"

"그런가…."

줄곧 최윤기와 서우진이 이야기를 나누었고, 여성 대원 김지언은 말이 없었다. 아직 저녁 식사시간이 되려면 시간이 남았다. 세 사람은 각자 숙소로 향했다. 숙소로 향하면서도 최윤기는 여전히 고개를 갸웃거렸다.

[저녁 식사 시간, 임정 본부 내 식당]

최윤기와 서우진은 식탁을 가운데 두고 마주앉았다. 최윤기는 아무리 생각해도 모르겠다고 했다.

"근데 말이야, 각자 개별 임무가 있다는 게 무슨 말이야? 나는 정말 들은 것이 없는 데, 넌 정말 따로 받은 임무 없어?"

"없어요."

"아니, 기껏해야 너, 나, 김지언 셋에 유상길 대장이 전분데, 설마하니 작전 투입이 처음인 김지언한테 무슨 특별 임무를 맡겼을 리는 없고."

"그렇죠. 김지언 동지를 작전에 투입한 건, 여성과 함께 움직임으로써 의심을 피하기 위한 것일 테니까요."

최윤기는 고개를 갸웃하면서 부지런히 숟가락을 떴다. 임정 내부에 일본 경찰 끄나풀이 있다는 풍문은 언제나 돌았다.

'개별적으로 부여된 임무를 서로 몰라야 하다니…. 우리들 중에 혹시 끄나풀이 있을지도 모른다는 말일까? 설마하니 서우진이 끄나풀? 아니면 김지언이? 그럴 리 없다.'

최윤기는 이런저런 상상을 하면서 저 혼자 고개를 젓거나 한숨을 내쉬었다. 식사를 마치고 최윤기는 곧바로 이층 자기 방으로 향했지만 서우진은 임정 안 뜰에 남아 미적거렸다.

"넌 안 올라가?"

"선배 먼저 올라가세요. 전 바람 좀 쐬고 올라갈게요."

최윤기가 숙소로 올라갔고, 서우진은 임정 건물 안 뜰에 홀로 남아 서성거렸다. 얼마 후 날이 어둑어둑해지자 서우진은 뜰 안쪽을 휘이 둘러보더니 사람들 눈에 띄지 않게 임정 건물을 빠져나갔다. 이층 내무실 창가에 서 있던 유상길 대장이 골목을 돌아나가는 서우진의 뒷모습을 바라보았다.

'저 자는 이 저녁에 어디를 저리 급하게 가는 걸까.'

지금까지 많은 작전을 수행했다. 정보가 조금이라도 새 나가지 않았다고 확신할 만한 작전은 단 한 번도 없었던 것 같았다. 많은 동지들이 체포되거나 현장에서 희생된 것은 작전이 새어 나갔기 때문일 것이다. 그렇지 않고서야 작전마다 사전에 파악한 내용과 작전 당일 현장 상황이 달라질 수 있다는 말인가. 조선 총독 우가키 가즈시게 암살 작전도 그랬다. 우가키는 아침마다 일정한 시각에 관저에서 출발해, 일정한 경로로 출근했다. 하지만 거사 당일 우가키를 태운 차는 다른 길을 택했다. 빙 둘러서 가는 경로였다. 과연 그것이 우연이었을까?

미인계

김지언은 저녁 식사를 거른 채 일찌감치 공원으로 나왔다. 대한민국 임시정부 건물에서 걸어서 15분쯤 거리에 있는 위중구渝中区의 산업은행 뒤편에 자리 잡은 작은 도심공원이었다. 휴일 데이트 때 서우진과 만나는 장소이자, 데이트를 끝내고 임정 본부로 돌아갈 때 서우진과 따로 들어가기 위해 헤어지는 장소였다. 임정 대원들의 눈에 띄지 않고 두 사람이 만나기 위해 정한 곳이었다.

어둑어둑한 벤치에 앉은 김지언은 골똘히 생각에 잠겨 있었다. 벌써 한 시간이 지나고 있었지만 그녀는 미동도 하지 않았다. 어떻게 해야 좋을 지 갈피를 잡을 수 없었다.

'우진씨에게 말해야 하지 않을까.'

하지만, 김구 주석은 단단히 당부했다.

"개별 임무는 혼자만 알고 있어야 한다. 물론 유상길 대장은 알고 있으니 의논해도 되고."

김지언 스스로도 임무를 감당할 자신이 없었지만, 서우진이 더 걱정이었다. 우진씨가 내게 부여된 임무를 알게 된다면 어떻게 나올까. 주석님은 내 임무를 다른 대원들에게 비밀로 하라고 했지만, 우진씨가 알 수밖에 없지 않은가. 우진씨 뿐만 아니라 최윤기 선배도 결국은 알게 된다. 작전에 함께 투입되는 대원들이 임무를 공유하지 않고 어떻게 작전을 수행할 수 있다는 말인가. 오자키 호츠미 옆에 나란히 서 있는 나를 우진씨는 어떻게 생각할까? 나는 또 우진씨 얼굴을 어떻게 볼까. 아니, 내가 다른 남자 옆에 나란히 서서 우진씨를 바라볼 수 있기는 할까?

김구 주석은 확신했다.

'김지언 동지는 미모가 출중하고 지혜롭다. 오자키는 젊은 나이에 일본 내각의 고위직에 오를 만큼 지적이고 영민한 인물이다. 지혜롭고 아름다운 여인이 관심을 표하면 그의 마음이 흔들릴 것이다.'

김지언은 그것은 어디까지나 김구 주석의 생각일 뿐이라고 생각했다. 사랑하지 않는 남자, 호감가지 않는 남자에게 호감을 표시할 수 있을까? 나 스스로 어색할 것이다. 일부러 꾸며내는 호감이 얼마나 진실하게 보일까. 그 오자키 호츠미라는 일본인은 바보가 아니다. 김구 주석도 '영민하고 지혜로운 인물'이라고 하지 않았나. 내가 연기를 펼치고 있다는 사실을 금방 알아챌 지도 모른다.

문제는 그뿐만이 아니다. 어쩌면 그 남자의 손을 잡아야 할 지도 모른다. 아무리 작전이라고 해도 상상조차 할 수 없는 일이었다. 내가 그런 상황을 견딜 수 있을까? 우진씨도 마찬가지일 것이다. 아니, 우진씨는 더할 것이다.

중국 오나라 왕 부차를 홀려 나라를 망하게 한 아름다운 여인 서시는 월나라 충신 범려의 연인이었다고 한다. 범려는 어떤 마음으로 자신의 연인을 적국의 왕에게 보냈을까. 자신의 나라를 지극히 아끼면, 사랑하는 여자를 적국에 미인계로 보낼 수 있는 것일까? 무슨 일이 벌어질지 뻔히 알면서?

사랑하는 남자가 "당신은 이제 오나라 왕 부차의 여인이 되어주어야겠소"라고 말했을 때 서시의 심정은 어땠을까? 서시는 연인의 간곡한 당부를 들어주기 위해서라면, 연인의 원대한 포부를 위해서라면, 연인과 이별하고 적국 왕의 여자가 되는 비참함을 마땅히 감당해야 한다고 생각했을까?

나라를 되찾겠다는 우진씨의 결심은 충칭 임시정부 대원들 중 누구에게도 뒤지지 않을 것이다. 하지만 우진씨는 나라와 나 김지언 중 한쪽을 선택해야 하는 상황을 받아들일 수는 없을 것이다. 아무리 작전상 필요한 임무라고 하더라도 말이다.

'우진씨는 충칭 임시정부의 모든 전투원 중에 최정예 대원이다. 명령이 떨어지면 망설임 없이 적을 사살해야 하는 것이 그의 임무다. 하지만 웃을 때 그는 영락없는 소년의 얼굴이 된다. 전투원으

로 험한 일을 수행해야 하지만 그는 맑고 고지식한 남자다.'

　서우진의 해맑게 웃는 얼굴을 볼 때마다 김지언은 가슴이 베이는 아픔을 느꼈다. 그는 전쟁의 포연에 어울리는 사람이 아니라 아이의 웃음소리와 밥 짓는 연기에 어울리는 남자였다. 그녀는 서우진의 손에 쥐어져야 할 것은 얼음장 같은 소총이 아니라 아내의 곱고 흰 손, 고사리 같은 자식의 손이라는 생각을 자주했다.

　"나는 당신의 벗은 몸을 상상하지 않아요."

　언젠가 서우진이 했던 말이다. 지언은 그 말이 자신이 여성으로서 매력이 없다는 말인가 싶어 의아했다. 그런 뜻이 아니었다. 남자가 여자를 지극히 사랑하면 그 여자의 벗은 몸을 상상하지 않는다. 그때 남자의 사랑은 여자의 육체를 넘어서 있다. 사랑에 빠진 남자에게 성관계는 사랑을 확인하고, 연인과 하나가 되기 위한 것이지 쾌락을 위한 것이 아니다. 그것은 여자도 마찬가지다.

　"누구라도 당신의 알몸을 상상한다면 용서하지 않을 거야."

　충청의 자령강 강둑에 나란히 앉아 서우진이 김지언에게 한 말이었다. 그가 했던 말들을 떠올리자 김지언은 고통스러웠다. 자신이 부여받은 임무를 서우진이 알게 됐을 때, 그가 입을 상처를 생각하니 심장을 도려내는 것 같았다. 어쩌면 충격을 받은 서우진이 작전을 망칠지도 몰랐다. 연인을 고통스럽게 만들고 작전마저 실패할 것만 같았다. 자신에게 이런 임무가 주어졌다는 사실이 괴롭고 서글펐다.

행정반 양정호 반장이 '도쿄 작전'에 김지언의 참가가 결정됐다고 알려온 것이 일주일 전이었다. 그는 턱으로 주석실을 가리키며 들어가 보라고 했다. 김지언이 주석실로 들어가자 김구 주석은 책상 자리에서 일어나, 사무실 가운데 놓인 회의 자리로 나와 앉았다.

"저는 그런 작전을 감당할 수 없습니다. 재고해 주십시오."

김구 주석은 온화하고도 난처한 미소를 지었다.

"지언아, 미안하다. 부탁한다."

"대체 누가 이런 어처구니없는 생각을 한 겁니까?"

압도적 카리스마를 가진 김구 주석 앞에서 그처럼 당돌하게 말할 수 있는 사람은 없었다. 김지언은 그만큼 미인계 작전이 못마땅했다.

김지언을 '도쿄 작전'에 미인계 요원으로 투입하겠다는 것은 김구 주석의 결정이었다.

"오자키 호츠미를 사랑하라는 말도 아니고, 같이 살라는 말도 아니다. 그저 호감과 신뢰를 얻고 여행을 함께 떠나는 정도면 된다."

"아무리 그래도, 저는 못합니다!"

김구 주석이 따뜻한 녹차를 김지언에게 건넸다. 김 주석이 올해 사월 하순에 직접 덖은 우전雨前이었다.

"지언아, 알다시피 도쿄는 여기서 아주 멀다. 오자키 호츠미를 여기까지 강제로 데려올 수는 없다. 자기 발로 와야 한다. 그 자의 몸뚱이가 아니라 마음을 납치해야만 가능한 일이다."

"하지만 저는 일본말을 할 줄도 모르고, 마음에도 없는 남자를 유혹할 재주도 없습니다."

"지언아, 나는 너를 딸처럼 생각한다. 너도 잘 알 것이다. 내 딸을 적에게 보내야 할 만큼 현재 우리 상황이 급박하다. 소련군으로부터 무기를 받을 수 있는 이 절호의 기회를 놓친다면 앞으로 임정이 어떻게 될지 알 수 없다."

김지언은 대꾸하지 않았다.

"지언아. 미안하고 또 미안하다. 그리고 고맙다."

말도 안 된다고 생각했지만, 김지언의 작전 참여는 그렇게 확정됐다.

*

임정 건물을 나온 서우진은 산업은행을 향해 빠르게 걸었다. 서우진과 김지언은 일단 산업은행 뒤에 있는 공원에서 만난 다음, 함께 시내로 나가 식사를 하기도 했고, 양쯔강이나 자링강으로 나가 뱃놀이도 했다.

일요일인 어제 만났으니 예정대로라면 다음 만남은 일주일 뒤였다. 하지만 모레 아침에 도쿄로 출발해야 했다. 서우진은 김지언이 도쿄 작전에 투입되는 것이 탐탁지 않았다. 초기에 전투 훈련을 받았다고 하지만 어디까지나 기초 훈련이었고, 김지언의 업무는 행정사무였다.

충칭 지도부는 여성이 함께 움직여야 의심을 덜 받는다고 판단한 모양이었다. 위험하고 탐탁지 않은 일이었지만 한편으로는 김지언과 종일 함께 있을 수 있다는 생각에 서우진은 요 며칠 들뜬 기분이기도 했다. 곁에서 그녀를 종일 볼 수 있다는 사실, 그녀와 이야기를 나눌 수 있다는 기대만으로 탐탁지 않은 다른 모든 기분을 멀리 떨쳐버릴 수 있었다.

여성이자 비전투원인 김지언을 투입한다는 것은 이번 도쿄 작전이 교전과는 거리가 먼 작전이라는 말이기도 했다. 전투원인 자신이나 최윤기는 그야말로 만일의 경우를 대비해 투입되는 셈이었다.

도쿄까지는 장거리 이동이었다. 상하이에서 일본으로 곧바로 들어가는 배편이 있기는 했다. 충칭에서 출발하자면 그 편이 가장 빨랐다. 하지만 주로 일본인들과 유럽인들이 이용하는 배편이었고, 운항 횟수도 적었다. 다롄과 인천에도 일본 시모노세키로 들어가는 배편이 있었다. 그러나 조선인이 드문 다롄에서 시모노세키로 들어가는 배를 타는 것은 너무 눈에 띄는 행동이었다.

일자리를 찾아 일본에 건너가는 가난한 조선인들로 위장하면서, 인천에서 장거리 배편으로 시모노세키에 들어가는 것은 좋은 설정이 아니었다. 도쿄 배달조는 자동차로 우한과 베이징을 경유해 열차로 단둥, 경성, 부산으로 이동할 예정이었다. 그 다음 부산에서 관부關釜 연락선을 타고 시모노세키로, 시모노세키에서 급행 열차로 도쿄로 들어가는 경로였다.

'이번 작전은 암살이나 폭파, 전투가 아니다. 지금까지 수행했던 작전에 비해 시간이 많이 걸릴 것은 분명하지만 특별히 위험한 작전은 아니다.'

서우진은 김지언이 작전에 투입된다는 점이 마음에 걸려, 이번 작전이 위험하지 않은 작전이라고 스스로 애써 위안했다. 하지만 유상길 대장의 이야기를 듣노라니 왠지 모를 불안감이 스멀스멀 기어올랐다.

'지금 나는 유상길 대장을 불안하게 여기는 것일까, 이번 작전에 불안함을 느끼는 것일까. 지언씨의 작전 참여 때문에 공연한 부담을 느끼는 것일까. 별일 없을 것이다. 단순하게 생각하자. 도쿄에 가서 사람 하나를 충칭까지 호송하는 일이다. 교전은 없을 것이다. 여러 가지 돌발 상황을 가정해 여러 개 신분증을 준비했으니 검문도 문제되지 않을 것이다.'

서우진은 골똘히 생각에 빠져 넓은 화평로를 가로질렀다. 빠른 걸음으로 은행 건물을 돌아 공원에 도착한 서우진은 문득 발걸음을 늦추었다.

'아차!'

실수였다. 생각에 빠져 종종걸음 치느라 뒤를 살피지 못했다.

서우진은 뒤를 홱 돌아보았다. 다행히 미행은 없는 것 같았다. 그래도 안심할 수는 없었다. 서우진은 밤 산책을 나온 사람처럼 한동안 공원 외곽을 어슬렁거리며 주변을 꼼꼼히 살폈다. 평소와 달라진 것은 없었다. 날은 이미 컴컴했다. 서우진은 벤치를 향해 천천히 걸어갔다.

가로등이 켜져 있었지만 벤치 위로 늘어진 나뭇가지가 불빛을 가려 거기 앉아 있는 사람의 실루엣만 겨우 알 수 있는 정도였다. 성별조차 구별할 수 없었지만, 서우진은 거기 앉아 있는 사람이 김지언임을 알았다. 두 사람이 늘 만나는 장소였다. 서우진은 벤치 앞으로 다가서며 멀찍이서 말을 건넸다. 갑자기 눈앞에 나타나 김지언을 놀라게 하고 싶지 않았다.

"오래 기다렸어요?"

"괜찮아요."

"유상길 대장과 회의 마치고 지언씨가 바로 나가는 거 봤는데, 어두워질 때까지 기다리느라 늦었어요."

"잘했어요."

"유 대장 말이 좀 이상하지 않아요?"

"뭐가요?"

"최윤기 선배 말대로, 우리가 도쿄에 갔는데, 그 오자킨가 뭔가 하는 작자가 우리랑 함께 떠나지 않겠다면 어쩌죠? 그 자가 소련을 지지해서 소련 첩보원인 리하르트 조르게에게 군사정보를 넘겼다고 쳐요. 아무리 그렇다고 해도 생판 모르는 우리와 함께 충칭으로 가겠다고 나서겠어요? 우리를 어떻게 믿고?"

"무슨 계획이 있겠죠."

"무슨 이야기 들은 거 있어요? 유 대장은 각자 맡은 임무가 따로 있다고 했는데, 지언씨가 맡은 임무는 뭐예요?"

"도쿄로 가서 오자키 호츠미를 충칭으로 데려오는 거죠."

"그건 우리 전체 임무고, 지언씨에게 따로 주어진 임무는 뭐냐는 거죠?"

"우진씨 개별 임무는 뭐예요?"

"오자키를 충칭으로 호송해오는 거죠."

"나도 마찬가지에요."

가로등이 켜져 있다고 하지만 공원은 어두웠다. 김지언의 눈이 어둠속에서 먼 데를 보았다. 희미한 불빛 아래, 바로 곁에서 바라보는 지언은 치명적이리만큼 아름다웠다. 오똑하고 반듯한 콧날이 그녀의 지적인 인상을 더욱 지적으로 보이게 했다.

"지언씨 예뻐요."

서우진의 말에 김지언은 픽 웃었다.

"우진씨도 멋있어요. 충칭에서 제일 잘 생긴 남자."

"엎드려 절 받는 격이네요."

"아니에요. 우진씨 정말 멋있어요. 멀리서 여러 사람이 함께 걸어와도 우진씨는 금방 눈에 띄어요."

"그야, 뭐 키가 커니까."

"키가 크다고 다 멋있을까요."

벤치에 나란히 앉은 두 사람은 눈을 마주보며 웃었다. 그리고 서로를 향해 허리를 돌려 손을 맞잡고 입맞추었다.

"아무리 생각해도 이상해요. 유 대장은 각자 개별 임무가 있다고 했는데, 최윤기 선배도 따로 받은 임무가 없고, 지언씨도 없고, 나도 따로 받은 임무가 없거든요. 우리 말고 또 같이 가는 동지가 있나요?"

"그런 이야기는 못 들었는데요."

"알다가도 모르겠어요."

서우진은 고개를 갸웃거렸다.

"유상길 대장이 알아서 지휘하겠죠. 그건 그렇고⋯."

김지언이 몸을 돌려 서우진의 눈을 똑바로 바라보았다.

"왜? 무슨 일 있어요?"

"일전에 우진씨가 했던 말 아직 유효해요?"

"무슨 말?"

김지언의 표정은 불안하고 조심스러워 보였다.

"결혼하자는 말."

서우진은 순간 멍한 표정으로 김지언을 바라보았다. 더할 나위 없이 아름다운 여인이, 사랑이 가득한 눈빛을 뿜어내고 있었다. 세상에서 가장 아름다운 눈빛이었다.

"그럼요! 당연하죠. 그 말은 유효기간이 없어요. 세월이 아무리 가도 변하지 않아요."

김지언이 서우진을 와락 껴안았다. 여태까지와 사뭇 다른 모습이었다. 두 사람이 포옹하는 것은 어제오늘의 일이 아니지만, 그녀가 그처럼 격렬하게, 덤비듯 와락 서우진을 껴안은 것은 처음이었다. 벤치에 나란히 앉아 서로를 향해 몸을 돌린 두 사람은 엉거주춤하게, 그러나 온 힘을 다해 서로를 껴안았다. 한참 동안 김지언을 껴안고 있던 서우진이 팔을 살며시 풀며 물었다.

"지언씨, 무슨 일 있어요?"

"아뇨."

"오늘 좀 이상해요."

"아무 일 없어요. 그저…."

"그저, 뭐?"

그러고 보니 김지언의 눈에 눈물이 고여 있었다. 서우진이 두 손으로 김지언의 양쪽 뺨을 감싸며 물었다.

"울어요?"

"아니에요."

"눈물이 고여 있는데?"

"아니에요. 그저 작전에 투입된다고 생각하니까, 왠지 두렵고 걱정도 되고 그래요."

"나도 지언씨가 현장 작전에 투입된다는 게 싫어요. 우리끼리

가도 되는데, 굳이….”

김지언은 또 다시 서우진의 품으로 파고들었다. 그리고는 마치 안도의 한숨 같은 깊은 숨을 내쉬며 말했다.

“이번 작전 끝내고 돌아오면 우리 곧바로 결혼해요.”

“곧바로?”

“네, 곧바로. 아무 것도 고려하지 말고요.”

“좋아요! 도쿄에서 돌아오자마자 결혼해요. 이렇게 밖에서 다른 사람들 몰래 만나고, 날이 저물면 헤어져야 하는 것도 지쳤어요.”

“저도 싫어요.”

서우진은 팔에 힘을 주어 김지언을 껴안았다. 김지언은 이 밤이 영원히 끝나지 않으면 좋겠다고 생각했다. 시간이 이대로 멈춰서 서우진과 이 자리에 영원히 머물고 싶었다. 앞으로 그녀가 수행해야 할 임무의 시간이 도래하지 않기를 바랐다. 그때였다.

“우와~ 여기 풍경 좋~은데?”

불량스러워 보이는 남자 셋이 서우진과 김지언이 앉아 있는 벤치를 향해 어슬렁어슬렁 걸어왔다. 한 사람은 마른 몸에 키가 큰 편이었고, 두 사람은 보통 키에 몸집이 아주 좋았다. 얼핏 보기에도 가슴이 두텁고 팔 다리가 무척 굵었다. 몸집이 상당히 좋은 두 사람 중 한 사람은 빡빡머리에 찐빵처럼 얼굴 살이 붙어 있었다.

“이 밤에 이렇게 아름다운 풍경을 보게 될 줄, 너들은 알았어? 나는 몰랐는데?”

빡빡머리 찐빵이 서우진과 김지언이 앉은 벤치 바로 앞으로 다가와 뒤에 서 있는 두 남자를 돌아보며 말했다. 희롱하는 말투였다.

"나도 몰랐지. 요렇게 아름다운 풍경을 요기서 보게 될 줄이야. 종일 몸이 찌뿌둥했는데 여기서 확~ 풀 수 있겠네."

뒤에 서 있는 마른 남자가 어깨와 팔, 허리를 좌우로 비틀며 이죽거렸다.

"이야, 요거 이쁜데?"

먼저 두 사람을 희롱하기 시작했던 빡빡머리 찐빵이 검지와 중지로 김지언의 턱을 받혔다.

"그 손 치우지 못해!"

서우진이 빡빡머리 찐빵의 손을 홱 걷어치우며 벌떡 일어섰다.

"아이고 무서워라. 아이고 무서워라."

빡빡머리 찐빵이 몸을 움츠리고, 나머지 두 놈을 돌아보며 오두방정을 떨었다.

"친구들아, 나 오늘 이 샌님한테 뒤지게 맞는 거야? 맞아 죽는 거야? 아파서 어떡하지?"

빡빡머리 찐빵의 오두방정에 옆에 서 있는 두 놈이 크게 웃었다.

"하하하하하."

"뒤지게 맞아도 나는 안 말려 줄 거야. 왜냐? 샌님 주먹은 솜털이니까. 히히히히히."

통통한 녀석이 실실 웃으며 놀렸다.

"조용히 꺼져!"

서우진이 나지막한, 그러나 단호한 어투로 경고했다.

"오호, 가오리빵즈?"

빡빡머리 찐빵이 양쪽에 서 있는 두 놈을 번갈아 돌아보며 재차 말했다.

"이것들 가오리빵즈 맞지?"

가오리빵즈高麗棒子.

옛날 중국인들이 고구려인을 부르던 멸칭이었다. 세월이 한참 지났지만, 여전히 조선인을 '빵즈'라 부르며 적대시하는 자들이 있었다.

"이것들이 남의 나라에 기어와서 좋은 자리 다 차지하고, 재미도 지들끼리 다 보고 앉았네? 남의 땅에 기어 들어왔으면 공손하게 인사를 하고 세금을 내야지이~"

퉁퉁한 녀석이 짐짓 점잖게 서우진을 타이르기라도 하겠다는 듯이 느릿느릿 이죽거렸다.

"어떻게? 조용히 세금 내고 꺼질래? 아니면 뒤지게 맞고 세금 낼래?"

빡빡머리 찐빵이었다.

어느 동네에나 있는 허접한 불량배들이었다.

"지언씨 갑시다. 일어나요."

김지언이 벤치에서 일어나 자리를 뜨려 하자, 빡빡머리 찐빵이 김지언의 양 어깨를 획 밀치며 벤치에 눌러 앉혔다.

"세금은 여기 두고, 너만 꺼져."

빡빡머리 찐빵이 무서운 눈초리로 서우진을 노려보며, 꺼지라는 듯 펼친 손을 바깥으로 털었다. 서우진은 찐빵의 말에 대구하지 않고 김지언의 팔을 잡아 일으켰다.

"갑시다."

"말로 해서는 안 될 새끼네!"

빡빡머리 찐빵이 얼굴을 찌푸리더니 서우진의 턱을 향해 곧바로 주먹을 날렸다. 제법 빠르고 묵직해 보이는 주먹이었다. 서우진은 턱을 끌어당기고 상체를 뒤로 젖히며 날아온 주먹을 피했다.

서우진이 살짝 피하자 온 체중을 실어 주먹을 날렸던 빡빡머리 찐빵의 몸이 휘청 앞으로 엎어질 듯 기울었다. 체중이 한쪽으로 쏠리면서 몸의 균형을 잃었던 찐빵은 서너 걸음 앞쪽으로 엉거주춤 걸어가서야 균형을 회복했다.

"하! 이 새끼 봐라! 피해?"

빡빡머리 찐빵은 어이없다는 표정을 지었다. 그리고 이번에는 복싱 자세를 취하더니 원투 펀치를 연속으로 날렸다.

"야야, 살살해라. 살살해."

빡빡머리 찐빵의 원투펀치를 지켜보던 퉁퉁한 놈이 실실 웃으며 거들었다. 찐빵이 연속으로 주먹을 날렸지만, 서우진은 발은 거의 움직이지 않고, 상체만 이리저리 흔들어 놈의 주먹을 가볍게 피했다. 빡빡머리 찐빵이 싸움 깨나 하는 자였는지 통통한 놈과 삐쩍 마른 놈은 히죽히죽 웃으며 구경할 뿐 끼어들지 않았다.

"이 새끼!! 죽여버린다!!!"

연속으로 날린 주먹이 모두 빗나가자 빡빡머리 찐빵은 잔뜩 인상을 찌푸리더니 상욕을 쏟아내며 서우진을 향해 황소처럼 돌진했다. 서우진은 달려오는 찐빵을 살짝 피하는 동시에 그의 발목 앞쪽을 호미걸이로 걸었다. 황소처럼 서우진을 덮쳐오던 빡빡머리 찐빵은 그대로 엎어져 얼굴을 땅바닥에 처박았다.

그제야 상황이 여의치 않다는 것을 깨달았는지, 희죽희죽 웃으며 구경하는 통통한 놈이 서우진을 향해 주먹을 날렸다. 서우진은 몸을 왼쪽으로 살짝 틀고 오른발을 통통한 놈 쪽으로 내밀더니 왼손으로 날아오는 놈의 팔을 잡아채고, 오른손을 놈의 겨드랑이 밑으로 넣어 번쩍 업어 쳤다. 통통한 놈의 거대한 몸통과 나무줄기처럼 굵은 두 다리가 공중으로 붕 떠올랐다. 이윽고 육중한 몸뚱이는 서우진의 왼쪽 땅바닥에 철퍼덕, 마치 잔뜩 물먹은 빨래처럼 패대기쳐졌다.

그때 우진의 호미걸이에 당해 얼굴을 땅바닥에 처박았던 빡빡머리 찐빵이 식식거리며 일어섰다. 땅바닥에 코를 처박은 것인지, 입을 처박은 것인지, 입과 코 주변이 피범벅이었다.

찐빵은 이번에는 무턱대고 덤비지 않았다. 복싱 자세로 살짝살짝 발을 옮기며 서우진의 빈틈을 노렸다. 그는 이미 서우진에게 당한 지라 무작정 덤빌 생각이 전혀 없었다. 한 발짝 정도만 더 다가가 요리조리 살피며 주먹을 날릴 기회를 찾을 참이었다. 그러나 찐빵이 한 발짝 다가섰을 때 서우진의 오른발 뒤돌려 차기가 그의 턱과 목을 강타했다. 압도적 충격에 빡빡머리 찐빵은 그대로 의식을 잃었고, 그의 거대한 몸통은 통나무처럼 일자로 땅바닥에 쿵 떨어졌다. 쓰러진 찐빵은 더 이상 미동조차 없었다.

통통한 두 놈이 쓰러지자 삐쩍 마른 녀석이 호주머니에서 꺼낸 칼을 서우진에게 겨누며 슬금슬금 뒷걸음질쳤다. 서우진의 엎어치기에 땅바닥에 빨래처럼 패대기쳐졌던 통통한 녀석은 겨우 일어나 앉았지만 일어서지는 못했다. 더 이상 덤빌 엄두가 나지 않았다.

서우진이 김지언의 팔을 잡으며 천천히 자리를 떴다. 칼을 들고 슬금슬금 물러났던 삐쩍 마른 놈은 엎어져 있는 빡빡머리 찐빵과 정신이 혼미한 상태로 앉아 있는 통통한 녀석을 번갈아보더니 고함을 지르며 서우진의 뒤를 향해 돌진했다. 서우진이 뒤를 휙 돌아보자, 놈은 걸음을 멈추고 뒷걸음질치다가 엉덩방아를 찧으며 넘어졌다. 서우진이 천천히 다가서자 놈은 칼을 버리고 도망쳤다.

공원을 둘러싸고 있는 빽빽한 나무 그늘에 한 남자가 몸을 숨기고 그 광경을 지켜보았다. 유상길이었다. 서우진을 미행했던 유상길은 그의 압도적인 격투 솜씨를 확인했지만, 주변이 너무 어두웠던 탓에 공원에 일찌감치 나와 있던 여자가 김지언임을 알아차리지는 못했다.

일본 특별고등 경찰

도쿄 배달조는 일자리를 얻으러 일본에 가는 한 동네 주민들로 위장해 충청을 떠났다. 유상길 대장과 김지언은 일본에 사는 친척의 일자리 알선으로, 서우진과 최윤기는 일본에 가기만 하면 일자리를 얻을 수 있으리라는 기대에 유상길과 김지언을 따라 나선 동네 사람 행세를 했다. 1941년 10월 중순, 가을비가 추적추적 내리는 아침이었다.

[5일 후]

점심 무렵 부산에서 출발한 연락선 고안마루興安丸가 일본 시모노세키에 도착한 것은 오후 8시가 지나서였다. 선수船首에서 선미船尾에 이르기까지 일정한 간격으로 전등불을 매단 커다란 선박들이 컴컴한 간몬해협關門海峽에 띄엄띄엄 떠 있었다. 도쿄 배달조와 1,500명이 넘는 승객을 태운 고안마루는 미끄러지듯 해협 안으로 진입했다. 갑판 아래로 간몬해협의 시커먼 바닷물이 일렁거렸다.

시모노세키 항구에 내린 배달조가 도쿄로 들어가는 급행열차를 타자면 2시간 이상 기다려야 했다. 시모노세키 역사驛舍 곳곳에 어깨에 총을 멘 헌병들이 서 있었다. 주목을 끌지 않기 위해 일행은 역사 안 기다란 의자에 얌전히 앉아 열차가 출발하기만을 기다렸다.

시모노세키에서 일본 열도를 가로질러 도쿄까지 가는 급행열차는 밤 10시 55분 출발이었다. 열차 출발을 20분쯤 남기고 개찰이 시작됐다. 개찰구를 나오자 곧 나무 바닥을 깐 플랫폼이었다. 사람들은 종종걸음으로 자신이 탈 열차 칸을 향해 걸어갔다. 또각또각 발자국 소리가 플랫폼 바닥에서 어지럽게 튀어 올랐다. 딱딱한 바닥에 와르르 떨어진 콩이 튀는 소리 같았다. 플랫폼 가장자리를 따라 서 있는 가로등이 환했다. 열차가 뿜어내는 하얀 연기가 어두운 밤하늘로 느리게 올라가고 있었다.

역驛은 누군가는 도착하고, 누군가는 출발하는 장소였다. 그리고 또 누군가는 만나고, 누군가는 작별하는 장소이기도 했다. 김지언은 문득 자신이 지금 출발하는 길에 선 것인지, 도착하는 길에 선 것인지 의문이 들었다. 도쿄로 가는 길이니 출발하는 길이었다. 하지만 먼 충청을 떠나 일본에 왔으니 도착하는 길이 아닐까 하는 생각도 들었다. 무엇보다 그녀의 심정을 복잡하게 만든 것은 도쿄에 가서 만나야 할 오자키라는 일본 관리였다. 지금 그를 만나러 가는 길이 행여 서우진과 이별하는 길이 되지나 않을까 하는 막연한 불안감을 지울 수 없었다. 그런 일이 있어서도 안 되고, 그럴 리도 없었지만 불안은 가시지 않았다.

맞잡은 두 손을 물끄러미 내려다보던 김지언의 눈에 길게 자란 손톱이 들어왔다. 20대 보통 여성들의 취향과 달리 그녀는 손톱을 길게 기르지 않았다. 행정실 대원으로 타이프를 치는 일이 많아 긴 손톱은 방해가 됐다. 도쿄에 도착하면 손톱부터 깎아야겠다고 생각했다. 최윤기 선배가 평소처럼 실없는 농담이라도 좀 하면 좋겠다고 생각했지만 그는 연락선에서 내린 이래 시종 입을 다물고 있었다. 조선도 중국도 아닌 일본에 처음 온 지라 긴장한 모양이었다.

얼마 후 열차가 우렁찬 기적汽笛을 토하며 천천히 출발했다. 도쿄를 향해 일본 열도를 횡으로 가로지르며 주요 대도시에서만 정차하는 급행열차였다. 승객들 대부분은 연락선에서 보았던 사람들이었다.

열차는 바퀴 굉음을 일정하게 토하며 컴컴한 어둠 속을 질주했다. 창밖으로 언뜻언뜻 공장 불빛이 나타났다가 사라지곤 했다. 깊고 푸른 밤하늘에 맞닿은 검은 산능선이 너울너울 굽이치며 열차를 따라 흐르고 있었다. 그 위로 촘촘하게 박힌 별들이 아이들처럼 모여서 재잘대는 것 같았다.

날이 밝자 열차 창밖으로 보이는 벼논의 풍경은 조선이나 크게 다르지 않았다. 누렇게 익은 벼논이 느린 강처럼 평화롭게 펼쳐졌다. 삼각형의 가파른 물매 지붕을 인 집들이 인상적이었다. 객차 안은 승객들로 가득했지만 시끄럽게 떠드는 사람은 없었다. 단둥에서 부산까지 열차를 타고 오는 동안 시끌벅적하고 열기 가득했던 객차 안 분위기와 사뭇 달랐다. 간혹 이야기를 나누는 사람들도 옆 사람이 겨우 들릴 정도로 소곤소곤 할 뿐이었다.

열차가 도쿄를 향해 서쪽으로 이동하면서 큰 도시마다 정차했고, 연락선에서 보았던 승객들이 하나둘 내렸고, 새 얼굴들이 객차를 메웠다. 배달조 일행처럼 도쿄까지 가는 승객들도 꽤 많은 것 같았다. 그들은 내내 눈을 감고 잠을 청하는 것 같았는데, 간간히 눈을 뜨고 열차 내에서 음식을 사먹었다.

도쿄에 도착할 때까지 21시간 열차를 타고 달리는 동안 배달조는 세 번 검문을 받았다. 의례적인 것 같았음에도 검문은 까다로웠다. 경찰이 열차에 올라 신분증을 검사했고, 몇몇 승객들에게는 가방을 열어보라고도 했다. 늘 있는 일이었는지, 승객들은 평온한 얼굴, 무심한 얼굴로 검문에 응했다.

열차가 도쿄역에 도착한 것은 다음 날 오후 7시 45분이었다. 도쿄 역에는 현지 임정 대원 홍기삼이 20대 중반으로 보이는 젊은 남자 한 명과 함께 마중 나와 있었다. 젊은 남자가 접선 암호인 '부산에서 오신 기무라 상'이라고 쓰인 종이를 펼쳐 들고 서 있었다. 배달조가 두 사람 앞으로 다가가 인사하자 도쿄 현지 대원 홍기삼이 낮은 목소리로 물었다.

"이게 얼마만입니까? 우리가 마지막으로 만난 게 대체 언제였지요?"

접선자 확인 암호였다.

"지난 번 배달 때 도쿄에서 만난 게 마지막입니다."

유상길이 약속된 대답을 건넸다.

"먼 길 오시느라 수고 많았습니다."

홍기삼이 인사를 건넸고, 옆에 서 있던 젊은 현지 대원은 말없이 허리를 굽혀 인사했다.

"마중 나와 주어서 고맙소."

유상길이 홍기삼과 악수했다.

"상황이 급박하게 됐습니다. 예상치 못한 일이 발생했습니다."

유상길 대장의 손을 맞잡은 일본 현지 대원 홍기삼은 거두절미하고 말했다.

"무슨 말씀이오?"

"소련 첩보원 리하르트 조르게가 그저께 특고(특별고등경찰)에 체포됐습니다. 우리가 만나려는 오자키 호츠미는 현재 가택 연금 상태로 감시 받고 있고요."

"특고라니?"

"간첩 활동을 감시하는 특별 고등경찰이라고 보시면 됩니다. 조르게가 일본군 동향을 소련에 넘기면서 암호무선을 사용했는데, 조르게 집 근처에서 암호무선 발신량이 갑자기 크게 늘어난 것을 특고들이 수상하게 여기고 감시했던 모양입니다."

"우리 작전도 노출된 거요?"

"확실하지는 않지만, 노출되지 않았다고 봅니다."

"근거는?"

"일본 경찰 안에 우리 쪽 사람이 있습니다."

"그 우리 쪽이라는 사람은 이번 작전을 알고 있소?"

"말한 적 없습니다. 그 친구가 우리 작전까지 알 필요는 없으니까요."

유상길 대장이 '다행이다'는 표정으로 고개를 끄덕였다. 현지 대원 홍기삼과 유상길 대장이 앞서서 걸었고, 배달조와 현지 젊은 대원이 뒤를 따랐다.

도쿄역사驛舍에서 나오니 밖은 딴 세상이었다. 밤의 어둠과 건물에서 흘러나오는 전등 불빛이 묘한 조화를 이루고 있었다. 마치 밤하늘에 거대하고 수많은 폭죽이 터지고 있는 것 같았다.

김지언은 그 광경을 꺼지지 않는 폭죽 같다고 생각했다. 설날 밤이면 중국인들은 폭죽을 터뜨리며 놀았다. 불꼬리를 남기며 하늘로 솟아 오른 폭죽은 공중에서 빵! 빵! 요란한 소리와 함께 꽃처럼 활짝 피어났다. 폭죽 불꽃은 찰나에 피어났고, 곧 어둠속으로 낙하하며 사라졌다. 하지만 이곳 도쿄의 폭죽은 요란한 소리를 내지는 않았지만, 어둠 속에서 꺼지지 않고 피어 있었다. 김지언이 경이롭다는 표정으로 주변을 둘러보았다. 앞에서 걷는 유상길과 홍기삼이 나지막한 소리로 대화를 이어갔다.

"리하르트 조르게는 특고에 체포됐고, 오자키 호츠미는 가택 연금 상태로 감시 받고 있다⋯. 작전 변경이 불가피하다는 말이로군요?"

"사실은 오자키도 그저께 낮에 특고에 잡혀가서 거의 이틀 가까이 조사 받고 오늘 오전에 풀려났습니다. 정확한 것은 아니지만, 아직은 피의자가 아니고, 참고인 정도로 조사 받은 것 같다고 합니다."

"오자키가 다시 잡혀갈 가능성은 얼마나 있다고 보시오."

"아직은 조르게가 입을 다물고 있는 모양입니다만⋯. 그가 입을 열면 오자키도 곧바로 체포될 거라고 봅니다."

유상길 대장은 고개를 끄덕이며 홍기삼의 말에 귀를 기울였을 뿐 말이 없었다.

"그나마 오늘 풀려난 것도 오자키가 고노에 후미마로 내각의 고위직이라는 신분 덕분이라고 합니다. 아직은 오자키가 조르게에게 어떤 정보를 제공했다는 증거가 없는데다가, 내각의 고위 공무원이니 무작정 붙들고 있을 수는 없었겠지요."

"우리한테 시간이 얼마쯤 있다고 보시오?"

"길지는 않을 겁니다. 리하르트 조르게가 독일 언론인 신분이고 독일 대사관측이 조르게 체포에 대해 일본 측에 항의하고 있다고는 하지만, 여차하면 특고들이 고문을 가할 것입니다. 일단 고문이 시작되면 단 몇 시간도 버티기 어려울 겁니다."

어느 정도 시간적 여유를 갖고 김지언이 오자키 호츠미와 친분을 맺고, 그와 함께 중국 여행을 떠난다는 당초 계획을 변경해야 할 것 같았다.

전차역에 도착하자 홍기삼이 함께 마중 나왔던 젊은 현지 대원에게 "현장에 가서 날이 밝을 때까지 지켜라"고 말했다. 젊은 현지 대원은 배달조와 반대편으로 가는 전차를 탔다. 도쿄 배달조는 홍기삼을 따라 도쿄역에서 북쪽으로 꽤 떨어진 기타구北区에 자리 잡은 사진관으로 이동했다. 전차로 대략 50분쯤 거리였다.

사진관은 임정의 도쿄 거점이자 일본에서 암약하는 대원들이 회동하는 비밀 장소였다. 전차를 타고 이동하는 내내 유상길 대장은 생각에 잠긴 채 한마디도 말이 없었다. 상황이 갑자기 바뀌었다는 말에 다른 대원들도 착잡하기는 마찬가지였다.

사진관은 기타구의 그다지 넓지 않은 상점거리 중간쯤에 자리 잡고 있었다. 상점거리에 들어서자 모자가게, 향가게, 꽃가게, 과일가게, 그릇가게, 철물점, 신발가게, 옷가게, 과자가게, 식당들이 이어졌다. 가게들은 폭이 좁은 상점거리를 따라 양쪽으로 차양막을 맞대고 다닥다닥 붙어 있었다. 그다지 비싼 옷을 취급하는 것 같지는 않아 보이는 양복점이 유상길의 시선을 끌었다. 쇼윈도우 안에 카이저수염을 단 마네킹이 양복 정장에 중절모 차림으로 서 있었다. 몇몇 가게들은 이미 영업을 마쳤고, 몇몇 가게들은 문을 닫는 중이었다.

도쿄 배달조가 들어간 사진관은 이층 건물이었다. 일층은 사진관이었고, 이층은 사진 인화 작업을 하는 암실이었다. 암실에 들어서자 화학약품 냄새가 진동했다. 겉모양만 사진관이 아니라 손님들이 꽤 찾아오는, 실제로 영업 중인 사진관이라고 했다. 임정에서 보내주는 사업비로는 턱없이 부족해 사진관 영업 수익을 현지 대원들 활동비로 사용하는 형태였다.

얼핏 보기에는 평범한 사진관 구조였지만, 이층 암실 안쪽에 창고 같은 공간이 따로 마련돼 있었다. 암실 안쪽 끝 탁자를 치우고 벽을 밀자, 벽이 회전하며 그 뒤쪽으로 비밀 공간이 나타났다. 도쿄 배달조는 홍기삼을 따라 비밀 공간으로 들어갔다. 탁자 한 개와 의자 여섯 개가 놓여 있는 사무실이었다.

"기존 작전을 폐기하고, 신속하게 오자키 호츠미를 데리고 떠날 수 있는 다른 방안을 찾는 편이 낫다고 생각합니다."

비밀 공간으로 들어온 홍기삼이 배달조의 얼굴을 둘러보며 말했다.

"조르게는 독일 언론인 아니오? 아무리 특고라고 해도 일본의 동맹국인 독일 기자를 무리하게 고문할 수야 있겠소?"

유상길 대장이 의자에 앉아 파이프 담배에 불을 붙이며 그때까지도 여전히 서 있는 홍기삼을 올려다보았다. 유상길이 '동맹국인 독일 기자를 고문까지 하겠는가?'라고 말한 것은 '고문을 하지는 않을 것으로 보이니, 원래 작전대로 진행하겠다'는 뜻은 아니었다. 현재 상황을 가능한 자세하게 파악하는 동시에 현재 상황에 대한 홍기삼의 복잡한 생각을 알아내기 위한 질문이었다. 그렇다고 유상길이 홍기삼의 의견에 따르겠다는 뜻은 아니었다.

"특고들이 리하르트 조르게의 스파이 활동 증거를 상당히 확보한 것 같습니다. 단순히 이번 암호무선건만 잡힌 것은 아니라고 합니다. 전시국면으로 치달으면서 조르게가 첩보활동에 지나치게 집중하는 바람에 확실히 꼬리를 밟혔다고 봅니다."

"계속 하시오."

유상길 대장이 홍기삼을 재촉했다.

"문제는 오자키의 연루 사실이 언제 들통 나느냐인데, 조르게가 아무리 독일 언론인이라고 해도 특고가 고문을 마다 할 리 없습니다. 독일 대사관측에서는 조르게가 평범한 언론인이 아니라 동맹국인 독일과 일본을 위해 정보수집 활동을 겸해온 요원이라고 주장하고 있는 모양입니다. 실제로 조르게는 독일 대사관에도 몇 가지 정보를 제공해왔다고 합니다. 말하자면 소련 스파이라는 사실을 들키지 않으면서도 고급 정보에 접근하기 위해 일본의 동맹국인 독일의 정보원 행세를 했다는 겁니다. 하지만 조르게가 소련 스파이라는 사실이 드러나면 독일 대사관도 속은 사실에 분노할 것이고, 그러면 곧바로….”

“조르게가 소련에 일본군 동향을 전달했다는 사실이 명백해지면, 일본군이 당초 남방으로 진출하겠다는 계획을 바꿀 가능성이 있다고 보시오?”

“글쎄요. 일본 대본영의 전략까지 제가 짐작할 수는 없습니다.”

유상길 대장은 고개를 여러 번 끄덕였다. 상황이 당초 계획에서 많이 어긋나 있었지만 유상길 대장은 딱히 동요하는 것 같지는 않았다.

“가택 연금 상태로 감시받고 있다는 오자키 상황은 좀 어떻소?”

“지금까지 파악한 상황만 말씀드리자면, 사복 특고경찰 네 명이 오자키의 집을 감시하고 있습니다. 아무도 들어갈 수도, 나올 수도 없습니다.”

“오자키가 오늘 밤에라도 특고에 잡혀 갈 가능성이 있다고 보시오?”

“네, 조르게가 입을 열면 곧바로….”

“우리가 먼저 움직이는 수밖에 없겠군.”

유상길 대장이 손목시계를 내려다보며 특유의 높낮이 없는 목소리로 말했다.

"어떻게 하시겠다는 겁니까?"

"총은 얼마나 준비돼 있소?"

유상길 대장은 홍기삼의 질문에 답하는 대신 자신이 궁금한 것을 물었다. 기질 자체가 그런 사람이었다. 판단이 빠르고, 성격은 급하며, 작전 성공을 위해서라면 앞뒤를 가리지 않았다. 임무완수에 필요하다면 섶을 지고 불에 뛰어드는 것을 망설이지 않을 사람이었다.

"인원수만큼 준비해뒀습니다."

"이리 갖다 주시오."

홍기삼이 사무실 한쪽 잡동사니를 올려둔 책상을 밀자, 벽 안쪽에 비밀 공간이 드러났다. 벽을 파내서 만든 좁은 공간이었다.

홍기삼이 꺼내온 총을 탁자 위에 내려놓았다. 6연발 리볼버 권총이었다. 얼마나 효과가 있을지는 모르지만 소음기까지 부착돼 있었다. 유상길 대장이 권총의 회전식 실린더 약실을 열어 살폈다. 총알은 장전돼 있지 않았다.

"실탄은?"

"개인당 열여덟 발씩 준비돼 있습니다."

"갖다 주시오."

총알을 가지러 가려고 돌아서던 홍기삼이 재차 물었다.

"어떻게 하실 계획입니까?"

"시간이 없다고 하지 않았소? 우리가 먼저 치고 들어가는 수밖에."

"어떻게 하신다는 말씀인지?"

유상길 대장은 이번에도 홍기삼의 질문에 대답하지 않고 자신이 묻고 싶은 것을 물었다.

"도쿄에서 시모노세키까지 가장 빨리 가는 교통편은 어떤 게 있소?"

"매일 오전 열 시에 도쿄역에서 시모노세키로 출발하는 급행열차가 있습니다. 그 열차를 타면 다음 날 오전 여섯 시쯤에 시모노세키에 도착합니다. 나고야, 교토, 오사카, 히로시마를 경유해 가는 열차입니다."

"우리가 타고 왔던 그 열차 말이오?"

"맞습니다."

"현재 시각 오후 9시 40분. 내일 오전 10시 열차 출발이라⋯."

유상길 대장은 생각을 정리하려는 듯 눈을 감았다. 눈을 감고 상체를 뒤로 젖힌 채 1,2분 동안 미동이 없던 그가 자세를 고쳐 앉으며 말문을 열었다.

"우리가 내일 오전에 그 열차를 탄다고 해도 앞으로 최소 12시간 동안 오자키에 대한 체포 명령이 떨어지지 않아야 도쿄를 빠져나갈 수 있다."

"어떻게 하시겠다는 겁니까?"

홍기삼의 목소리에 다소간 못마땅함이 묻어났다. 진작부터 입을 꾹 다문 채 양팔을 끼고 있는 최윤기와 서우진, 김지언도 답답하다는 표정이었다. 유상길 대장은 대체 무슨 생각을 하는 것일까.

"오늘 밤에 오자키를 만납시다."

"특고들이 집을 감시하고 있는데 어떻게…?"

"처치해야지."

"예? 도쿄 한복판에서요?"

홍기삼은 눈을 동그랗게 떴다. 말도 안 되는 소리였다.

'여기가 무슨 중국이나 만주 벌판인 줄 아는가. 특고들을 처치하다니? 도쿄 한복판에서? 그런 짓을 했다가는 도쿄를 빠져나가기도 전에 체포되고 말 것이다.'

"다른 방법이 있소?"

유상길 대장의 말투는 건조하고 단조로웠다.

"글쎄요, 하지만….""

"임무를 수행할 때는 매사를 기계적으로 생각하시오."

"예에…, 하지만 도쿄에서 경찰을 처치한다는 건…."

유상길이 홍기삼의 말을 끊으며 치고 나왔다.

"자동차를 구할 수 있겠소? 중간에 퍼지지 않고, 시모노세키까지 갈 수 있는 걸로."

"열차편이 아니고요?"

"열차는 내일 오전 10시 출발이라고 하지 않았소?"

"예."

"당장에라도 오자키를 체포해 오라는 명령이 떨어질지 모르는 판에 내일 10시까지 기다릴 수는 없지 않소? 지금 바로 작전에 들어가고, 오자키 신병身柄을 확보하는 데로 곧바로 자동차를 타고 시모노세키로 갑시다."

"대장님!"

최윤기가 불쑥 끼어들었다.

"오자키가 안 가겠다고 거부하면 어쩝니까? 특고들이야 어떻게든 몰래 처치할 수 있다고 쳐도, 안 가겠다고 버티는 사람을 도쿄에서 충칭까지 무슨 수로 데려간다는 말입니까? 그 자가 고함만 질러도 대번에 경찰들이 달려들 텐데. 죽여서 들쳐 업고 갈 수도 없고."

"그건 걱정할 것 없어. 오자키는 이미 자포자기 상태일 거야. 특고에 곧 체포된다는 걸 본인이 누구보다 잘 알고 있을 거니까. 설령 체포되지 않을 방도가 있다고 하더라도 그 자의 집을 지키는 특고들을 우리가 모조리 처치해버리면 우리와 함께 떠나지 않을 수 없겠지."

유상길의 말에 대원들은 눈이 휘둥그레졌다. 최윤기는 벌린 입을 다물지 못했다. 듣고 보니 틀린 말은 아니었다. 자기 집을 감시하는 특고들을 죽여버린다면 오자키가 '도쿄 배달조'를 따라 나서지 않고 어쩌겠는가.

아무 잘못이 없는 사람이라면야 "괴한들이 특고들을 죽였다"고 고함치거나 경찰에 신고할 수 있겠지만, 오자키는 이미 간첩 혐의를 받고 있다. 우리와 함께 떠날 수밖에 없다는 유상길 대장의 말은 충분히 일리 있었다.

"문제는 특고들을 처치하고, 도쿄를 떠나 시모노세키에서 인천으로 가는 배를 탈 때까지 오자키가 달아난 사실, 오자키 집을 지키던 특고들이 모두 죽었다는 사실이 들통 나지 않아야 한다는 거지."

유상길이 설명을 이어갔고, 배달조는 묵묵히 듣기만 했다.

"오자키를 체포해 오라는 명령이 떨어지기 전에 우리가 도쿄를 빠져나가야 해. 그러자면 한시라도 빨리 움직이는 게 나아. 체포 명령을 내렸는데, 오자키도, 특고들도 경찰서로 돌아오지 않으면 달아났다는 사실이 금방 발각될 테니까."

"너무 위험하지 않겠습니까?"

서우진이었다.

"우리가 일본에 벚꽃 놀이 왔나?"

서우진은 항변할 수 없었다.

유상길 대장이 손목시계를 다시 확인했다.

"지금 시각 오후 10시. 10시 20분 작전 개시. 11시 30분 오자키 집 인근 도착 및 상황 파악.

밤 12시 정각 오자키 집 감시 중인 특고들 처치 및 오자키 집 진입. 오전 1시 오자키를 데리고 시모노세키로 출발. 질문 있나?"

유상길이 대원들 얼굴을 하나하나 둘러보며 '질문이 있으면 하라'는 표정을 지었다.

"자동차가 없습니다."

홍기삼이었다.

"뭐요??"

"저희 소유의 자동차가 있는 것도 아니고, 이 밤에 자동차를 구할 만한 곳도 없습니다."

"그 무슨 말도 안 되는!! 도쿄에서는 작전을 그렇게 하시오??"

유상길 대장이 버럭 고함을 질렀다. 충칭을 출발한 이래 그가 높낮이 없는 단조로운 음성에서 벗어난 것은 처음이었다.

"죄송하지만, 임정본부로부터 받은 작전계획에 트럭은 없었습니다."

"상황이 바뀌지 않았소, 상황이!!"

"상황이 바뀐 것을 저희가 파악한 것도 그저께입니다. 여기 오신 특공대가 어떤 작전을 생각하는지 모르는 상황에서 저희가 단독으로 작전 계획을 세울 수도 없었고…."

유상길은 얼굴을 찌푸리고 주먹을 불끈 쥐었을 뿐 더 이상 불만을 터뜨리지는 않았다. 홍기삼의 말에 틀린 부분은 없었다. 상황이 갑자기 바뀐 것도, 변환 상황에 맞춰 작전을 변경한 것도 홍기삼의 의지와는 무관했다.

유상길 대장이 의자에 앉은 채로 허리와 목을 뒤로 한껏 젖혔다. 툭 튀어나온 목울대가 강인하고 고집스러운 느낌을 주었다.

유상길은 생각에 잠겼다. 일단 특고들을 처치하고 오자키의 신병을 확보하게 되면 즉시 도쿄를 벗어나야 한다. 경찰서에서 오자키 집을 지키는 특고들에게 언제 연락을 취해 '오자키를 호송해 오라'고 할 지 알 수 없다. 꼭 그를 압송하라는 명령이 아니더라도 마찬가지다. 무슨 전달 사항이라도 보냈는데, 오자키 집을 지키는 특고들에게서 응답이 없다면? 무슨 사고가 발생했다는 것을 금방 알아차릴 것이다. 특고들을 처치한 뒤에도 열차를 기다리느라 도쿄에 머문다는 것은 자살행위나 다름없었다.

더구나 오자키를 데리고 열차로 이동하는 것은 결코 좋은 작전이 아니었다. 시모노세키에서 도쿄로 오는 열차 안에서 세 번이나 검문을 받았다. 의례적인 검문이었음에도 여간 깐깐하지 않았다. 오자키가 달아났다는 사실, 특고들이 죽었다는 사실이 발각되면 검문은 극도로 강화될 것이다. 속히 떠나자면 반드시 자동차가 필요했다. 열차 안에서 받게 될 검문을 고려하더라도 자동차로 이동하는 편이 나았다.

"자동차를 구할 방법이 전혀 없는 것이오?"

유상길 대장이 뒤로 젖혔던 허리를 바로 세우며 물었다.

"네, 이 밤에는…. 조선이나 중국에 비해 일본에 자동차가 많기는 하지만, 민간인들 중에 자동차를 가진 사람은 그리 많지 않습니다. 게다가 밤에는 또 자동차를 창고 안에 넣어두니까…."

"그럼 내일 낮에는 바로 구할 수 있소?"

"오전 중에 구할 수 있을 것입니다."

"오자키 집 근처에는 사람들 왕래가 많소?"

"큰길에서 멀리 떨어지지 않은 이면도로裏面道路의 주택가라 사람들이 많이 다닙니다. 낮에는 동네 아이들도 많이 나와서 놀고."

"오자키 집 앞을 지키는 특고들을 낮에 처치하는 것은 어떻다고 보시오?"

"많은 사람들이 볼 겁니다. 어떻게든 특고들을 처치할 수는 있겠지만, 곧바로 경찰에 쫓기게 될 것입니다."

"그럴 테지…."

유상길은 마치 그런 대답을 예상하고 있었다는 듯이 혼잣말을 했다. 결국 내일 낮에 자동차를 구한 다음, 해가 질 때까지 기다렸다가 작전을 펼쳐야 한다는 말이었다. 그동안에 오자키가 특고들에게 끌려가버릴 지로 모를 일이었다. 그렇다고 작전을 바로 개시하자니 사고를 쳐놓고 현장에 머무는 꼴이었다. 자동차를 구하자마자 대낮에 작전을 수행하자니 수많은 눈이 문제였고, 내일 밤까지 기다리자니 그 사이 오자키가 경찰에 압송 될지도 모른다는 게 문제였다.

"지금 현장에서 오자키 집을 감시 중인 우리 대원은 몇 명이오?"

"일 명입니다. 좀 전에 도쿄역에서 만났던 심은섭 동지입니다. 오자키 집에서 칠팔십 미터쯤 떨어진 곳에 공사 중인 건물이 있는데, 그 건물에 잠입해서 감시하고 있습니다."

"그 심은섭이라는 동지는 전투대원이요?"

"기초 훈련을 받았지만 실전 경험은 없습니다."

"그 친구가 총격전이나 살인을 감당할 수 있소?"

"죄송한 말씀이지만, 일본에서 활동하는 동지들은 기본적으로 정보요원이지 전투요원이 아닙니다. 도쿄 한복판에서 서너 명이 전투로 얻을 수 있는 실익도 없고요."

"만일의 경우가 발생해 싸우게 된다면 전투가 가능하긴 하오?"

"굳이 싸워야 하는 상황이면 싸우겠지만, 여기 특공대원들과 일본 현지 대원의 임무는 근본적으로 다릅니다. 총격전은 물론이고 일대일 몸싸움에도 익숙하지 않습니다."

"알겠소. 헌데 낮에는 오자키 집을 어떻게 감시하오?"

"공사 중인 그 건물에 인부로 들어가서 일하는 우리 대원이 있습니다."

"여기서 오자키 집까지 거리는 얼마나 되오?"

"도쿄역에서 우리는 북쪽으로 멀리 왔고, 오자키의 집은 도쿄역에서 남쪽으로 조금 가야 합니다."

"지금 가면 시간이 얼마나 걸리겠소?"

"지금은 전철도 끊어지고, 택시도 없으니, 걸어가자면 뛰다시피 걸어도 족히 두 시간 이상 거리입니다."

유상길이 탁자 위에 놓인 권총을 허리춤에 차며 말했다.

"실탄 갖다 주시오. 바로 출발합시다."

"지금 걸어서 가면 중간에 통행금지에 걸립니다."

홍기삼이 우물쭈물 자신 없는 목소리로 말했다.

"통행금지?"

"예. 도쿄나 오사카, 히로시마 같은 대도시에는 야간 통행금지가 있습니다."

"몇 시부터 몇 시까지 통행금지요?"

"때때로 좀 다르기는 한데, 현재는 자정부터 새벽 5시까지입니다."

"참 지랄 같군. 통행금지를 피해서 갈 수 있는 방법은 없소?"

"지금 자동차를 구할 수는 없고, 자전거를 타고가면 아슬아슬하지만 통금 전에 도착할 수 있을 것도 같습니다."

"자전거를 구할 수 있소? 몇 대나 구할 수 있소?"

"지금은 이미 가게들도 문을 닫은 밤이라, 이 근방에서 급하게 구하자면 두 대쯤입니다."

일본 현지 대원 홍기삼은 자신의 잘못이 아님에도 어쩐지 죄스러운 마음이 되어 기어들어가는 목소리로 말했다.

"좋소! 빨리 구해 주시오. 서우진 동지, 홍 동지와 함께 가서 자전거 몰고 오도록."

홍기삼과 서우진이 밀실을 나가자 유상길 대장은 변경된 작전을 설명했다.

"기존 작전은 이 시간부로 폐기한다. 새로운 작전은 내일 밤 오자키 집 앞을 지키는 특고들을 처치하고, 오자키와 함께 자동차로 시모노세키로 떠나는 것이다. 당장 오늘 밤에라도 작전을 개시하고 싶지만, 자동차가 없으니 미룰 수밖에 없다. 내일 해가 진 다음, 오자키 집 앞 골목에 인적이 좀 뜸해지면 곧바로 작전 돌입한다."

유상길 대장이 작전변경을 밝히자 김지언의 눈이 반짝 빛났다. 얼굴에 화색이 도는 것 같았다. 유상길은 김지언의 미묘한 표정 변화를 놓치지 않았다.

'미인계 수행이 어지간히 부담스러웠던 모양이군.'

미인계의 대상이 되는 인물들은 대부분 요인들이다. 그들은 명석할 뿐만 아니라, 자신이 포섭 대상이 될 수 있음을 알기에 늘 긴장하고 있다. 어설프게 미인계를 썼다가는 오히려 되치기 당한다. 그러니 미인계는 진짜 연애보다 더 연애다워야 통한다. 실제 연애처럼 상대를 진심으로 좋아해야 마음을 얻을 수 있다.

그다지 멋지지 않은 남자들, 그다지 예쁘지 않은 여자들, 게다가 미숙하고 유치하기까지 한 청춘 남녀들이 서로 사랑에 빠지는 것은 그들의 사랑이 진심이기 때문이다. 말과 행동이 유치하고,

때때로 조악하더라도 그 마음이 진심이기에 상대의 심장에 정확하게 꽂히는 것이다. 남녀의 사랑이란 그런 것이다. 이 사람이 아니면 저 사람, 이것 아니면 다른 것을 찾는 것은 사랑이 아니다. 사랑은 전부를 얻거나 전부를 잃는 것이다. 단 한순간일지라도 그 누구로도, 그 무엇으로도 대체할 수 없는 것이 남녀의 사랑인 것이다.

유상길이 보기에 김지언은 사랑하지 않는 남자에게 결코 그런 모습을 보일 수 없는 여자였다. 충칭을 떠나 도쿄로 오는 동안 김지언에게서 풍기는 느낌이 그랬다. 그녀는 여러 가지 색깔을 가진 여자가 아니었다. 마음과 낯빛이 정확하게 일치하는 사람이었다. 어떤 경우에도 진심을 숨길 수 없는 사람, 천성 같았다. 어쩌면 김지언에게 사랑하는 남자가 있는 지도 모를 일이었다. 온 마음을 다해 사랑하는 남자가 있기에, 아무리 임무수행이고 작전이라고 하더라도 미인계에 커다란 부담을 느끼는 것인지 모른다고 생각했다. 김지언이 저 정도로 부담을 느끼고 있다면, 원래 계획대로 미인계를 진행했을 때 통했을 지도 의문이었다. 그렇게 생각하니 갑자기 바뀐 상황이 딱히 나쁜 것만은 아니라는 생각도 들었다.

유상길은 마치 새 결심이라도 세운 사람처럼 결연한 어조로 말했다.

"자전거를 구해 오는 즉시 나와 홍기삼 동지는 오자키 집 근처로 이동한다."

"내일 해가 지고 난 뒤에 작전에 돌입하자면서, 굳이 지금 가시는 이유는 뭡니까?"

최윤기가 영문을 모르겠다는 표정으로 물었다.

"홍기삼 동지 말 못 들었나? 오자키가 언제 경찰에 붙들려 갈지 모른다. 오자키 집 근처에 가서 잠복하고 있다가, 혹시 오늘 밤에라도 오자키가 경찰서로 끌려가는 상황이 발생하면 특고들을 처치하고 오자키 신병을 확보해야지."

"뭐라고요? 무작정 특고들을 처치해버리면, 어떻게 일본을 빠져 나간단 말입니까?"

"오자키가 특고에 잡혀가버리면 우리 작전은 물거품이다. 우리 병력으로 경찰서를 습격할 수는 없지 않나? 오늘 밤이나 내일 낮에 오자키가 체포되지 않기를 바라야겠지만, 만약 그런 상황이 발생하면 뒷일은 생각하고 말 것도 없다. 일단 오자키 신병을 확보해야 한다. 미친 짓이지만 달리 도리가 없다."

"하지만, 너무 위험합니다. 오자키를 데리고 충칭으로 돌아가기는커녕 우리까지 모두 잡힙니다."

역시 최윤기였다.

"알고 있다. 하지만 다른 도리가 없지 않나? 오자키를 데려가지 못하고 우리가 안전하게 돌아가는 건 의미 없다."

"그렇다고, 여기서 다 같이 죽자는 말씀입니까?"

최윤기가 펄쩍 뛰었다. 유상길 대장은 말이 통하지 않는 사람이었다.

"다 같이 죽자는 말이 아니라, 오자키를 충칭으로 데려가는 데 집중하자는 말이다. 다행히 내일 밤까지 오자키가 체포되지 않으면, 우리가 특고들을 처치하고, 오자키를 데리고 시모노세키로 떠날 수 있다. 지금 우리에게 가장 좋은 상황은 일이 그렇게 전개되는 것이다. 그렇다고 운명에 모든 걸 맡겨 둘 수는 없다. 대책 없이 기다리기보다는 무모한 대책이라도 세우는 게 낫다. 오늘 밤에라도 오자키 체포 상황이 발생하면 무모한 조치라도 취할 수밖에 없는 것이다."

"대장님 가시고 나면, 우리는 여기서 뭘 합니까?"

"내가 다시 연락을 취할 때까지 여기서 대기한다. 식사하고 잠도 좀 자 둬라. 오늘 밤에는 홍 동지와 나만 움직인다."

자전거를 구하러 나갔던 홍기삼과 서우진은 얼마 지나지 않아 돌아왔다. 근처에서 쉽게 자전거를 구한 모양이었다. 유상길 대장은 두 사람에게도 변경된 작전계획을 설명했다.

"홍기삼 동지와 나는 지금 오자키 집 근처로 간다. 나머지는 여기 대기하고 있다가 홍 동지가 돌아와 내 지시를 전달하면 그에 따라 움직인다."

"홍 동지는 언제쯤 여기로 돌아옵니까?"

"현장에 가서 상황을 봐야 알겠지만, 오늘 밤에는 못 돌아온다. 통행금지 시간이니까."

유상길 대장과 홍기삼이 밀실을 나가 사진관 일층으로 내려갔다.

"저런 방식 난 정말 이해 안 돼. 앞뒤도 없이 대체 어쩌자는 거야."

두 사람이 나가자 최윤기가 넋두리처럼 말했다.

"어쩔 수 없죠. 지금까지도 그랬고, 앞으로도 그럴 것 같고."

서우진이었다.

유상길과 홍기삼은 자전거를 타고 불 꺼진 상점거리를 천천히 빠져나갔다. 두 사람이 탄 자전가 지나가자, 어둠 속에 굳게 닫혀 있던 모자가게 문이 소리 없이 열리고 한 남자가 모습을 드러냈다. 사진관에서 대각선으로 맞은편에 자리한 가게였다. 모자가게에서 나온 남자는 엉덩이까지 내려오는 가죽잠바에 헌팅캡을 쓰고 있었다. 남자는 자전거를 탄 두 사람을 쫓아 잰걸음 쳤다.

자전거는 상점거리를 빠져나가 큰길에 이르자 속도를 냈다. 잰걸음으로 두 사람을 쫓던 사나이도 달리기 시작했다. 하지만 두 대의 자전거와 그 뒤를 쫓는 사나이의 거리는 점점 멀어졌다. 거친 숨을 몰아쉬며 달리던 사나이는 달리기를 멈추고 멀어지는 자전거를 노려보았다. 홍기삼과 유상길은 그런 사실을 모른 채 열심히 자전거 페달을 밟았다.

자전거를 놓친 사나이는 돌아서서 모자가게가 있는 어두운 상점거리로 향했다. 모자가게로 돌아온 남자는 어디론가 전화를 걸었다.

"사진관 주인을 포함해 5명이 사진관으로 들어왔다가, 조금 전 사진관 주인과 남자 1명이 자전거를 타고 어디론가 떠났다."

전화기 저쪽에서 무슨 이야기를 하는 것 같았다.

"어디로 가는지는 파악하지 못했다. 자전거를 구해서 타고 나가는 것을 보면 이 근방 어디가 아니라 꽤 떨어진 장소로 이동하는 모양이다."

전화기 저쪽에서 또 무슨 이야기를 했다.

"나머지 3명은 사진관 안에 그대로 있다. 숙소를 따로 잡지 않은 것 같다. 아마 오늘 밤에 사진관에서 잠을 잘 모양이다. 일행 중에 여자 1명이 포함돼 있다."

남자는 전화기를 들고 말없이 저쪽의 이야기를 한참 들었다. 그리고는 '내일 다시 보고하겠다'고 말하고 수화기를 내려놓았다. 남자는 가로등 불빛이 희미하게 비쳐 들어오는 모자가게 안 창문에 눈을 바싹 붙이고 사진관을 뚫어지게 바라보았다.

유상길 대장과 홍기삼이 사진관을 떠나고 2층 밀실에는 최윤기와 서우진, 김지언이 남았다. 창문조차 없는 방이었다. 건물 밖에서 본다면 2층 사진 인화 암실 뒤에 이런 공간이 숨어 있으리라고는 상상하기 어려운 구조였다. 밀실에는 책상과 의자가 덩그렁게 놓여 있을 뿐 다른 가구나 사무용 집기가 없었다.

"배고프지 않아요? 뭘 좀 먹으면서 기다리는 건 어때요?"

김지언이 최윤기와 서우진을 번갈아 바라보며 물었다.

"야, 김지언. 지금 이 상황에서 밥이 넘어가겠냐?"

최윤기였다.

"이 상황이 어때서요? 우리가 뭐 죽으러 왔나요? 작전 수행하러 왔지."

갑자기 발랄해진 김지언의 모습에 서우진은 고개를 갸웃거렸다.

김지언은 성격이 밝은 사람이었다. 하지만 충칭을 떠나 도쿄로 오는 내내 침울한 표정이었다. 평소의 그녀와 전혀 다른 모습이었다. 그랬던 그녀가 갑자기 원래의 쾌활한 모습으로 돌아와 있었다.

"정말 안 드실 거예요?"

김지언이 사진 인화 암실과 연결된 문 쪽으로 걸어가며 두 사람에게 물었다.

"지언씨 어디 가려고요?"

서우진이었다.

"아까 홍기삼 동지가 일층 사진관에 음식 준비해놨다고 했어요."

김지언이 밀실을 나가자 서우진이 혼잣말처럼 중얼거렸다.

"갑자기 기분이 좋아졌나 보네…. 요 며칠 시무룩하더니만."

"원래 밝은 성격인데 뭘 그래."

"그렇기는 하죠."

일층으로 내려갔던 김지언이 올라왔다. 그녀의 손에 초밥과 간장, 생선회가 담긴 접시가 들려 있었다.

"다들 이쪽으로 와서 좀 드세요. 금강산도 식후경이라잖아요."

김지언이 탁자 위에 놓인 권총 세 자루를 한쪽으로 밀치고, 음식 접시를 올려놓았다. 세 사람은 탁자를 가운데 두고 둘러앉았다.

서우진의 입에 일본 음식은 그다지 맞지 않았다. 24시간 이상 꼬박 굶어 배가 고프니 먹을 뿐이었다. 상하이나 칭다오에는 일본 음식점들이 더러 있었지만 충칭에서는 일본 음식점을 찾아보기 어려웠다. 일본 음식을 먹을 기회도 드물었고, 일부러 찾아서 먹고 싶은 마음도 없었다. 평소 음식을 가리지 않는 편인 최윤기도 심드렁한 표정을 지었다.

"일본 놈들은 이런 걸 음식이라고 먹나?"

두 사람과 달리 김지언은 기꺼운 얼굴이었다. 음식이 입에 맞아서가 아니라 작전이 변경돼 마음이 편해진 덕분이었다.

서우진도 마음이 가볍기는 마찬가지였다. 당초 세웠던 작전에 차질이 발생한 것은 마뜩치 않았지만, 하루라도 일찍 충칭으로 돌아갈 수 있다면 좋은 일이었다.

"도쿄가 큰 도시라 그런지 야경이 아름다워요. 열차에서 내려서 도쿄역 밖으로 나왔을 때 깜짝 놀랐어요. 그렇게 휘황찬란한 밤은 처음 봤어요. 충청의 밤은 도쿄에 비할 바가 아니네요.”

김지언이 젓가락으로 초밥을 집어 들며 미소 지었다.

‘이 상황에 야경 이야기라니!’

서우진이 생각하는 것보다 김지언은 훨씬 더 기쁜 얼굴이었다. 마치 도쿄에 여행이라도 온 사람처럼 들뜬 표정이었다. 충청을 출발한 이래 그녀의 얼굴은 내내 굳어 있었다. 서우진이 말을 걸어도 간단히 대답만 할 뿐 대화를 이어가지 않았다. 일부러 피하는 느낌마저 들었다. 지금 이 사람이 나와 다정하게 이야기 나누던 그 사람이 맞나 싶을 정도였다. 다른 사람들 시선 때문에 그러는 것이라고 여겼지만 께름칙한 느낌을 떨칠 수 없었다.

‘너무 불안해하지 말라’는 서우진의 말에 김지언은 고개를 끄덕였다. 하지만 그때뿐이었다. 그녀의 얼굴은 금세 돌처럼 굳어졌다. 행정 사무만 보다가 현장 작전에 투입되고 보니 몹시 힘든 모양이라고 짐작할 뿐이었다. 하지만 유상길 대장이 작전 계획 변경을 발표한 뒤부터 그녀의 표정은 완전히 달라졌다. 타다만 나무토막 같았던 얼굴이 봄꽃처럼 피어나고 있었다. 원래의 김지언으로 돌아가는 중이었다.

충청으로 빨리 돌아갈 수 있게 됐다는 기대 때문일까? 돌아가는 대로 결혼하기로 한 약속 때문일까? 서우진은 김지언의 봄꽃처럼 환한 얼굴을 바라보며 충만한 행복감을 느꼈다.

오자키 집에 나타난 경찰차

오자키 호츠미의 집은 전차가 다니는 큰길에서 멀리 떨어지지 않은 이면도로裏面道路변에 자리 잡은 단층집이었다. 고급 주택가는 아니지만 일정한 간격으로 가로수가 서 있었고, 은방울 꽃 모양의 가로등까지 있는 깨끗한 동네였다. 가로등이 켜져 있었지만 한밤중이라 이면도로에 인적은 끊어지고 없었다.

도쿄 현지 대원 홍기삼이 유상길 대장을 안내한 곳은 이면도로 중간쯤의 작은 네거리 모퉁이에 신축 중인 3층 건물 옥상이었다. 슬라브 건물로 뼈대와 벽면은 이미 다 지었고, 건물 내부 공사가 한창이었다. 오자키의 집에서 70, 80미터쯤 떨어져 있었고, 오자키의 집과는 대각선 위치였다. 숨 가쁘게 자전거 페달을 밟아 달려온 유상길과 홍기삼이 공사 중인 건물에 들어서고 얼마 지나지 않아 곧 통행금지 시각인 자정이었다.

오자키 집을 감시하고 있던 도쿄 현지 대원은 옥상으로 올라오는 홍기삼을 보자 고개를 숙여 인사했다. 처음 도쿄역에 도착했을 때 홍기삼과 함께 마중 나왔던 청년이었다.

홍기삼이 유상길 대장에게 청년을 정식으로 소개했다. 젊은 대원은 "심은섭입니다"며 예의 바르게 고개를 숙이며 인사했다.

"변동 사항은 없었나?"

홍기삼이 물었다.

"네, 특고들이 여전히 집을 지키고 있고, 오자키는 한 번도 밖으로 나오지 않았습니다."

공사 중인 건물은 오자키의 집과 얇게 대각선을 이루는 데다 네거리에 위치해 있어 여러 방향을 살필 수 있었다. 유상길 대장은 심은섭이 들고 있던 쌍안경을 받아들어 오자키의 집을 살폈다.

나무대문이 굳게 닫혀 있었다. 실내에 켜둔 전등불빛이 창문을 통해 흘러나와 마당을 희미하게 비추고 있었다. 한밤중이라 주변 집들은 모두 불이 꺼졌지만, 오자키는 잠들지 못하는 모양이었다. 10월 하순으로 접어들고 있었다. 단풍이 들기 시작한 것인지 마당의 오동나무 잎이 전등 불빛 아래에서 불그스름했다.

오자키 집 대문을 중심으로 양쪽에 2인 1조로 모자를 쓴 남자들이 서성대고 있었다. 가로등이 켜져 있었지만, 거리가 그다지 밝지 않은 데다 모자까지 쓰고 있어 그들의 얼굴을 제대로 볼 수는 없었다. 통행금지 시간에 거리에 나와 있는 자들이라면 경찰임이 분명해 보였다. 통행금지 시각에 밖에 나와 있다는 사실을 차치하더라도, 오자키 집 앞을 지키는 자들은 평범한 시민이 아님을 쉽게 짐작할 수 있었다. 네 명 모두 한눈에 보기에도 몸이 다부졌다. 상당한 훈련으로 몸을 다져온 자들 같았다.

"내일 낮에는 자동차를 확실히 구할 수 있는 거요?"

유상길이 쌍안경을 내리며 홍기삼에게 물었다.

"눈여겨 봐둔 도요타 트럭이 있습니다. 앞좌석에 세 사람이 앉을 수 있고, 짐칸에 여럿이 탈 수 있는 트럭입니다."

"훔치는 거요?"

"저희는 동원한다고 말합니다."

홍기삼은 빙그레 웃으며 트럭처럼 값비싼 물건을 구입할 돈도 없지만, 그런 물건을 구입하면 눈에 띄기 마련이라고 말했다.

"자동차나 고가의 물건은 작전상 필요할 때마다 동원해서 쓰고 곧바로 버립니다."

그렇게 하면 구매 이력이 남지 않고, 훔친 물건이니 설령 작전 중에 문제가 발생하더라도 추적당할 염려도 덜하다고 홍기삼은 덧붙였다.

"경찰에 분실 신고가 들어가지 않소?"

"그래서 미리 봐 뒀다가 최대한 작전에 임박해서 동원합니다."

유상길이 고개를 끄덕였다.

"내일 낮에는 작전이 불가능하니, 해 진 후에 작전에 들어갑시다. 그 봐 뒀다는 트럭은 오후 서너 시쯤에 동원하는 게 좋겠소."

"차질 없도록 준비하겠습니다."

"고맙소. 기름 가득 채우고, 또 별도로 최대한 많이 준비해주시오. 시모노세키까지 곧장 갈 수 있도록 충분히."

"알겠습니다."

"헌데 오자키는 가족들과 함께 살고 있소?"

"현재 혼자 살고 있습니다. 중국, 소련에서도 근무했고, 다롄의 만철滿鐵(남만주철도주식회사)에서도 근무했다고 합니다. 떠돌이처럼 살았던 모양입니다. 그 때문인지 아직 미혼이고요."

"잘 됐군. 요즘은 해가 일찍 떨어지니까, 내일 오후 6시 30분까지 여기에 모두 집결해 작전 시작합시다."

"우리 도쿄 대원들도 모두 대기시킬까요?"

"동원할 수 있는 대원은 모두 몇 명이오?"

"총 네 명입니다."

"홍 동지와 여기 심은섭 동지만 합류하도록 하시오. 너무 많으면 눈에 띄기 십상이고, 또 앞으로도 도쿄에 남아서 작전을 펼쳐가야 할 사람들이니 가급적 눈에 띄지 않는 것이 좋겠소."

그때였다.

전차가 다니는 큰길에서 승용차 한 대가 헤드라이트를 환하게 밝힌 채 이면도로 안으로 들어왔다. 그다지 넓지 않은 이면도로가 자동차 헤드라이트에 대낮처럼 환해졌다. 승용차는 오자키 집 앞에서 멈췄다. 경찰차였다.

유상길은 바짝 긴장했다.

'특고 4명이 오자키 집을 감시하고 있다. 그렇다면 지금 들어온 경찰차는 뭐지? 오자키를 체포해 호송하려고 온 자들인가?'

유상길은 얼른 쌍안경을 집어 들었다. 경찰차에서 남자 2명이 내렸다. 차에서 내린 자들이 오자키 집 앞을 지키고 있던 특고들과 이야기를 나누었다. 담배를 피워 무는 것 같았다.

"두 사람 다 총 갖고 있소?"

"네."

홍기삼이 대답했다. 심은섭은 대답이 없었다.

'총 갖고 있느냐'는 유상길의 말에 심은섭의 표정은 순식간에 얼어붙었다. 실전 경험이 없는 것이리라. 유상길이 재차 물었다.

"심 동지도 총 갖고 있나?"

"예!"

심은섭은 겨우 대답했다. 잔뜩 겁먹은 소리였다.

"소음기는?"

"장착돼 있습니다."

"두 사람 다?"

"네."

심은섭은 이번에도 유상길 대장이 두 번 묻고 나서야 겨우 답했다.

"특고 놈들이 오자키를 잡아가려고 온 모양이오. 가서 놈들을 처치하고, 경찰차를 탈취합시다."

유상길이 허리춤에 끼워둔 권총을 뽑아들며 말했다.

"저 쪽은 여섯 명입니다. 우리가 골목으로 내려가서 집 근처로 다가가기만 해도 제지당할 겁니다. 어쩌면 총격을 받게 될지도 모릅니다."

홍기삼이 다급한 어조로 말했다.

"이쪽 편에 있는 집들 지붕을 타고 오자키 집 바로 맞은편 집까지 간다. 그 다음 지붕에서 내려가 대문을 열고 나가서 특고 놈들을 처치한다. 지금 이동한다. 놈들이 오자키를 집 밖으로 끌고 나온 다음 우리가 움직이면 늦다! 자, 이동!!"

유상길이 뽑아 들었던 권총을 허리춤에 다시 차고 공사 중인 건물의 비계기둥을 붙잡고 아래로 내려갔다. 공사 중인 건물은 3층 건물로 옆집 지붕보다 높았다.

비계기둥을 타고 내려가 2층 높이 쯤에서 옆집 지붕으로 올라간 다음 다닥다닥 붙어 있는 집들의 지붕을 타고 오자키의 집 바로 맞은편 집까지 이동할 작정이었다. 유상길이 먼저 내려가고 심은섭이 두 번째로 내려가기 위해 삼층 옥상 난간에서 비계기둥을 막 붙잡았을 때였다.

오자키 집 앞에 서 있던 경찰차가 이면도로 안에서 방향을 돌렸다. 그리고는 조금 전에 들어왔던 큰길을 향해 달려 나갔다.

"무슨 일이오? 놈들이 어째서 돌아가는 거지?"

옆집 지붕에 막 올라선 유상길이 그때까지 옥상에 남아 있던 홍기삼을 올려다보며 물었다.

"앞서 집을 지키고 있던 두 놈이 경찰차를 타고 떠났고, 새로 온 두 놈이 남았습니다. 아마 근무 교대차 나왔던 모양입니다."

홍기삼이 옥상 난간에서 아래를 내려다보며 대답했다.

"확실하오?"

"제가 줄곧 보고 있었습니다. 차에서 내렸던 자들과 방금 차를 타고 떠난 자들은 다른 자들입니다. 두 명이 교대한 것이 확실합니다."

"그거 다행이군. 적어도 오늘밤에 오자키가 잡혀갈 가능성은 낮다는 말일 테니 말이야."

다시 옥상으로 올라온 유상길은 쌍안경을 눈에 갖다 대고 특고들을 살폈다. 몸집과 복장이 비슷해 근무자가 바뀌었는지 알 수는 없었다. 그 사이 오자키의 집 실내에는 불이 꺼져 있었다.

"오자키가 집 밖으로 나오지 않은 것이 확실하오?"

유상길이 쌍안경을 내리며 홍기삼에게 물었다.

"확실합니다. 특고들은 오자키 집 안으로 들어가지도 않았습니다. 지금도 여전히 네 명이 지키고 있고요."

유상길이 이마에 맺힌 땀을 닦았다. 가을 밤 날씨는 쌀쌀했지만, 긴장한데다 비계기둥을 타고 내려갔다가 올라오느라 이마에 땀이 맺혔다.

유상길은 머릿속으로 상황을 정리해 보았다.

'특고들이 자정을 지나 교대했다. 만일 내일도 자정을 지나 교대한다면….'

내일 해가 지고 어두워진 다음 집 앞을 지키는 특고들을 처치한 후, 오자키를 데리고 트럭으로 시모노세키로 떠날 계획이었다. 하지만 오늘처럼, 자정을 조금 지나 교대자들이 도착한다면? 오자키가 달아난 사실, 집을 지키던 특고들이 죽었다는 사실이 단 몇 시간만에 들통난다는 말이었다. 도쿄를 빠져나갈 시간이 절대적으로 부족했다.

'배달조를 둘로 나누어야 한다.'

일단 오자키의 집을 지키고 있는 특고들을 처치한 다음, 1조는 오자키와 함께 먼저 도쿄를 빠져 나간다. 2조는 오자키 집에 남아서 자정 무렵 교대하러 오는 특고들이 오기를 기다렸다가 처치한 후 다음 날 열차로 출발한다.

'하지만….'

교대하기 위해 나간 경찰차가 돌아오지 않으면 경찰서에서 이상하게 여길 것이다. 그렇다고 자정을 지나 특고들이 교대할 때까지 기다렸다가 작전을 개시할 수는 없다. 통행금지에 걸려 밤사이 꼼짝없이 도쿄에 발이 묶이게 된다. 달리 도리가 없다. 배달조를 둘로 나누어 따로 출발할 수밖에 없다.

상황은 우호적이지 않았다. 오자키 집 앞 이면도로는 고요했지만, 온갖 궁리를 하느라 유상길의 머릿속은 시끄러웠다.

"날씨가 추워 잘 수 있을지 모르겠지만, 두 사람 눈 좀 부치시오. 공사장 안에 뭐 덮을 만한 것이 있나 찾아보고."

"괜찮습니다. 혹 잠이 오면 잠깐 잠깐 졸면 됩니다."

홍기삼이 답했다.

새벽에라도 오자키 체포 명령이 떨어지면 특고들을 태운 경찰차가 이면도로 안으로 들어올 것이다. 자동차 소리가 들릴 것이니, 굳이 눈을 부릅뜨고 오자키 집을 지켜볼 필요는 없었다. 유상길은 옥상 난간에 등을 기대고 앉아 두 다리를 쭉 폈다. 긴 여행과 긴장으로 쌓인 피로에 눈이 스르르 감겼다. 하지만 어지럽고 복잡한 생각에 잠은 오지 않았다. 길고 지루한 밤이 더디게 흘러갔다.

여명이 밝아오자 4명의 새로운 특고가 경찰차를 타고 오자키 집 앞에 도착했다. 그리고 밤새 오자키 집을 지키던 특고들과 교대했다. 지난 밤 자정을 좀 지나서 2명씩 교대하더니, 날이 밝을 무렵 전원 교대한 것이다.

'교대 시간이 일정하지 않다.'

이번에 새롭게 교대한 4명이 다음 날 아침까지 오자키 집을 지키게 되는 것일까? 그렇다면 차라리 나을 것이다. 4명을 한꺼번에 처치하고 떠나면 적어도 내일 아침 교대자들이 도착할 때까지는 오자키가 달아난 사실이 발각되지 않을 테니 말이다. 하지만 현재

로서는 특고들의 교대 패턴을 알 수 없었다.

'자정에 또 교대자들이 나올 지도 모른다.'

유상길은 머리가 복잡했다.

나라 없는 자의 슬픔

아침 7시가 되자 유상길 일행이 숨어있는 공사 중인 건물 앞으로 인부들이 하나둘 나타났다. 일을 시작하려는 모양이었다. 유상길과 홍기삼, 심은섭은 옥상에서 내려와 슬그머니 건물 밖으로 나왔다. 일찍 공사장에 나온 인부 두 명이 낯선 사람들을 의아한 눈으로 바라보았다. 노숙자들처럼 보이지 않는 자들이 공사 중인 건물에서 나오니 이상해보일 만도 했다.

건물 밖으로 나오고 보니 오자키 집을 감시하며 대기할 만한 곳이 마땅치 않았다. 그렇다고 이면도로에 멀뚱히 서 있을 수는 없었다. 장시간 어슬렁대면 특고들의 의심을 사게 될 것이었다. 세 사람은 큰길을 향해 이면도로를 천천히 걸어 나갔다. 자전거를 끄는 유상길과 홍기삼이 앞서고, 심은섭이 뒤를 따랐다.

"특고들 눈에 띄지 않고 오자키 집을 지켜볼 만한 곳이 근처 어디 있소?"

"큰길로 나가면 킷사텐喫茶店(찻집)이 있습니다."

"거기서 이 골목으로 경찰차가 들어오고 나가는 걸 볼 수 있소?"

"킷사텐은 길모퉁이에서 수십 미터쯤 떨어져 있습니다. 거기에서는 이 골목 안쪽을 볼 수 없습니다."

"그러면 곤란하오. 상황이 발생하면 즉각 파악하고 대처할 수 있어야 하는데…."

"이면도로와 큰길이 만나는 모퉁이에 식당이 있습니다."

"거기서도 오자키의 집을 볼 수는 없지 않소? 거리도 꽤 멀고, 각도도 맞지 않을 것 같은데."

"그래도 괜찮을 것 같습니다. 어젯밤에도 그렇고, 오늘 새벽에도 그렇고, 특고들이 탄 경찰차가 저쪽 큰길에서 여기 이면도로로 들어왔다가, 다시 차를 돌려 큰길로 나갔습니다."

홍기삼의 설명에 유상길이 고개를 끄덕였다.

"설령 오자키를 압송하러 오더라도 경찰차가 저쪽 큰길에서 들어왔다가 다시 왔던 길을 돌아서 나간다?"

"그렇습니다. 식당 창가자리에 앉아 있으면, 이면도로로 들락거리는 자동차를 볼 수 있을 겁니다."

"가봅시다. 식당에 가서 아침 먹으며 최대한 시간을 보내다가 점심때는 또 다른 식당에 가서 기다리는 걸로…."

"아침부터 술을 주문하면, 오래 앉아 있어도 주인은 술주정뱅

이들이라 그러려니 여길 겁니다."

"나가봅시다."

큰길로 나오자 전차가 땡땡땡 소리를 내며 지나가고 있었다. 전차주의電車注意라고 써놓은 표지판 앞뒤로 자동차들이 전차선로를 넘어 다녔다. 종아리가 드러나는 스커트를 입은 모던 여성들과 정장에 헌팅캡을 쓴 남자들이 어딘가로 바쁘고 걸어가고 있었다. 일상인들의 분주한 하루가 시작되는 중이었다.

상하이, 베이징, 충칭, 광저우, 다롄, 칭다오, 우한처럼 중국에도 큰 도시가 많다. 중국의 대도시들은 옛날과 현대가 뒤죽박죽 섞여 있다. 자동차와 짐을 잔뜩 실은 우마차가 뒤섞여 다니고, 청나라식 복장을 한 여자들과 모던 걸들이 여기저기서 부딪힌다. 전족纏足과 하이힐이 각자의 길을 고집하는 것이다.

겨우 지난밤과 오늘 아침에 본 정도에 불과했지만, 도쿄는 좀 다른 것 같았다. 도쿄 시내에는 전차와 자동차가 북적댈 뿐 짐을 실은 우마차는 보이지 않았다. 우마차 대신 트럭이 짐을 덮개로 단단히 덮고 다녔다. 기모노를 입은 사람들과 스커트를 입은 사람들이 섞여 있었지만 기모노와 스커트가 충돌하는 것 같지는 않았다. 서로 간 나름의 암묵적 질서가 있는 모양이었다.

세 사람이 식당 문을 밀며 안으로 들어가자 십 대 후반으로 보이는 남자 종업원이 큰소리로 인사했다.

"이랏샤이마세!(어서오세요)"

홍기삼에 종업원을 힐끗 쳐다보고는 식당 안을 둘러보았다. 적당한 자리를 찾는 눈이었다. 유상길의 시선이 식당 안을 빠르게 훑었다. 근무 중인 종업원 숫자, 식당 구조, 자리 숫자, 배치 형태, 뒷문의 유무, 창문 숫자와 모양을 살폈다. 일본어를 몰라 판매하는 음식 종류를 할 수 없었지만, 식당 분위기를 통해 주로 어떤 부류의 손님들이 즐겨 찾는지도 나름 짐작했다.

손님 두 사람이 각각 다른 테이블에 앉아 식사 중이었다. 그중 한 남자가 고개를 들어 유상길 일행을 쳐다보았다. 그 남자의 테이블 한쪽에 중절모가 놓여 있었다. 유상길의 시선은 무심한 듯 중절모 사나이를 스쳐 지나가면서도 그의 키와 몸집, 용모를 빠르게 확인했다. 세 사람이 식당 안을 살피느라 자리를 잡지 못하고 서 있자, 종업원이 쪼르르 달려왔다.

"세 분이십니까?"

홍기삼이 고개를 끄덕이자 종업원은 구석 자리로 안내했다. 홍기삼은 고개를 저으며 반대편 창가 자리로 향했다. 골목 입구가 잘 보이는 자리였다. 초밥과 청어 조림에 맥주를 주문했다.

식사와 함께 아침부터 술을 주문했지만, 홍기삼의 말대로 식당 주인은 이상하게 여기지 않았다. 타향살이 하는 조선인 노무자들이 오랜만에 만나 아침부터 술을 마시는 정도로 여기는 것 같았다.

"일본인들은 조선인들이 술을 많이 마신다고 생각합니다. 아침부터 술을 마셔도 그다지 이상하게 여기지는 않을 겁니다. 일본에 와서 일하는 조선인 중에 그런 사람들이 더러 있으니까요."

"그거 하나는 다행이군."

계산대 옆에 놓여 있는 유성기에서 엔카가 희미하게 흘러나왔다. 주방 안에서 식당 주인인 듯한 중년 남자가 부지런히 식재료를 다듬는 중이었다. 혼자 식사 중인 중절모의 사나이가 흘끔흘끔 세 사람을 살폈다. 유상길은 그가 이쪽을 흘끔거린다는 사실을 옆 시선으로 확인했지만 모른 척, 그 사나이를 쳐다보지 않았다.

세 사람은 주문한 음식을 먹고 맥주를 따라 입에 댔을 뿐 마시지는 않았다. 식사를 마친 중절모 남자가 계산을 마치고 식당을 나갔다. 유상길은 창문 너머로 중절모가 어디로 가는지 살폈다. 중절모는 식당 쪽을 돌아보지 않고, 큰길을 건너갔다. 중절모가 멀리 떠난 것을 확인한 유상길이 화장실에 가는 척, 맥주병을 몰래 들고 가서 술을 비웠다. 화장실에서 돌아오는 길에 다시 식당 출입문의 창 너머로 중절모 쓴 사나이가 사라진 방향을 살폈다. 그 자가 경찰이나 경찰 끄나풀이라면 멀리 가는 척 하고서는 돌아올 것이라고 생각했기 때문이다. 중절모 쓴 남자는 보이지 않았다.

시간은 더디게 흘러갔다. 하도 더디게 흘러, 흐르는 시간이 눈에 보일 지경이었다. 점심때가 되어갈 무렵 세 사람은 자리에서 일어나 식당을 나왔다. 골목 모퉁이에 서서 작전을 다시 논의하고 확인했다. 이제 홍기삼은 트럭을 '동원하러' 떠나야 했다.

"트럭 구해서 돌아오는 길에 사진관에 있는 우리 동지들도 데리고 오시오. 너무 일찍 올 필요는 없고, 해가 떨어진 직후에 공사 중인 건물 근처에 도착하면 될 것 같소. 기름 충분히 챙기는 거 잊지 말고."

"알겠습니다."

"지금부터 홍 동지가 여기로 돌아올 때까지는 연락이 두절되오. 만일 그 동안 이쪽에 무슨 변고가 생겨 우리가 특고들을 습격해야 하는 상황이 발생하면 여러모로 어려워질 수 있소. 트럭을 구해 공사 중인 건물로 돌아왔을 때 우리가 거기 없으면 즉시 사진관으로 이동하시오. 그리고 저녁 여덟시까지도 내게서 연락이 없으면 대원들 모두 내일 열시 열차를 타고 철수하라고 전하시오."

"그런 일은 없어야겠지요."

"물론이오. 만약 급박한 상황이 발생해서 여기 심 동지와 내가 특고들을 처치하고 오자키를 확보했다면 여기 심 동지를 사진관으로 보내겠소. 그때 새로운 접선 장소를 알려 주겠소."

"알겠습니다."

홍기삼이 떠난 뒤, 유상길은 심은섭과 맞은편의 다른 식당으로 들어갔다. 역시 오자키의 집이 있는 이면도로 안으로 들락거리는 사람들과 자동차를 살필 수 있는 장소였다. 이번에는 점심 손님으로 행세했다. 마주 앉은 두 사람은 작은아버지와 조카 같은 모양새였다. 식사를 주문한 다음 유상길은 심은섭을 공사 중인 건물로 보내, 거기서 인부로 일하며 오자키 집을 감시하는 대원을 만나

정보를 받아오도록 지시했다.

"특별한 변화는 없다고 합니다."

유상길이 말없이 고개를 끄덕였다. 지금까지 수많은 작전에 참여했다. 웅크린 채 몇 시간씩 작전 돌입 시각을 기다린 것은 한두 번이 아니었다. 하지만 이 날처럼 하루가 길다고 느낀 적은 없었다. 그나마 해가 짧은 가을이라 다행이었다.

유상길은 운運에 작전을 맡기는 사람이 아니었다. 최대한 자신이 통제하고 전망할 수 있도록 작전 환경을 조성했다. 해가 질 때까지, 하루를 더 기다린다는 것은 상황이 자신의 통제 범위를 벗어난다는 의미였다. 어쩔 수 없기는 했지만 오자키가 당장이라도 끌려가버릴지 모르는 상황에서 하루 낮을 꼬박 기다리기로 한 것은 운에 작전을 맡긴 것이나 다름없었다.

오자키가 특고들에게 압송되는 상황이 발생하면, 곧바로 덮쳐서 특고들을 사살하고, 경찰차를 탈취한다는 대안을 마련해두기는 했다. 하지만 그것이야말로 최윤기의 말대로 자살행위, 여기서 죽자는 말이나 마찬가지였다. 그래도 그렇게 할 수밖에 없다고 생각했다. 오자키가 잡혀가는 걸 눈을 뜨고 멀뚱히 지켜볼 수는 없는 일이었다. 일단 오자키 신병을 확보한 다음 뒷일을 궁리할 수밖에 없었다.

긴 하루가 저물고 있었다. 해가 점점 기울면서 상황은 운에서 조금씩 유상길의 손안으로 들어오는 중이었다. 햇빛이 서쪽 창을 통해 식당 안으로 길게 치고 들어왔다. 곧 해가 질 것이다, 곧….

"자네는 언제 일본에 왔나? 말씨를 보니 경성(현재의 서울) 사람 같은데."

"경성에서 소학교 마치고 도쿄부립 중학교로 유학왔습니다."

"동경 유학까지 보낼 정도면 유복한 집안인데, 어떻게 우리 일을 하게 됐나."

"집이 부유하지는 않습니다. 게이조(경성) 장학생으로 선발돼 유학왔습니다."

"수재로군. 자네 같은 청년들이 우리 대한의 희망이야."

"중학교 시절 따돌림과 괴롭힘이 심했습니다. 제가 다녔던 학교에 조선인 학생이 저를 포함해 세 명 있었습니다. 그 세 명이 똑같은 이지메에 시달렸습니다. 아직 어린 아이들이니까 그러려니 했는데, 고등학교에서도 마찬가지였습니다. 학교 졸업하고 직장에서도 달라진 건 없었습니다."

"일본인들이 그런 경향이 있지. 자기보다 약한 사람, 약한 나라 괴롭히는…. 집단 따돌림으로 내부 단결을 꾀하는 면도 있고. 물론 일본 사람이라고 다 그런 것은 아닐 것이고…."

"저랑 무람없이 지내는 일본인들도 꽤 있습니다. 친절하고 좋은 사람들입니다. 하지만 업무 배정이나 승진, 포상 문제에 닥치면 저는 늘 불이익을 받았습니다. 제가 세운 공功이 적지 않은 업무에서도 예외 없이 포상에서 제외됐습니다. 저랑 친하게 지내던 일본인 동료들은 '담 번엔 틀림없이 자네 차례야'라고 위로했지만 제 차례는 오지 않았습니다."

유상길이 고개를 천천히 끄덕였다.

'이것이 나라 잃은 조선 청년들의 현실이고 미래인 것이다. 여하한 희생을 치르더라도 우리 시대에 이 현실을 타파해야 한다.'

"다음번에도, 그 다음번에도, 또 그 다음번에도 저는 밀렸습니다."

그렇게 말하는 심은섭의 얼굴에 분노와 결기가 뿜어져 나왔다. 조금 전까지 유순해 보였던 얼굴과 사뭇 다른 사나운 낯빛이었다.

"그렇게 계속 불이익을 당하면서 제게 문제가 있기 때문이 아니라, 우리에게 문제가 있기 때문이라는 사실, 내 나라가 없다는 것이 문제라는 것을 알게 됐습니다."

"제대로 봤다. 자네처럼 깨닫는 청년들이 많아야 한다. 깨달았다면 실천할 용기를 가져야 한다. 가치 있는 일 중에 용기 없이 이룰 수 있는 일은 없다."

"그러던 차에 홍 선생님을 알게 됐고, 사진관에서 함께 일하게 됐습니다."

"좋은 인연이다. 우리는 세상에 나그네로 왔다가 나그네로 떠난다. 하지만 사람이 죽는다고 모든 것이 무無가 되지는 않는다. 태어남과 죽음은 우리의 결심이 아니지만, 무엇으로 남을 것인지는 우리 결심과 용기에 달려 있다."

심은섭은 고개를 끄덕였다. 두 눈이 이글이글 타올랐다. 잠시 후 이글이글 타오르던 눈의 불을 끈 심은섭이 나지막한 목소리로 말했다.

"때때로 어떻게 살아야 하나, 고민에 밤잠을 이루지 못할 때가 있습니다. 고향의 부모님 걱정도 많이 되고….".

그렇게 말하는 심은섭을 유상길이 한편 안쓰럽고, 한편 아련한 눈빛으로 바라보았다. 그리고 느리고 담담한 목소리 말했다.

"한순간이라도 영원처럼 살 수 있다면 우리 인생은 충만한 거다. 우리는 모두 세상에 와서 잠시 머물다가 떠나지만, 우리가 만들어냈던 충만했던 순간은 영원히 세상에 살아있다. 살아 있는 사람들만이 이 세상의 주인은 아닌 것이다. 죽은 자와 산 자가 모두 세상의 주인이다. 오늘 살아가는 사람 중에 어제 살았던 사람들의 충만함과 연결되지 않은 사람은 단 한 사람도 없다."

"영원처럼 산다는 건 어떤 겁니까? 무엇을 해야 영원처럼 사는 길입니까?"

"무엇을 하느냐가 아니라 어떻게 하느냐에 달려 있다고 생각한다. 사람들은 각자 다른 연장을 들고, 다른 장소에서 다른 일을 하지만, 사람은 그가 들고 있는 연장, 그가 하는 일이 아니라 자신의 일을 어떻게 하느냐에 의해서 구분된다. 목수와 어부는 각자 다른 장소에서 다른 연장을 들고 일하지만, 어떻게 일하느냐에 따라 그들은 한 장소에서 만날 수도 있고, 영원히 다른 장소에서 배회할 수도 있다. 매순간 최선을 다해야 한다고 할까."

"사람이 어떻게 매순간 최선을 다할 수 있겠습니까?"

"사람이 어떻게 매순간 최선을 다할 수 있겠나. 하지만, 단 한순간이라도 털끝만큼의 결핍도 없이 행복했던 적이 있는 사람은 살아가면서 어떤 불행과 마주치더라도 행복한 사람이다. 한순간만이라도 일편의 여백도 없이 누군가를 사랑한 적이 있는 사람은 그 사랑을 잃어도 결코 혼자가 아니다. 한순간만이라도 티없이 순결한 마음으로 누군가를 배려하고 친절을 베푼 적이 있다면, 설령 큰 죄를 짓더라도 그의 삶은 버림받지 않는다. 한순간이라도 그런 적이 있었던 사람과 없었던 사람은 다른 사람이다. 똑같이 극악무도한 죄를 짓거나, 똑같이 비참한 상황에 처해 있다고 하더라도 두 사람은 다른 사람이다."

그때였다. 창밖으로 가죽잠바 입은 남자 두 명이 오자키의 집이 있는 이면도로 안쪽에서 큰길로 걸어 나오는 모습이 유상길의 눈에 들어왔다. 가죽잠바가 눈에 거슬리기는 했지만, 경찰차가 보이지 않았음으로 유상길은 그 남자들에게 큰 관심을 두지 않았다.

미행이 붙었다

도쿄 현지 대원 홍기삼은 유상길 심은섭과 헤어진 뒤, 미리 봐 두었던 트럭이 있는 곳으로 자전거를 몰았다. 신주쿠역 인근의 커다란 청과상회 소유 트럭이었다. 신주쿠에 올 일이 있을 때마다 지켜본 바 트럭은 매일 해질 무렵, 청과상회를 떠났다가 다음 날 아침에 돌아오는 것 같았다. 근교 과수원이나 농가를 돌며 낮에 농부들이 수확해놓은 과일과 채소를 사들여 상회로 돌아오는 모양이었다. 트럭에 싣고 온 과일과 채소를 아침 일찍 하차하는 것을 본 것도 여러 번이었다.

짐을 내리고 나면 트럭은 아침부터 거의 해질 무렵까지 청과상회 뒤편 공터에 주차돼 있었다. 낮 동안에는 트럭을 쓰지 않는다는 말이었다. 홍기삼이 자전거를 몰아 청과상회에 도착하니 트럭은 평소대로 상가 뒤 공터에 서 있었다. 트럭이 서 있는 곳에서 오자키의 집까지는 자동차로 30분이면 충분했다.

홍기삼은 자전거를 타고 주변을 천천히 돌며 살폈다. 트럭을 따로 지키는 사람은 없었다. 문제는 자동차 열쇠였다. 사진관에 만능열쇠가 있기는 하지만, 요즘 나오는 자동차 중에는 시동을 걸기 힘든 것들이 더러 있었다. 청과상회의 트럭과 동종의 신형 도요타 트럭으로 먼저 연습해보면 좋을 것이다. 하지만 아는 사람 중에 신형 도요타 트럭을 가진 사람은 없었다. 어쨌거나 차문을 열고 시동을 걸 자신은 있었다. 한두 번 자동차를 훔쳐본 것도 아니었다. 다만 시간이 문제였다.

홍기삼이 청과상회 주변을 세 번이나 자전거를 타고 돌며 살폈지만 트럭이 있는 공터로 나와 보는 직원은 없었다. 누가 트럭을 훔쳐갈 것이라고는 상상도 하지 않는 모양이었다. 하긴, 아무리 도쿄라고 해도 자동차를 가진 사람도, 운전을 할 줄 아는 사람도 드물었다. 운전을 할 줄 아는 사람이라면 대부분 자기 소유의 자동차가 있거나 전문 운전기사였다. 자동차 운전을 할 줄 아는 고급 인력이 좀도둑질을 할 리도 없었다.

'분실 신고를 최대한 늦추자면 트럭을 너무 일찍 동원할 필요는 없다. 일단 트럭을 훔친 다음에는 신속하게 일을 진행해야 한다. 훔친 트럭을 몰고 사진관 근처로 가는 것은 위험하다. 게다가 수중에는 만능열쇠도 없다. 4시쯤 트럭을 훔쳐 떠나는 것이 최선이다.'

사진관에서 대기 중인 특공대원들을 청과상회 근처로 먼저 데려온 다음, 작전 개시 시각에 맞춰 트럭을 동원할 계획이었다. 홍기삼은 사진관을 향해 자전거 페달을 밟았다.

자전거를 타고 상점거리로 들어오는 홍기삼의 모습을 모자가게 안의 남자가 창문 너머로 바라보았다.

'어젯밤 늦게 두 사람이 자전거를 타고 나갔는데 사진관 주인만 돌아왔다….'

남자는 이번에는 즉각 전화기를 들지 않았다. 상황을 좀 더 지켜봐야겠다고 판단한 모양이었다.

"별일 없었습니까? 식사들은 하셨는지….'

홍기삼이 사진관 2층 밀실로 들어오면서 인사했다.

"오셨습니까? 여기는 아무 일 없었습니다. 그쪽에도 이상 없었습니까?"

서우진이 의자에서 일어나며 인사했다.

"내가 떠나올 때까지는 상황변동이 없었습니다."

"이제 어떻게 합니까?"

"지금 시각 오후 2시 10분입니다. 10분 후에 출발할 테니 각자 소지품 잘 챙겨주십시오. 여러분들은 제가 중간에 데려다 드리는 장소에서 잠시 기다려주시면 됩니다. 제가 트럭을 몰고 와서 작전 현장으로 함께 가도록 하겠습니다."

"소지품을 푼 것도 없으니 바로 출발하면 됩니다."

최윤기였다.

"기왕 사진관까지 왔는데, 기념사진 한 장 찍는 건 어때요?"

서우진의 제안에 김지언이 반색하며 "우와! 좋아요"라고 응했다.

"그러시죠. 출발 준비 끝나는 대로 1층 사진관으로 내려오십시오. 촬영 준비해놓겠습니다."

홍기삼은 밀실 문을 나가려다 뒤를 돌아보며 덧붙였다.

"행여라도 권총이 노출되는 일이 없도록 주머니나 옷 안 허리춤에 단단히 차시고요."

배달조는 각자 짐을 챙겨들고 밀실을 나가 1층 사진관으로 내려갔다. 어둑한 사진관 한쪽에 가로로 기다란 의자가 놓여 있었고, 다리가 셋 달린 커다란 사진기가 그 앞에 서 있었다. 김지언이 의자 가운데 앉았고, 서우진과 최윤기가 양쪽에 앉았다. 홍기삼이 사진기의 검은 천 가림막 속에 머리를 밀어 넣고 세 사람에게 표정과 자세를 지시했다. 짧은 시간이지만 세 사람이 멀뚱하게 앉아 있으려니 어색했다.

"좀 웃어 보십시오. 다들 표정이 너무 굳었어요."

김지언과 서우진이 어색하게 웃었고, 최윤기는 하얀 이를 드러내며 활짝 웃었다.

'펑!'

요란한 소리와 함께 불빛이 터졌다.

"다 됐습니다."

서우진은 내심 김지언과 둘이서 한 장 찍고 싶었다. 하지만 그 말을 꺼낼 수는 없었다.

"사진을 인화해서 나중에 우편으로 보내 드릴까요? 아니면 필름을 가져가서 충칭에서 인화하시겠습니까?"

"지금 바로 인화할 수 있습니까? 시간이 얼마나 걸립니까?"

서우진이 물었다.

"지금은 인화할 시간이 안 됩니다. 작전 마치고 여러분들이 떠난 후에 인화해서 보내드리겠습니다."

"필름을 주시면 우리가 충칭에 가서 인화하겠습니다."

"그러시렵니까…."

홍기삼이 필름을 작은 통에 담아 서우진에게 건넸다.

"고맙습니다. 덕분에 즐거운 추억 간직하게 됐습니다."

"이제 출발하시죠."

홍기삼이 먼저 사진관을 나서고, 크고 작은 보따리를 들고 진세 사람이 뒤를 따랐다. 밖으로 나오자 가을 햇빛이 눈을 찔렀다. 어둑한 실내에 오래 있다가 나왔기 때문이리라. 좁은 거리에 마주 보며 늘어선 상점들이 펼쳐놓은 차양막 사이로 파란 하늘이 무척 높았다. 구름 한 점 없었다.

홍기삼은 이번에는 자전거를 타지 않았다. 자전거가 한 대 뿐이기도 했지만, 이제 자전거는 오히려 거추장스러웠다. 상가거리를 꽤 빠른 걸음으로 빠져나간 일행은 큰길로 나가 전차역을 향해 걸어갔다. 가을 햇볕이 따뜻했다. 출근시간도 퇴근시간도 아닌데, 거리를 오고가는 사람들의 발걸음은 여전히 바빴다.

"도쿄 사람들은 늘 분주한가요?"

앞에서 홍기삼과 나란히 걷던 김지언이 물었다.

"일본의 대도시는 어디나 그렇습니다. 별로 바쁘지 않아도 바쁘게 걷는 것이 습관처럼 돼 있습니다. 일본 사람들은 '시간은 금이다'는 말을 종종 합니다. 바쁜 사람들이 바쁘게 움직이니 그다지 바쁜 일이 없는 사람들도 마음이 급해지는 모양입니다."

김지언이 고개를 끄덕였다.

뒤에서 따라오던 서우진이 갑자기 걸음을 재촉해 앞에서 걷고 있는 홍기삼 옆에 나란히 붙었다.

"뒤로 돌아보지는 마시고 제 이야기만 들어주십시오."

서우진의 긴장한 음색에 홍기삼의 눈이 반짝 빛났다.

"우리가 출발한 상점거리에서 전차역으로 가는 길은 이 길 뿐입니까?"

"그렇습니다. 굳이 다른 길로 가자면 많이 둘러가야 하니까요."

"미행이 붙은 것 같습니다."

"어디서부터?"

"정확히는 모르겠습니다만, 상점거리를 거의 빠져나올 무렵부터 가죽잠바 입은 남자 한 명이 일정한 거리를 두고 우리를 따라

오고 있습니다."

"그냥 전철역으로 가는 사람일 수도 있습니다."

"그럴 수도 있겠지요. 하지만 현재 우리 발걸음이 다른 사람들의 분주한 걸음보다 더 빠른 편인데, 그 자와 우리 사이 거리는 좁혀지지도 멀어지지도 않고 있습니다."

"확인해보지요."

"어떻게요?"

"일단 우리가 전철역을 그냥 지나치는 겁니다. 그 자가 전철을 타려는 사람이라면 거기서 멈출 것이고, 우리를 미행하고 있다면 계속 따라 오겠지요."

서우진이 고개를 끄덕였다.

배달조와 홍기삼은 전철역을 지나쳐 앞으로 계속 걸어갔다. 서우진은 뒤따르던 남자와 자신들의 거리를 가늠했다. 조금만 더 걸어가면 확인할 수 있다. 배달조는 아무 것도 모른다는 듯이 걸어갔다. 전철역에서 50미터 이상 멀어졌을 때 서우진은 뒤에서 따라오는 최윤기를 재촉하기 위해 고개를 돌리는 사람처럼 뒤를 돌아보았다.

"선배, 빨리 좀 걸읍시다."

미행이 분명했다. 가죽잠바 입은 남자는 여전히 40미터쯤 거리를 두고 배달조를 따라오는 중이었다. 남자는 서우진이 돌아보자 멈칫 놀라는 듯했다. 하지만 이내 시치미를 떼고, 아무 일 없다는 듯이 똑 같은 속도로 앞으로 걸어왔다.

홍기삼 바로 뒤에 붙은 서우진이 말했다.

"그 자가 여전히 우리를 따라오고 있습니다. 근처 어디에 저 자를 처치할 만한 곳이 있을까요?

사람 왕래가 드문 곳 말입니다."

"아직 미행이라고 단정할 수는 없지 않겠습니까?"

"사람 왕래가 없는 곳으로 들어가 보면 알게 되겠지요. 그때까지 놈이 따라온다면 미행이 틀림없습니다. 일단 근처 어디 골목으로 들어가시죠."

홍기삼은 큰길에서 오른쪽으로 빠져 이면도로로 들어갔다. 이면도로변 상점의 나이 지긋한 주인이 가게 앞을 비질하며 홍기삼 일행을 흘깃 쳐다보았다. 이면도로로 들어간 일행은 50여 미터쯤 걷다가 왼쪽으로 난 좁은 골목으로 방향을 틀었다.

좁은 골목 양쪽으로 목조 주택이 다닥다닥 붙어 있었다. 주택들을 지나자 작은 공터가 나왔다. 공터에는 주변에 사는 주민들이 내놓은 것으로 보이는 화분 몇 개와 빈 리어카가 세워져 있었다. 공터 안쪽에는 잡동사니와 쓰레기가 어지럽게 널려 뒹굴었다. 공터가 끝나는 지점에서 앞쪽으로 골목길이 다시 이어지고 있었다.

최윤기와 김지언은 공터를 가로질러 앞쪽 골목으로 계속 걸어갔고, 서우진과 홍기삼은 공터에 아무렇게나 쌓여 있는 나무상자 뒤에 몸을 숨겼다. 미행하는 자가 공터에 들어오면 처치할 작정이었다.

서우진은 큰길에서 이면도로로 들어온 이후로는 뒤를 돌아보지 않았다. 가죽잠바 입은 자가 여전히 미행하고 있는지, 미행하고 있다면 어느 정도 거리를 두고 따라오는지 알 수 없었다.

'맨 마지막으로 뒤를 돌아보았을 때는 대략 40미터쯤 거리였다.'

여전히 따라오고 있다면 금방 골목 안으로 들어올 것이 분명했다.

"헌데, 한 가지 걸리는 것이 있습니다."

어지럽게 쌓인 상자 뒤에 몸을 숨긴 서우진이 단도를 빼 들었을 때, 홍기삼이 말했다.

"어떤?"

"그 자가 미행이 맞는다면 경찰이 우리 사진관을 의심하고 있다는 말인데, 그런 마당에 사진관을 감시 중이던 자가 죽은 채로 발견된다? 앞으로 우리 사진관의 도쿄 활동은 불가능해질 겁니다."

"어찌하시겠다는 말씀입니까?"

"따돌리는 것이 어떻겠습니까?"

"어떻게?"

홍기삼이 주머니에서 회중시계를 꺼내 시간을 확인했다. 2시 50분이었다. 4시에 트럭을 훔쳐야 한다. 미행하는 자를 곧바로 따돌리지 못한다면 작전에 차질이 생길 수 있었다. 잠시 생각에 잠겼던 홍기삼이 고개를 저었다.

"안되겠습니다. 시간이 빠듯합니다. 곧바로 따돌리지 못하면 작전에 차질이 생기겠습니다. 놈이 공터로 들어오면 처치하는 편이 낫겠습니다."

5분이 지났지만 가죽잠바 입은 남자는 공터에 나타나지 않았다.

'미행이 아니었을까?'

"그 자가 미행이 맞는다면 진즉 여기로 들어왔어야 합니다. 제가 골목으로 나가서 확인해보겠습니다."

서우진이 칼을 허리춤에 다시 숨기고 상자 더미를 돌아 공터로 나갔다. 그리고 조금 전 걸어 들어온 골목을 살폈다. 이면도로에서 공터까지 골목 길이는 20미터쯤에 불과했다. 놈은 보이지 않았다. 미행이 맞는다면 놈은 이면도로 어디쯤에 숨어서 골목 안 동태를 살피고 있을 것 같았다. 골목으로 들어가야 하나, 말아야 하나 고민하고 있는지도 몰랐다. 어쩌면 골목 안에 공터가 있다는 사실을 알고 있을 지도 몰랐다. 서우진이 상자 더미 뒤로 돌아와서 말했다.

"그 자가 골목으로 들어오지 않았습니다."

"미행이 아닐 수도 있으니 내가 이면도로까지 나가서 살펴보겠습니다. 설령 마주친다고 해도 다짜고짜 체포하려고 들지는 않을 겁니다. 그 정도로 사진관을 의심하고 있었다면 진작 체포했을 테니 말입니다."

바로 그때, 홍기삼 일행을 미행 중인 도쿄부東京府 기타北경찰서 특별고등경찰 첩보계 기무라 순사는 골목 입구에서 5미터쯤 떨어진 위치에 있는 이면도로 전봇대 뒤에 몸을 숨긴 채 망설였다.

'놈들을 따라 골목 안으로 들어가야 하나, 말아야 하나.'

놈들이 미행을 눈치 챈 것은 분명하다. 골목 안 어딘가에 숨어 있다가 기습해올 지도 모른다. 조심해야 한다. 하지만 놈들이 총을 갖고 있지 않다면, 총을 갖고 있더라도 자신을 발견하자마자 곧바로 총을 쏘아대지만 않는다면, 두세 놈쯤은 간단히 때려눕힐 자신이 있었다. 이쯤에서 미행을 중단하고 모자가게로 돌아가서 기다리는 것이 나을까 하는 생각도 들었다. 하지만 이 자들은 대단히 수상했다.

'끝까지 미행해야 한다.'

기무라는 심호흡을 하고 이면도로에서 왼쪽으로 꺾어 골목으로 들어섰다. 그때 홍기삼 역시 숨어 있던 상자를 돌아 공터로 나갔다. 이면도로에서 골목으로 막 들어선 기무라와 공터에서 골목으로 나가던 홍기삼이 20미터쯤 거리를 두고 눈이 마주쳤다. 기무라는 홍기삼과 마주치자 흠칫 놀라며 그 자리에 우뚝 멈추었다. 하지만 이내 평정심을 되찾은 듯 홍기삼을 노려보며 천천히 골목을 걸어 들어왔다.

"당신 여기서 뭘 하는 거지? 일행들은 어디에 있나?"

홍기삼과 3미터쯤 거리를 두고 마주선 기무라가 물었다. 차갑고 낮은 음성, 산전수전 다 겪은 자의 노회함이 묻어나는 목소리였다. 기무라의 목소리에 서우진이 상자 뒤에서 천천히 공터로 나갔다. 눈앞에 미행자와 홍기삼이 마주 서 있었다. 서우진은 마치 공터 구석에서 소변이라도 보고 나온 사람처럼 바지 앞 단추를 끼워 올리는 시늉을 했다.

"아~ 시원하다."

서우진을 발견한 기무라는 곧바로 주머니에서 권총을 꺼냈다. 상자 뒤에서 나타난 청년은 키가 크고 단정한 외모의 미남이었다. 거칠어 보이는 구석이라고는 찾아볼 수 없는 깔끔한 얼굴이었다. 하지만 균형 잡힌 몸에서 뿜어져 나오는 강렬한 기운을 무술인인 기무라의 몸이 먼저 알아차렸다. 척 봐도 여간 내기가 아니었다. 십수 년 전 젊은 시절 이야기이기는 하지만 전국순사무술경연대회에서 2회 연속 우승한 기무라였다. 상대의 눈과 몸만 보면 그가 어느 정도 실력자인지 짐작할 수 있었다. 기무라가 서우진에게 권총을 겨누며 물었다.

"나머지는 어디에 있나?"

서우진은 깜짝 놀랐다는 듯 두 손을 번쩍 들며, 무슨 말인지 모르겠다는 표정을 지었다. 실제로 서우진은 일본말을 전혀 몰랐다. 홍기삼이 어깨 높이로 두 손을 올려 손사래를 치며 설명했다.

"누구신지 모르지만, 무슨 오해가 있는 것 같습니다. 여기 이 사람은 조선에서 어제 온 제 친척인데, 제가 일자리를 소개해주려고 함께 나왔습니다.”

“일자리 어디?”

“골목 저 안쪽에 가내家內 재봉 공장이 있습니다. 함께 온 사람들은 먼저 거기로 갔고, 이 사람은 용변이 너무 급하다고 해서 볼일을 보던 중입니다.”

홍기삼이 나무라는 표정으로 서우진을 가리켰다.

“재봉공장? 앞서라! 가보면 참말인지 거짓말인지 알겠지.”

기무라가 권총든 손을 앞뒤로 흔들며 두 사람을 공터 너머로 뻗은 골목으로 몰았다. 홍기삼과 서우진은 영문을 모르겠다는 표정을 지으며 기무라의 총구가 가리키는 앞쪽 골목으로 향했다.

“천천히 걸어라.”

기무라가 뒤에서 소리쳤다.

‘처치해야 한다. 하지만 어떻게?’

서우진 역시 총을 든 미행자가 실력자임을 알아보았다. 비록 나이는 들었지만, 무술로 몸을 다진 자가 분명했다.

기무라와 앞서 걷는 홍기삼과 서우진의 거리는 2미터쯤이었다. 다행히 공터에도, 골목에도 나와 있는 주민은 없었다. 완만한 곡선을 그리며 이어지던 골목은 20미터쯤 앞에서 벽으로 막혔다. 거기서 직각으로 오른쪽으로 골목이 꺾이는 모양이었다. 직각으로 꺾인 골목을 돌아서면 거기 김지언과 최윤기가 서 있을지도 몰랐다. 서우진의 머리가 복잡했다.

'그 두 사람은 지금 이 상황을 모른다. 미행이 붙은 상태로 골목을 돌아서면 무슨 상황에 직면할지 알 수 없다. 기회는 골목을 오른쪽으로 꺾어 도는 순간이다. 우리가 먼저 오른쪽으로 돌고, 놈은 아주 짧은 순간 시야에서 우리를 놓친 다음 돌게 된다. 그 순간이다. 그 순간을 놓치면 기회가 없을 수도 있다. 어떻게든 놈을 처치할 수는 있다. 문제는 이쪽이 피해를 입지 않고, 이 동네 사람들에게 들키지 않고, 놈을 재빨리 처치하는 것이다. 처치한 놈을 좀 전에 지나온 공터로 끌고 가서 잡동사니 아래 숨기면 당분간은 발각되지 않을 것이다.'

"저 앞에서 오른쪽으로 돌아서는 순간 제가 놈을 처치하겠습니다. 홍동지께서는 골목을 꺾어 도는 순간 앞쪽으로 팍 뛰어가 주십시오. 지금처럼 제 옆에 바싹 붙어 있으면 제가 편하게 움직일 수 없습니다."

"입 다물어라!"

기무라가 뒤에서 고함쳤다.

"이 사람이 지금, 영문을 모르겠다고, 우리가 조선인이라서 저분이 그러는 거냐고 묻고 있습니다."

홍기삼이 고개를 뒤로 돌리며 설명했다.

"어쨌든 입 다물고 걸어라."

기무라가 재차 고함쳤다.

"골목을 꺾어 돌아서는 순간입니다."

서우진이 홍기삼에게 당부했다.

"입 다물라고 했지 않나!!!"

"예. 예."

홍기삼이 고개를 뒤로 돌리며 반쯤 허리를 굽히고 굽신굽신 한 껏 비굴한 표정을 지었다. 기무라는 불쾌한 표정으로 권총으로 '앞으로 계속 가라'고 홍기삼을 다그쳤다. 오른쪽으로 골목이 꺾이는 지점이 한발 한발 가까워지고 있었다. 다섯 걸음, 네 걸음, 세 걸음….

"지금입니다!!"

골목이 꺾이는 지점에 이르는 순간 서우진이 소리 쳤고, 홍기삼은 용수철이 튀듯이 뛰어서 골목을 돌았다. 기무라가 "서라"고 고함지르며 쫓아 달리려는 순간, 서우진의 오른발 뒤돌려 차기가 권총 든 기무라의 오른손을 강타했다. 땅바닥에 떨어진 권총은 반동으로 조금 튀어 올랐다가 다시 떨어졌다.

뒤돌려 차기를 하고도 몸의 균형을 잃지 않은 서우진이 눈 깜짝할 새 왼발로 기무라의 턱을 노렸다. 바람을 가르는 소리에 기무라는 반사적으로 허리를 숙이며 땅바닥에 떨어진 권총을 집었다. 눈 깜짝할 사이에 이루어지는 서우진의 연속 발차기를 피하면서 총을 집어들 정도로 기무라 역시 격투에 이골이 난 사람이었다.

기무라가 집어든 권총을 겨누려는 순간 서우진의 오른발이 그의 턱을 올려 찼다. 기무라가 지금까지 수많은 격투와 대련에서 한 번도 경험해보지 못한 번개 같은 연속 발차기였고, 압도적인 충격이었다. 기무라는 총을 집어 들었지만 쏘지 못했고, 반쯤 일어섰던 그의 몸은 통나무가 넘어지듯 뒤로 자빠졌다.

머리를 땅바닥에 찧었는지 '쿵' 둔탁한 소리가 났다. 쓰러진 기무라는 움직임이 없었다. 홍기삼의 눈이 휘둥그레졌다. 여태 수많은 싸움꾼을 보았고, 무술 유단자들을 보았다. 하지만 이처럼 놀라운 솜씨를 본 적은 없었다.

"가서 앞에 간 동지들 데려오십시오. 저는 이 자를 공터로 끌고 가서 처리하겠습니다."

그때까지도 홍기삼은 놀란 눈을 감추지 못했다. 서우진의 재촉에 정신을 차린 그는 꺼내들었던 권총을 허리춤에 차며 고개를 끄덕였다.

홍기삼이 최윤기와 김지언을 쫓아 골목길을 뛰어갔고, 서우진은 널브러진 미행자를 어깨에 들쳐 업고 공터로 되돌아갔다. 공터에 도착한 서우진은 주변을 둘러본 다음, 아무렇게나 쌓여 있는 상자 뒤로 돌아갔다. 그리고 널브러진 미행자의 목을 꺾었다. 의식을 잃은 채 고른 숨을 내쉬던 미행자의 숨이 곧바로 멎었다.

서우진은 미행자의 호주머니를 뒤졌다. 신분증뿐만 아니라 죽은 자의 신원이 금방 드러날 만한 소지품을 모두 꺼냈다. 미행자가 갖고 있던 권총도 챙겼다. 시신이 발견되고 경찰이 출동하더라도 죽은 자의 신분이 드러나는 시간을 최대한 끌기 위한 조치였다. 서우진은 미행자의 목 정맥에 손가락을 갖다 대 사망 여부를 다시 확인했다. 사망을 확인한 다음 시신을 끌어다가 공터 한구석에 어지럽게 쌓인 잡동사니 밑에 내려놓았다. 그리고 주변의 잡동사니를 가져다가 시신을 덮었다. 일을 마무리하고 돌아서던 서우진이 흠칫 놀랐다.

일고여덟 살쯤 돼 보이는 남자 아이와 대여섯 살쯤 돼 보이는 여자 아이가 공터 중간에 서서 서우진을 물끄러미 바라보고 있었다. 근처에 사는 남매가 공터로 놀러 나온 모양이었다. 난감했다.

그때 홍기삼과 김지언, 최윤기가 공터로 돌아왔다. 두 아이와 서우진을 번갈아 바라보는 그들의 눈에도 난처함이 가득했다. 서우진이 시신을 숨기는 것을 아이들이 목격한 것이다. 아이들을 그냥 두고 떠나면 시신이 금방 발각될 것이 분명했다.

'어쩌지?'

도쿄 배달조는 서로의 얼굴을 번갈아 쳐다볼 뿐 말이 없었다. 작전이 순조롭게 진행된다면, 어떻게든 오자키를 데리고 도쿄를 빠져나갈 수는 있을 것이다. 하지만 서우진이 처치한 미행자는 사진관을 감시하던 경찰이 분명하다. 그런 자가 시체로 발견된다면 도쿄 대원 홍기삼에 대한 수배령이 즉각 내려질 것이 뻔했다. 어떻게든 도쿄를 빠져나갈 시간적 여유야 있겠지만, 수배령이 내려지면 일본을 빠져나갈 수 없을 것 같았다.

"못할 짓이기는 하지만 아이들을…."

홍기삼이 어렵게 말을 꺼냈다. 그때까지 아이들은 그 자리에 얼어붙어 꼼짝도 하지 못했다. 자신들이 본 것이 무엇을 의미하는지 아는 듯 잔뜩 겁을 먹어 울음조차 터뜨리지 못하는 것 같았다.

"시간이 없습니다. 지금 떠나야 합니다."

홍기삼이 서우진과 최윤기의 얼굴을 번갈아 보며 재촉했다.

"어쩌자는 말씀입니까?"

서우진이 난감한 표정으로 물었다.

"어쩔 수 없지 않습니까. 안됐지만 처리할 수밖에…."

"안돼요!"

홍기삼의 말이 채 끝나기도 전에 김지언이 아이들 앞을 막아서며 비명처럼 외쳤다. 홍기삼이 그런 김지언을 놀란 눈으로 쳐다보았다.

"다른 대책이 없지 않습니까?"

"아무리 그래도 아이들을 해칠 수는 없어요."

"하지만 애들을 그냥 두고 갈 수는 없습니다. 집에 가서 부모한테 말하면 금방 경찰에 신고가 들어갈 겁니다."

"그러니까요, 다른 방도를 찾아봐요, 우리."

김지언의 목소리는 절박했다.

"시간이 없습니다. 지금 바로 떠나야 합니다."

김지언이 아이들 앞에 쪼그리고 앉아 남매의 어깨를 쓰다듬었다.

"홍 동지 통역 좀 부탁드립니다."

홍기삼이 의아한 얼굴로 김지언 곁으로 다가섰다.

"얘들아 점심 먹었니?"

김지언이 말하고, 홍기삼이 통역했다.

아이들이 고개를 끄덕였다.

"여기 아저씨들과 나는 저 머얼리 우주에서 왔단다. 사람들을 해치는 나쁜 요괴들을 쫓아 여기까지 온 것이지. 저기 죽은 사람은 사람처럼 보이지만, 사실은 아주 무시무시한 요괴야. 지금은 사람처럼 변신해 있지만 내일이면 요괴로 다시 돌아와 있을 거야. 저 요괴는 너희 같은 아이들을 잡아먹고, 부모님들도 잡아먹으려고 여기에 왔어."

홍기삼이 통역하는 말에 아이들은 겁을 먹고 진저리쳤다.

"그러니 너희들 절대 저 요괴 근처에 가면 안 돼. 우리가 요괴를 어렵게 죽이기는 했지만, 요괴는 또 언제 되살아날지도 몰라. 그러니 절대로 저 근처에 가면 안 돼. 부모님께 요괴를 봤다고 말을 해서도 안 돼. 어른들이 요괴를 보면 죽은 요괴가 벌떡 살아나서 잡아 먹어버리거든. 내 말 알겠어?"

아이들이 연방 고개를 끄덕였다. 김지언이 일고여덟 살쯤 돼 보이는 남자 아이의 머리를 쓰다듬으며 말을 이었다.

"네가 오빠구나?"

남자 아이가 고개를 끄덕였다.

"너는 씩씩한 사나이니까, 동생과 부모님을 지켜야 해. 부모님들께 요괴 이야기를 절대로 하면 안 돼. 부모님이 여기 공터로 나오면 요괴가 살아나서 부모님을 잡아 먹어버릴 거야. 너희들도 요괴가 완전히 죽을 때까지 앞으로 오 일 동안은 이 공터에 나오지 말고, 집이나 저쪽 골목에서 놀아야 해. 알겠지?"

아이들은 이번에도 연신 고개를 끄덕였다.

"우리는 이제 또 다른 요괴를 찾으러 가야 해. 누구한테도 여기서 우리를 봤다는 말을 하면 안 돼. 그러면 요괴들이 그 말을 듣고 모두 달아나버릴 거야. 그러면 우리가 요괴를 잡을 수 없어. 우리가 요괴들을 못 잡으면 그 요괴들이 너희들과 부모님을 잡아먹을 거야. 절대로 우리를 여기서 봤다는 말 하지마? 요괴들은 귀가 밝아서 아무리 작은 소리라도 금방 알아듣거든. 내 말 알겠지?"

아이들은 이번에도 '알겠다'며 연방 고개를 끄덕였다.

"그래 참 예쁘고 착하구나. 이제 우리는 도망친 나머지 요괴들을 잡으러 가야 하니까, 너희들은 저쪽 골목에 가서 놀아."

김지언이 먼저 손을 흔들며 공터를 빠져나갔고, 그 뒤를 '도쿄 배달조' 일행들이 모두 손을 흔들며 떠났다. 아이들도 손을 흔들며 '도쿄 배달조'를 환송했다.

골목을 빠져 나와 이면도로에 들어섰을 때, 뒤따르던 서우진이 종종걸음으로 김지언을 쫓아왔다. 서우진은 김지언과 나란히 걸으며 다른 사람들에게는 들리지 않을 작은 목소리로 말했다.

"지언씨, 멋있어요."

김지언이 빙긋 웃었다. 선하고 상큼한 미소였다.

사라진 특고 경찰들

천천히 해가 지고 있었다. 유상길이 식당 안으로 길게 찌르고 들어오는 햇빛에 눈살을 찌푸리며 손차양을 했다. 그 모습을 본 주인이 서쪽 창가로 가더니 커튼을 쳤다. 유상길은 커튼을 치고, 계산대로 돌아가는 식당 주인에게 고개를 살짝 숙여 인사했다. 식당 주인 역시 빙긋 웃으며 고개를 숙였다.

홍기삼은 트럭을 구했을까. 트럭을 구하지 못했다면 오늘 밤에도 작전을 펼칠 수 없다. 만약 트럭을 구하지 못했다면 어떻게 할 것인가. 또 하루를 더 기다릴 수는 없었다. 만약 홍기삼이 트럭을 구하지 못했다면 특고들을 처치하고, 오자키 신병을 확보한 다음 길가는 자동차라도 빼앗아 시모노세키로 출발할 작정이었다.

어둠이 내리자 이면도로에는 퇴근해서 집으로 돌아오는 사람들의 발길이 늘어났다. 남자들뿐만 아니라 여자들도 꽤 많았다.

주택가 이면도로 쪽에서도 사람들이 띄엄띄엄 큰길로 나왔다. 공사 중인 건물에서도 일과가 끝난 모양이었다. 건설 노무자로 보이는 남자 대여섯 명이 왁자지껄 떠들며 이면도로에서 나와 큰길로 걸어갔다.

"공사장도 일을 마친 모양인데?"

유상길이 심은섭을 바라보며 말했다.

"그런 모양입니다."

"공사장에 있는 우리 대원은 왜 안 나오지?"

"제가 가보겠습니다."

유상길이 고개를 끄덕였다.

밖은 이미 컴컴했다. 식당 밖으로 나갔던 심은섭은 금방 식당으로 돌아왔다. 그 뒤를 삼십 대 후반쯤으로 보이는, 수염이 덥수룩한 남자가 따라 들어왔다. 검게 탄 얼굴이 실외에서 일을 많이 하는 모양이었다.

"작은아버지, 막 나가다가 일 마치고 오는 형님을 만났습니다."

심은섭이 유상길 앞에 서서 뒤따라 들어온 남자를 가리키며 말했다.

"형님, 작은아버지께서 오래 기다리셨어요."

수염이 덥수룩한 남자가 정말로 멀리서 찾아온 작은아버지를 만난 것처럼 허리를 깊숙이 숙여 유상길에게 인사했다.

"아이고, 그래. 건강한 모습 보니 내가 참 좋다. 먼데 와서 일하느라고 너희들이 고생이 많다."

유상길도 마치 오랜 만에 조카를 만난 듯이 다정하게 인사를 건 넸다. 수염이 덥수룩한 공사장 대원은 유상길 맞은편에 앉자마자, 낮은 목소리로, 그러나 다급한 어투로 말했다.

"일 마치고 건물에서 나오면서 보니까, 오자키 집 앞에 지키고 있는 특고가 두 명 밖에 보이지 않았습니다."

"나머지는?"

"모르겠습니다."

"자세히 말해보시오. 언제부터 보이지 않았던 거요?"

"오후 네 시 무렵까지만 해도 네 명이 오자키 집 앞에 있었는 데…."

"그럼 나머지 두 명이 언제, 어디로 사라졌는지 모른다는 말이 오?"

"네 시쯤에 공사장 십장什長이 제게 건물 뒤쪽의 일을 시키는 바 람에 오자키 집을 볼 수가 없었습니다."

"나머지 놈들이 오자키 집 안으로 들어간 것은 아니오?"

"아닌 것 같습니다. 일 끝내고 제가 옥상에 올라가서 그 집안을 살펴봤는데, 안 보였습니다."

"공사 중인 건물에 아직 인부들이 남아 있소?"

"없습니다. 제가 맨 마지막으로 나왔습니다. 특고들이 어디로 갔는지 알아보려고 미적거리다가 제일 늦게 나왔습니다."

"알겠소. 수고했소. 이제 동지는 집으로 가시오."

세 사람은 식당 앞에서 헤어졌다. 수염이 덥수룩한 남자는 큰길을 따라 전차역을 향해 떠났고, 유상길과 심은섭은 공사 중인 건물을 향해 이면도로를 걸어갔다.

'특고 두 명이 어디로 갔다는 말인가?'

유상길의 걸음이 무척 빨랐다. 상황이 어떻게 전개되고 있는지 몰라 마음이 급했다. 공사 중인 건물로 들어간 유상길은 계단을 뛰어서 올라갔다. 옥상 난간에서 고개를 살짝 내밀고 쌍안경으로 오자키 집 앞을 살폈다. 공사장 대원의 말대로 오자키 집을 지키는 특고는 2명뿐이었다. 오자키의 집 안을 살폈지만, 마당에도 특고들은 보이지 않았다. 어둠이 내리고, 트럭이 도착하는 대로 곧바로 작전에 돌입할 계획이었다. 하지만 4명의 특고 중 2명이 보이지 않는다면 섣불리 행동을 개시할 수 없었다.

그때 건물 아래에서 트럭 소리가 났다. 트럭은 공사 중인 건물 앞 네거리에 도착하더니 곧바로 오른쪽 골목으로 꺾어 들어갔다. 골목을 따라 꽤 들어갔던 트럭은 거기 어디쯤 있는 작은 네거리에서 멈추더니 방향을 돌려 다시 공사 중인 건물 쪽으로 내려왔다. 트럭은 공사 중인 건물에 조금 못 미친 위치에 멈췄다. 이면도로를 끼고 있는 오자키의 집에서는 트럭이 보이지 않는 위치였다. 트럭에서 홍기삼과 도쿄 배달조가 차례로 내렸다.

'홍기삼이 트럭을 구했구나.'

유상길은 안도했다.

홍기삼이 앞서고, 대원들이 뒤따라 공사 중인 건물 안으로 들어오더니 잠시 후 차례로 옥상으로 올라왔다.

"별 일 없었소?"

유상길이 홍기삼을 맞이하며 물었다.

"예, 그런데…."

홍기삼은 오는 길에 미행이 붙었고, 그 자를 처리했다는 보고를 할 생각이었다. 하지만 마음이 급한 유상길이 홍기삼의 말을 자르며 치고 들어왔다.

"홍 동지! 오자키의 집을 지키는 특고가 두 명 밖에 보이지 않소. 혹, 뭐 짚이는 거라도 있소?"

홍기삼은 미행자 이야기를 꺼내지 못했다. 혼자 생각하고, 혼자 결정하는 유상길 대장의 습성 때문이었다.

"글쎄요…."

이 순간, 미행자가 있었음을 보고하지 않은 것이 치명적인 결과로 이어질 것이라고 예상한 사람은 없었다.

"대체 특고들이 어디로 갔단 말이야?"

유상길은 예상치 못한 상황에 언짢은 기색이었다.

'미행자 처리는 이미 끝난 일이다.'

홍기삼은 이 상황에서, 이미 끝난 일을 굳이 보고해 유상길의 머리를 복잡하게 만들 필요가 없다고 판단했다.

"혹시 집안에 들어가 있는 것은 아닐까요?"

"오후 네 시까지는 네 명이 대문 앞에 있었다고 하오. 집 밖에서 지키던 자들이 오후 네다섯 시 무렵에 집안으로 들어가서 여태 나오지 않는다? 그것도 이상하지 않소?"

유상길은 고개를 갸웃거렸다.

"저녁 식사하러 갔을 가능성도 있습니다."

"저녁 식사라…. 어디로?"

"그건 알 수 없습니다만…."

"식사하러 갔다면, 나머지 두 놈도 식사를 해야 하니 곧 돌아와서 교대하겠지. 일단 조금 더 기다려 봅시다."

도쿄 배달조는 사라진 특고 2명이 돌아오기를 기다렸다. 1시간이 지났지만, 특고들은 돌아오지 않았다. 시계는 벌써 오후 7시 30분을 지나고 있었다. 퇴근 시간도 서서히 지나, 이면도로에는 사람 왕래가 눈에 띄게 줄었다.

"네 명을 한꺼번에 처치해야 하는데, 난처하게 됐군."

"일단 두 놈을 먼저 처치하고, 집에 들어가서 오자키에게 상황을 알려주면서 나머지 두 놈을 기다리는 건 어떻겠습니까?"

최윤기였다.

"좋다! 모두 가까이 모이시오."

유상길이 옥상에 흩어져 있는 대원들을 불러 모았다.

"서우진 동지는 김지언 동지와 함께 우리보다 조금 먼저 나가서 오자키 집 대문을 지나쳐 가로수 그림자 아래 서 있는 놈을 맡는다. 최 동지와 나는 좀 뒤에 걸어가서 전봇대 밑에 있는 놈을 처치한다. 저 두 놈의 거리는 약 십 보. 서 동지와 김 동지가 부부처럼 앞서서 걸어가면 최 동지와 내가 십 보 간격을 두고 뒤따라간다. 서 동지와 김 동지가 오자키 집 대문 앞을 지나가서 가로수 아래에 있는 놈 앞에 도착하는 순간 우리는 뒤에서 전봇대 옆에 서 있는 놈을 처단한다. 그러니까 서 동지는 가로수 그늘에 도착하자마자 앞뒤 재지 말고 곧바로 놈을 처단하면 된다. 서 동지와 십 보 간격은 뒤따르는 우리가 맞출 테니 서 동지는 놈 앞에 도착하는 즉시 뒤도 돌아보지 말고 곧바로 놈을 처치하면 된다."

"총을 쏩니까?"

"칼로 한다. 내가 전봇대 아래에 있는 놈을 처치하면 최 동지는 바로 담을 넘어가 대문을 연다. 서 동지와 나는 쓰러진 놈들을 곧바로 오자키 집 안으로 끌고 들어간다. 우리가 놈들을 처치하면 김지언 동지는 오자키 집 맞은편 집 대문 앞에 서서 주변을 경계한다. 그 집 사람인 것처럼 자연스럽게 행동해야 한다. 만일의 경우를 대비해 권총을 꺼내 들고 있되, 밥 먹으러 갔던 특고 두 놈이 돌아오더라도 쏘지는 마라. 식사를 마치고 온 놈들은 집 앞에 지키던 특고들이 보이지 않으면 오자키 집 대문 안으로 들어가거나 이리저리 살필 것이다. 그런 상황이면 쏘지 마라. 놈들이 열린 대문 안으로 들어오면 안에서 우리가 처치한다. 만일 놈들이 땅바닥에 흐른 피를 발견하거나 이상한 낌새를 눈치 채고 무전으로 지원을 요청하거나 현장을 떠날 기미가 보이면 사살한다. 절대로 살려 보내서는 안 된다. 질문 있나?"

"우리가 놈들을 처단하는 중에 행인이 나타나거나 다른 집에서 사람이 나오면 어떡하죠?"

최윤기였다.

"우선은 길에 오고가는 사람들이 없는 틈을 노려서 작전을 개시한다. 혹시 인근 집에서 누가 나올지 모르니, 우리가 십 보 간격으로 출발한 직후에 홍기삼 동지는 트럭을 몰고 오자키 집 앞으로 와서 현장을 가려 주시오. 놈들을 처치하는 순간 누가 집에서 나오면 교통사고가 난 것처럼 둘러대는 수밖에. 쓰러진 사람을 병원에 데리고 가려고 부축하는 것처럼."

유상길이 '질문 있느냐?'는 표정으로 둘러앉은 대원들을 번갈아 보았다. 서우진이 작전을 확인했다.

"일단 건물 아래로 내려가서, 네거리 모퉁이에서 대기하다가, 길에 오가는 사람이 없을 때, 저와 김지언 동지가 먼저 출발하고, 그 다음 십 보 간격으로 대장님과 최윤기 선배가 출발, 우리가 놈들 앞에 도착 무렵 홍기삼 동지가 모는 트럭이 다가와 뒤를 가려 준다는 말씀이죠?"

"맞다. 다른 질문 또 있나?"

"없습니다."

"칼 확인하고. 혹시 모르니 모두 권총 소음기 장착하고."

유상길, 최윤기, 서우진이 주머니에서 칼을 꺼내 칼집을 벗겨내고 다시 아래 호주머니에 넣었다. 권총에 소음기를 장착하는 김지언의 손이 부들부들 떨렸다. 그 모습을 본 유상길이 당부했다.

"김 동지. 소음기를 장착한 권총은 목표물에서 다섯 걸음만 떨어져도 빗나갈 수 있다. 만일 김 동지가 식사를 마치고 돌아오는 특고 놈들을 처치해야 하는 상황이 발생하면 최대한 놈들에게 접근해서 쏘도록!"

"알겠습니다."

김지언은 야무지게 대답했지만 얼굴에는 두려움이 가득했다. 서우진은 김지언이 오자키 집 밖에 혼자 남아 있는 짧은 순간에 식사를 하러 갔던 특고들이 돌아오지 않기를 바랐다. 혹 특고들이 돌아오더라도 대문 앞에 있어야 할 특고들이 보이지 않는 사실에 '뭔가 잘못 됐다'는 느낌을 갖는 대신, 태무심한 마음으로 오자키 집의 열린 대문 안으로 들어오기를 바랐다. 김지언이 사람을 죽일 수 있을 것 같지 않았고, 그녀가 사람을 죽이기를 바라지도 않았다.

심은섭만 옥상에 남고 배달조 모두 1층으로 내려갔다. 서우진과 김지언, 유상길과 최윤기는 골목에서 이면도로로 꺾이는 모퉁이에 숨어 동서로 뻗은 오자키 집 앞을 살폈다. 홍기삼은 트럭 운전석에 앉아 네 사람의 출발을 기다렸다. 도쿄 대원 심은섭은 건물 옥상에 남아 주변을 경계했다.

사람들이 띄엄띄엄 큰길에서 이면도로로 걸어와 길을 따라 멀어져 갔다. 한 사람이 오자키 집 앞을 지나 이면도로 저 멀리로 사라졌다 싶으면, 또 한두 사람이 큰길에서 이면도로로 들어섰다.

시간이 점점 흐르고 있었다. 유상길이 손목시계를 보았다. 얼마쯤 지나자 오자키 집 앞으로 뻗은 길에 사람들 발길이 뚝 끊어졌다.

"지금이다. 두 사람이 먼저 나가라!"

유상길이 낮은 목소리로 서우진과 김지언에게 말했다.

서우진과 김지언이 골목 모퉁이를 돌아 이면도로로 나갔을 때 이면도로 저 위쪽에서 남자 두 명이 걸어왔다. 서우진과 김지언은 마치 집에 무엇을 남겨두고 온 사람처럼 뒤로 돌아 골목으로 다시 들어왔다.

"남자 두 명이 오고 있습니다."

서우진이 속삭였다.

"특고들일까요?"

"기다려 보면 알겠지."

유상길 대장은 차라리 지금 이면도로 안쪽에서 오자키 집 쪽으로 걸어오는 남자들이 특고들이기를 바랐다. 네 명을 한꺼번에 처치하는 편이 나았다.

남자들은 천천히 걸어와 특고들이 서 있는 오자키 집 앞을 지나 큰길 쪽으로 계속 걸어갔다. 특고가 아니었다. 남자들은 저희끼리 뭐라고 떠들며 도쿄 배달조가 숨어 있는 좁은 골목 앞을 지나갔다.

"됐다. 지금이다!!"

서우진이 골목을 나갔지만, 김지언은 잠시 그대로 서 있었다. 얼굴이 사색이었다. 초기에 전투 훈련을 받았지만 김지언은 행정 대원이었고, 사람을 죽여본 적이 없었다. 눈앞에서 사람을 죽이는 일이 막 시작되려 하고 있었다. 김지언은 마치 얼어붙은 사람처럼 표정이 없었다.

"김 동지!!"

유상길이 다그쳤다. 그제야 김지언은 돌아서서 서우진을 따라 동서로 뻗은 이면도로로 걸음을 옮겼다. 목적지를 향해 걷고 있다기보다 무의식적으로 발만 내딛는 것 같았다.

"김지언!"

김지언과 서우진이 돌아보자 유상길이 두 사람을 골목 안으로 불러 들였다.

"김 동지 떨리나?"

김지언은 대답대신 몸을 부들부들 떨며 고개를 연신 끄덕였다.

"이빨 꽉 깨물어!"

"예?"

"어금니 꽉 깨물라고."

김지언이 어금니를 깨물자, 유상길 대장이 난데없이 김지언의 뺨을 후려쳤다. 김지언이 비틀 쓰러지며 곁에 있던 서우진의 팔을 잡았다.

"앗!! 이 무슨!!"

서우진이 쓰러지려는 김지언을 붙잡아 세웠다. 김지언이 겨우 몸의 균형을 회복하자 유상길은 다시 김지언의 뺨을 후려쳤다.

"지금 뭐하시는 겁니까!!!"

서우진이 낮지만 날카로운 목소리로 소리쳤다.

"여전히 떨리나?"

놀랍게도 김지언은 더 이상 몸을 떨지 않았다. 갑자기 긴장이 풀린 것인지, 굳어 있던 얼굴도 일순간 풀어진 것 같았다.

"괜찮습니다. 이제 떨리지 않습니다."

"진짜 괜찮아요?"

서우진은 이 상황을 이해할 수 없었다. 그저 유상길 대장과 김지언을 번갈아 쳐다볼 뿐이었다. 유상길이 서우진에게 턱짓했다.

"나가서 길에 누가 오나 살펴봐. 긴장 풀어주려고 때린 거야."

동서로 뻗은 이면도로는 비어 있었다. 오자키 집 대문을 가운데 두고 특고 두 명이 여전히 10보 간격을 두고 양쪽에 서 있을 뿐이었다.

"지금 나갑니다!"

서우진이 보고했고, 유상길 대장이 고개를 끄덕였다. 모퉁이를 돌아 이면도로로 나가는 순간 김지언이 서우진의 팔짱을 꼈다. 마치 신혼부부가 퇴근해서 함께 집으로 돌아가는 모습 같았다.

서우진은 김지언과 팔짱을 끼고 걷는 이 길이 사람을 죽이러 가는 길이 아니라, 따뜻한 저녁 식사가 기다리는 집으로 가는 길이면 좋겠다고 생각했다. 오자키 집으로 가는 이 길이 천리처럼 길어 밤이 새도록 걸었으면 좋겠다는 생각도 했다. 대문 앞에 서 있는 특고들이 한 걸음 한 걸음 가까워지고 있었다. 팔짱을 끼고 걷는 두 사람과 오자키 집을 지키는 특고들의 거리는 이제 인상착의를 구별할 수 있을 만큼 가까웠다.

김지언의 머릿속은 허옜다. 세상에서 가장 사랑하는 남자의 팔을 붙잡고, 세상에서 가장 무서운 일에 다가서는 중이었다. 김지언은 이면도로 저 먼 곳을 바라보며 걸었다. 거리는 이미 어두웠지만, 감히 특고들을 바라볼 엄두를 내지 못했다.

서우진은 천천히 심호흡했다. 지금까지 여러 작전을 수행했지만, 이번처럼 긴장한 적은 없었다. 작전 자체가 어려워서가 아니라, 김지언이 옆에 있기 때문이었다. 작전이 성공적으로 진행되더라도 김지언이 보게 될 잔혹한 장면을 생각하니 걱정이 앞섰다. 이제 특고들과 거리는 지척이었다.

특고들이 서우진과 김지언을 향해 '당신들 뭐야'라며 가까이 오지 못하도록 제지하거나, 바로 뒤따라오는 유상길과 최윤기에게 경계심을 가진다면 일이 실패할 수도 있었다. 유상길 최윤기 조와 손톱만큼의 시간 차이도 없이 동시에 놈들을 처리해야 한다는 점도 부담이었다. 만에 하나 한쪽이라도 실패한다면 총격전이 벌어질 것이 자명했다.

'총격전이 벌어지면 오자키를 데리고 충칭으로 무사히 돌아가기는커녕 도쿄를 빠져 나가지도 못할 것이다.'

서우진과 김지언이 골목 모퉁이를 돌아 나간 직후 유상길 대장과 최윤기도 곧 출발했다. 이윽고 홍기삼이 트럭에 시동을 걸고 대기했다. 서우진과 김지언이 오자키 집 대문 앞을 지키는 첫 번째 특고를 지나칠 때 뒤에서 트럭 소리가 났다. 홍기삼이 운전하는 트럭이 골목 모퉁이를 돌아 이면도로로 나온 것이리라.

서우진과 김지언이 지나치자 첫 번째 특고가 김지언을 유심히 바라보았다. 의심하는 표정은 아니었다. '예쁜 여자네'하는 듯한 호기심 어린 얼굴이었다.

트럭소리가 더 가까워졌고, 두 번째 특고 앞에 도착하기 직전 서우진은 뒤를 돌아보았다. 유상길 대장은 뒤를 돌아볼 필요가 없다고, 뒤따르는 자신들이 10보 간격을 맞출 테니 염려하지 말라고, 두 번째 특고 앞에 도착하는 순간 바로 해치우면 된다고 말했다. 하지만 서우진은 만일의 경우를 대비하지 않을 수 없었다.

마침 트럭 소리가 가까워졌기에, 뒤에서 오는 트럭을 살피려는 동작처럼 자연스러웠다. 약속한 대로 유상길 대장과 최윤기 선배는 정확한 간격을 두고 따라오는 중이었다. 가로수 그늘 아래 서 있는 두 번째 특고 앞에 도착했을 때, 서우진은 자신의 오른팔을 붙들고 있는 김지언의 손을 살짝 뿌리쳤다.

김지언이 서우진의 팔을 놓았고, 서우진은 호주머니에 넣어 쥐고 있던 칼을 꺼냈다. 두 사람이 자기 앞에 다가왔을 때까지도 특고는 서우진과 김지언을 쳐다보지도 않았다. 누군가가 오자키를 빼돌릴지 모른다고는 상상조차 하지 않는 모양이었다. 서우진은 특고를 순식간에 처리했다. 한쪽 팔로 머리를 감싸고, 칼로 목을 그었다. 특고는 비명 소리조차 없이 늘어졌다.

서우진은 피가 꿀럭꿀럭 밀려 나오는 특고의 목을 왼손으로 꽉 누른 채 오른손을 특고의 겨드랑이에 넣어 축 늘어지며 쓰러지는 몸뚱이를 잡았다. 뒤를 돌아보니 유상길 대장은 이미 자신이 처리한 특고의 몸뚱이를 끌고 오자키 집 대문 앞으로 끌고 오는 중이었다. 그 뒤에 홍기삼의 트럭이 서 있었다. 트럭에 가려 큰길 쪽에서는 이쪽이 보이지 않았다.

서우진과 유상길이 각각 특고들을 처리하는 동안 최윤기는 오자키 집 담을 넘어갔다. 서우진이 늘어진 특고를 대문 앞으로 끌고 왔을 때 안에서 대문 여는 소리가 났다.

유상길과 서우진은 늘어진 특고들을 오자키 집 마당 안으로 끌고 들어와 마당 한구석의 창고로 보이는 별채 뒤편에 뉘였다. 목에서 피가 흘렀지만 어두운 데다가 길과 마당이 모두 흙바닥이어서 얼른 보아서는 그것이 피라는 사실을 알기는 어려웠다.

처치한 특고 경찰들을 창고 뒤편에 끌어다 놓고 다시 마당으로 나오는 길에 서우진은 마당 한쪽에 핀 국화를 보았다. 서우진은 그제야 처음 마당에 들어왔을 때 훅 끼쳐오던 냄새의 정체를 알았다. 마당 한쪽에 작지만 단아한 화단이 조성돼 있었고, 거기 국화가 흐드러지게 피어 있었다. 집 안에서 새어나오는 희미한 불빛을 받아 국화는 처연하고도 아름다웠다. 오자키 호츠미는 국화를 좋아하는 남자일까.

"뭘 멀뚱하게 보고 있나?"

별채 뒤편에서 마당으로 나온 유상길 대장이 서우진을 나무랐다.

"아, 아닙니다."

서우진은 문득 정신을 차리고 열린 대문 밖을 보았다. 김지언이 불안한 몸짓으로 이면도로 이쪽과 저쪽을 살피는 중이었다. 유상길은 현관문 앞으로 다가가 유리창 너머로 집안의 겐칸을 확인했다. 겐칸玄關은 일본 주택의 현관으로, 신발을 벗고 슬리퍼로 갈아 신는 장소였다. 신발은 한 켤레였다.

집 안에 오자키 혼자인 것 같았다. 유상길 대장이 대문 밖으로 나가 트럭 운전석에 앉아 있는 홍기삼에게 말했다.

"홍 동지. 트럭을 저 앞에 좀 떨어진 곳에 빼놓고, 집으로 들어오시오. 식사하러 간 특고들이 돌아와 트럭이 서 있는 것을 보면 이상하게 여길 것이오."

홍기삼의 트럭이 출발하자 유상길은 김지언에게 오자키 집 대문 맞은편 집을 가리켰다.

"김 동지는 저 집 대문 앞에서 대기하시오."

다시 집안으로 들어온 유상길은 바닥에 흐른 피를 흘끗 보며 최윤기와 서우진에게 말했다.

"두 사람은 대문을 조금 열어 두고 안에서 기다리다가 식사하러 갔던 놈들이 돌아오면 처치해."

그때까지도 실내에서는 인기척이 없었다. 밖에서 대문이 열리고, 죽은 특고들을 집 안으로 끌어다놓는 동안에도 오자키는 전혀 눈치 채지 못한 것 같았다. 창문에서 전등 빛이 마당으로 흘러나오고 있었다. 서우진과 최윤기는 대문 양쪽의 벽 그림자 뒤로 몸을 숨겼다. 잠시 후 트럭을 멀찍이 빼둔 홍기삼이 오자키 집 대문 안으로 들어왔다.

"홍 동지, 특고인 척, 오자키를 불러내시오. 겁주지는 말고."

"안으로 바로 들어가지 않고요?"

홍기삼이 닫힌 현관문 앞으로 걸어갔다.

"홍 동지!!"

유상길의 제지에 홍기삼이 걸음을 멈추고 돌아보았다.

"오자키가 혼자 있는 것 같기는 하지만, 혹시 또 모르오. 오자키를 불러내는 게 낫소."

유상길 대장이 벽 그림자 뒤에 숨은 서우진과 최윤기를 향해 고개를 끄덕였다. 두 사람이 권총으로 현관문을 겨눴다.

"부르시오."

"오자키 선생!"

홍기삼이 큰소리로 불렀지만 안에서는 기척이 없었다.

"오자키 선생! 오자키 호츠미 선생 밖으로 좀 나와 보시오!"

홍기삼이 현관문에 입을 가까이 대고 큰소리로 부르고 물러섰다.

현관문 안이 갑자기 밝아졌다. 내실 문이 열리는 모양이었다. 이윽고 안경을 쓴 오자키가 유카타 차림으로 현관문을 열었다. 목에는 수건을 두르고 맨발에 게타를 신고 있었다. 자신에게 닥칠 운명을 감지하고 겁에 질려 있을 줄 알았지만 그는 평온한 얼굴이었다. 낯선 남자들의 등장에 다소 놀라는 눈치였지만 이내 무덤덤한 표정으로 돌아왔다. 특고들이 교대하고 새 특고들이 온 것으로 생각하는 것 같았다. 유상길 대장이 검지를 입술에 대고 '쉿'하는 모양을 취했다.

"안에 다른 사람 누가 있소?"

홍기삼이 낮은 소리로 물었다.

"아니오. 그런데 어떻게 집에 들어왔는지?"

오자키의 시선이 홍기삼과 유상길 대장을 지나 열린 대문을 바라보았다. 이윽고 오자키의 시선은 대문 옆 벽 그림자로 향했다. 그림자 속에 숨어 있는 최윤기와 서우진을 발견한 모양이었다. 오자키는 이내 알겠다는 듯 안경을 벗어 목에 걸고 있던 수건으로 닦았다. 꼼꼼히 닦은 안경을 다시 쓴 그는 양손으로 안경을 고쳐 쓰며 물었다.

"이제 가야 합니까?"

오자키는 리하르트 조르게가 고문을 이기지 못해 모든 사실을 실토했고, 자신을 체포하기 위해 특고에서 추가로 경찰들이 나온 것으로 생각했다.

"그렇습니다. 우리와 함께 가주셔야 합니다."

홍기삼의 말에 오자키는 고개를 끄덕였다.

'이것으로 끝이다. 어차피 사형을 면치 못할 것이다. 특고들은 내가 실제로 저지른 일 이상의 범죄를 만들어내고 싶어 할 것이다. 갖은 고문으로 죽을 때까지 괴롭히고, 없는 죄를 만들어낼 것이다. 그리고 결국 사형될 것이다. 사형이 집행되기 전에 이미 여러 수십 번 죽음의 고통을 겪어야 할 것이다.'

오자키는 만일의 사태에 대비해 청산가리를 이미 준비해 두었다. 물에 녹여 작은 병에 넣어둔 청산가리. 마시는 순간 세상과 작별한다. 어차피 가야 할 길을 조금 빨리, 조금 편하게 가는 것일 뿐이다. 일본군 동향 정보를 캐서 리하르트 조르게에게 넘길 때부터 각오한 일이었다.

"잠시 기다려 주시오. 옷을 좀 갈아입고 나오겠습니다."

오자키의 목소리는 겁에 질렸다기보다 체념한 듯했다.

"잠깐만!"

유상길 대장이 돌아서는 오자키를 불러 세웠다. 유상길이 작은 소리로 홍기삼에게 무엇이라고 소곤거리면서 처치한 특고들을 눕혀 놓은 창고 쪽을 손으로 가리켰다.

'특고들이 조선말을 하다니?'

두 사람이 주고받는 조선말을 듣는 오자키는 무슨 영문인지 모르겠다는 표정을 지었다.

'이 자들은 조선인들인가?'

특고들이 집 주변을 철통같이 감시 중인데, 조선인들이 어떻게, 무엇 때문에 집 안으로 들어왔다는 말인가?

'요즘 특별고등경찰은 조선인들도 채용하는가?'

"오자키 선생, 보여 드릴게 있소. 잠시 이쪽으로."

홍기삼이 유상길이 말한 내용을 오자키에게 일본말로 전했다. 오자키는 신발을 갈아 신고 순순히 홍기삼의 뒤를 따랐다. 그 뒤를 유상길이 따라갔다. 홍기삼이 별채 창고를 돌아 뒤편으로 갔다. 뒤따라 창고건물 뒤로 간 오자키는 죽어 널브러진 특고들을 발견하고 흠칫 놀라며 뒤로 물러섰다.

유상길 대장이 검지를 입에 댔다.

'쉿!'

홍기삼이 상황을 설명했다.

"오자키 호츠미 선생은 오늘 밤 안으로 특별고등경찰에 체포됩니다. 소련 스파이 리하르트 조르게가 고문을 이기지 못하고 모든 것을 자백했습니다. 특고가 곧바로 당신을 체포하지 않은 것은 고노에 후미마로 총리의 체면 때문입니다. 총리께 보고를 마치는 즉시 당신을 체포할 것입니다. 일단 보고만 하면 끝입니다. 고노에 총리도 당신의 체포를 막지 못합니다. 당신도 알다시피 이번에 특고에 잡혀가면 다시는 세상으로 나오지 못합니다. 재판은 하나마나일 겁니다. 지독한 고문을 받고, 결국 처형당할 것입니다. 우리는 소련 공산당 스탈린 원수의 요청으로 오자키 선생을 구출해, 소련으로 데려가는 임무를 맡은 조선인 특공대들입니다."

주요 줄거리는 사실이었지만, 구체적인 내용은 거짓말이거나 아직 실현되지 않은 미래의 이야기였다.

"스탈린 원수의 요청이 있었다고요?"

"그렇습니다."

"그 말을 제가 믿으라고요? 스탈린 원수가 저를 어떻게 알고, 구출 명령을 내렸다는 말입니까?"

"스탈린 원수가 오자키 선생을 알기에 구출명령을 내린 것이 아니라, 오자키 선생이 독일 스파이 리하르트 조르게에게 넘긴 일본군 이동 정보의 진위를 확인하고 싶어 하기 때문입니다."

홍기삼은 이야기를 계속했고, 오자키는 눈을 동그랗게 뜨고 들었다.

"오자키 선생은 우리와 함께 지금 당장 도쿄를 빠져나가 시모노세키로 가야 합니다. 거기서 배를 타고 조선으로 건너가 중국 충칭으로 간 다음 다시 소련으로 갈 예정입니다."

낯선 사람들의 출현에도, 이제 특고에 체포된다고 생각했던 순간에도 침착함을 잃지 않았던 오자키는 홍기삼의 이야기를 듣는 동안 몸을 부들부들 떨며 고개를 연신 끄덕였다.

죽을 수밖에 없다고 생각했을 때, 모든 것을 포기했을 때는 담담했다. 하지만 어쩌면 죽지 않을 수 있다는 기대, 살아남을 수 있다는 기대를 품게 되자 두려움이 엄습했다.

홍기삼은 오자키 호츠미 선생이 직접 소련으로 가야하며, 리하르트 조르게가 소련에 넘긴 첩보의 근거가 됐던 자료들을 모두 갖고 가야 한다고 말했다. 창고 뒤에서 마당으로 걸어 나오던 오자키의 몸이 휘청했다. 너무나 급박한 상황변화에 충격을 받은 모양이었다.

유상길, 홍기삼과 함께 방으로 들어간 오자키는 방문의 미닫이 문짝을 들어서 빼냈다. 그리고 바닥문틀 한쪽 끝을 유리 약병으로 툭툭 쳤다. 놀랍게도 문 틀 끝 부분의 폭 일 센티 정도가 빠졌다. 오자키는 그 틈에 손가락을 집어넣어 바닥문틀 전체를 들어 올렸다. 문틀을 빼내자 그 아래로 사람 손과 팔을 넣을 만한 공간이 드러났다. 오자키는 끝이 굽은 화로 쇠꼬챙이를 내려 검은 봉지를 끌어 올렸다.

봉지는 모두 세 개였다.

얼핏 보아도 수백 장에 이르는 사진은 모두 일본 군수시설과 부대 훈련 모습, 이동 모습 등을 촬영한 사진이었다. 유상길 대장이 사진을 가방에 챙기고, 오자키는 옷을 갈아입었다. 옷을 갈아입는 오자키의 손이 부들부들 떨려 바지에 다리가 제대로 들어가지 않았다.

"가능한 고위직 공무원답게 차려 입으시오. 위조 신분증은 우리가 미리 준비했소. 하지만 고위직임을 보여 줄 만한 물건이 있으면 몇 개 챙기시오."

오자키는 고개를 끄덕였다. 그리고 이 방 저 방 뛰어다니며 가방을 챙겼고, 옷가지를 챙겼고, 훈장도 챙겼다. 오자키는 급하게 챙긴 가방 두 개를 유상길 앞에 내려놓으며 땀이 줄줄 흐르는 이마를 닦았다.

유상길 대장이 현관 창문 너머로 밖을 살폈다. 최윤기와 서우진은 여전히 마당 벽 그림자 아래 숨어 있었다. 오자키는 떠날 준비가 되었다. 하지만 식사하러 떠난 나머지 두 명의 특고들이 돌아오지 않았다.

식사하러 간 것이 맞기는 한가? 식사를 하러 갔음에도 여태 돌아오지 않는다는 것은 이상한 일이었다. 어쩌면 감시조가 4명에서 2명으로 줄어든 것일까? 혼란스러웠다. 특고들을 모두 처치해 주검을 집 안에 숨겨 두고 떠나야 했다.

"집을 감시하는 특고가 총 몇 명이오?"

유상길이 오자키에게 물었다.

"네 명인 걸로 알고 있지만, 더 있을 지도 모릅니다."

"홍 동지, 저 큰길까지 나가서 살펴봐 주시오."

홍기삼이 집 밖으로 나가자 마당 벽 그림자에 몸을 숨기고 있던 최윤기가 방으로 들어왔다.

"밥 먹으러 갔다는 놈들이 왜 여태 돌아오지 않는 걸까요?"

"알 수 없지. 일단 홍 동지가 돌아올 때까지 기다렸다가 다음 작전을 생각하자고."

"특고 두 놈을 그냥 두고 갈 수는 없겠지요?"

"물론. 아예 철수했다면 모를까, 식사를 하러 갔다든가, 밤에 교대할 자들이라면 기다렸다가 처치해야지."

"하지만, 당장이라도 경찰서에서 오자키를 체포해오라는 명령이 떨어지면…."

"그게 문제야. 무작정 여기서 특고들이 돌아올 때까지 기다릴 수도 없고, 놈들을 내버려 두고 떠날 수도 없으니."

오자키는 유상길 대장과 최윤기가 무슨 대화를 나누는지 궁금한지 두 사람을 번갈아 보았다.

그는 조선말을 전혀 몰랐다.

집으로 돌아온 홍기삼이 고개를 저었다.

"큰길까지 나가봤는데, 근처 식당에도 특고들로 보이는 자는 없었습니다. 어쩌면 놈들이 식사하러 좀 멀리 갔는지도 모르겠습니다. 아니면 자정에 교대하기 위해 일찍 자러 갔는지도 모르고…."

"하긴, 어젯밤에도 자정 조금 지나서 교대조 두 명이 왔었지."

유상길 대장은 잠시 생각을 정리하고 계획을 밝혔다.

"최 동지와 서 동지는 여기서 특고들을 기다렸다가 돌아오면 처치한다. 식사를 하러 갔든지, 자정 무렵에 교대를 위해 자러갔든지 오늘 밤 안에 돌아올 것이다. 오자키와 나, 홍 동지와 김지언 동지는 트럭으로 먼저 시모노세키로 출발한다. 최 동지와 서 동지는 놈들을 처치한 다음 도쿄역으로 이동, 내일 오전 열 시 열차를 탄다. 열차가 시모노세키에 도착하는 시각이 몇 시라고 했소?"

유상길 대장이 홍기삼을 쳐다보았다.

"내일 오전 열 시 열차를 타면 모레 오전 여섯 시쯤 도착합니다."

"지금 우리가 출발하면 설령 내일 아침쯤 오자키 체포 명령이 떨어지고, 특고들이 죽었다는 사실이 발각되더라도 트럭은 이미 도쿄를 빠져나가 최소한 나고야쯤을 지나가고 있을 것이다.

오자키에 대한 수배 명령이 떨어져 검문이 강화되더라도 최 동지와 서 동지는 공장에서 휴가를 받아 고향에 가는 조선인 노무자처럼 행동하면 된다. 질문 있나?"

"내일 오전 열 시까지도 나머지 특고 놈들이 돌아오지 않으면요?"

"놈들이 돌아오든 오지 않든, 늦어도 내일 오전 여덟 시에는 이 집을 떠나서 열 시 열차를 타라. 어찌됐든 모레 오전에는 전원 시모노세키에 집결해서 조선으로 들어가는 배를 탄다."

"만약 우리가 내일 열차를 타지 못해서 모레 아침에 시모노세키에 도착하지 못하면요?"

최윤기였다.

"자네들이 제 시각에 시모노세키에 오지 못하더라도 우리는 인천으로 가는 첫 배를 탈 것이다. 우리 임무는 오자키를 충칭까지 무사히 데려가는 것이다. 자네들이 시간에 맞춰 오지 않아도 우리가 기다릴 수는 없다."

"만약 우리가 시모노세키에 도착했는데 대장님 일행이 아직 도착하지 않았을 때는요?"

"그땐 우리를 기다려야 한다. 하지만 우리가 체포됐다거나 오자키에게 변고가 생겼음이 확실해지면 자네들은 서둘러 귀환해야 한다. 작전이 실패로 돌아갔음이 명확해지면, 살아서 돌아가는 게 그 다음 목표가 된다."

최윤기와 서우진이 고개를 끄덕였다.

"혹 우리가 떠난 후에 식사하러 갔다가 돌아온 특고들을 처치했다고 하더라도 곧바로 이 집에서 떠나서는 안 된다. 어젯밤에 보니까, 자정에 교대조가 왔다. 오늘 자정쯤에도 교대조가 올 것이다. 그 자들까지 처치해야 한다. 교대조까지 처치한 뒤에는 즉시 이 집에서 벗어나도록 하라."

"자정을 지나면 통행금지 시간이어서 움직일 수가 없는데 어디로 갑니까?"

서우진이 물었다.

"멀리 가라는 말이 아니라, 이 집에 머물면 안 된다는 말이다. 큰길에서는 통행금지 단속을 하겠지만 골목이나 이면도로에서는 통행금지 단속 같은 건 안 할 테니까, 큰길 근처 골목에 숨어서 통행금지가 해제될 때까지 기다리는 것이다."

"아무리 이면도로라고 해도 통행금지 시간에 돌아다니면 수상하게 여길 텐데, 굳이 집 밖으로 나갈 필요가 있겠습니까?"

역시 서우진이었다.

"어제 자정 넘어서 교대하러 온 자들은 경찰차를 타고 왔다. 오늘 밤에 오는 자들도 경찰차를 타고 올 것이다. 자네들이 그 자들을 처치하면, 차를 몰고 나갔던 자가 돌아오지 않으니까 경찰서에서 이상하게 여길 것이다. 연락이 두절된 자들을 찾겠다고 혹 경찰들이 여기로 들이닥치면 자네들은 꼼짝 없이 당한다."

"알겠습니다. 그런데 어제 자정 교대조는 몇 명이었습니까?"

"어제는 4명이 와서 2명만 교대했다. 오늘은 어떻게 될지 모르겠다. 숫자가 많으면 총을 쓸 수밖에 없겠지만, 상황에 따라 자네들이 판단해라."

"알겠습니다."

유상길이 손목시계를 확인했다.

"지금 시각 9시 10분. 서우진 동지, 공사 중인 건물에 가서 심은섭 동지한테 이제 집에 가라고 전해라. 오늘밤에는 집으로 가고, 내일 아침에 사진관에 평소처럼 출근하라고 해. 여기 홍기삼 동지는 우리와 시모노세키까지 함께 간다. 홍 동지가 한 며칠 사진관에 출근할 수 없으니까, 심 동지가 혼자 사진관 업무를 봐야 한다고 전해."

"알겠습니다."

서우진이 오자키 집 대문을 막 나설 때, 유상길 대장이 덧붙였다.

"심 동지한테 여기 와서 인사하고 갈 것 없다고 해. 눈에 띄어서 좋을 거 없으니 곧바로 집으로 가고, 내일 아침에 평소처럼 출근하라고."

"알겠습니다."

오자키 집 대문을 나간 서우진은 종종걸음으로 공사 중인 건물을 향해 걸어갔다. 다행히 오자키 집 앞 이면도로에는 사람들 왕래가 없었다. 이미 퇴근 시간이 한참 지난 뒤였다.

'그런데, 식사하러 갔다는 특고들은 어째서 돌아오지 않은 것일까.'

서우진이 공사 중인 건물로 가서 심은섭을 집으로 보내고 돌아왔을 때 유상길 대장 일행은 출발 준비를 마친 상태였다.

유상길 대장과 홍기삼, 오자키가 트럭 앞자리에 탔고, 김지언은 짐칸에 탔다. 유상길은 김지언을 덜컹거리는 트럭 짐칸에 타게 하고 싶지는 않았다. 하지만 만일의 사태에 대비해야 했다. 트럭 앞 좌석에는 세 사람만 탈 수 있었다. 오자키를 트럭 짐칸에 태울 수는 없었다. 도중에 마음이 변해 도망칠 수도 있었다. 그렇다고 김지언을 오자키와 함께 트럭 앞좌석에 태우기도 불안했다. 홍기삼은 운전을 해야 한다. 가능성은 희박했지만 오자키가 어떤 이유로든 중간에 난동을 부릴 경우 제압할 사람이 필요했다.

트럭에 오르기 전 김지언은 서우진에게 몸조심하라고 여러 번 당부했다. 서우진은 걱정하지 말라고, 모레 아침에 시모노세키에서 만나자고 미소 띤 얼굴로 답했다. 미소를 머금었지만, 서우진은 어쩌면 다시는 김지언을 못 만날 지도 모른다는 불안감을 떨칠 수 없었다.

"무사히 시모노세키에 도착해야 해요."

"내 걱정 말고, 지언 씨나 조심해요. 오자키와 동행하는 쪽이니까, 위험이 이쪽보다 지언씨 쪽이 커요."

"우진씨는 여기 남아서 특고들을 기다려야 하잖아요."

"걱정 말아요. 놈들은 여기에 태무심하게 올 것이고, 우리는 기다렸다가 급습하는 쪽이니까. 내 걱정 말고, 지언씨 각별히 조심해요."

"김지언! 뭐 해, 빨리 타!!"

유상길 대장이 트럭의 조수석 문을 잡고 불렀다.

"어서 가요."

서우진이 김지언의 어깨를 가볍게 밀었다.

"조심해요. 꼭!"

"내 걱정 말고, 지언씨 조심해요."

김지언은 트럭의 짐칸에 오르기 전에 서우진을 돌아보았다. 짐칸에 오른 뒤에도 대문 앞에 서 있는 서우진에게서 눈을 떼지 않았다. 이면도로를 천천히 내려간 트럭은 모퉁이를 돌아 큰길로 사라졌다.

오지 않는 교대조

서우진은 불안이 머리와 어깨에 눌어붙어 있기라도 하다는 듯 고개를 좌우로 세차게 흔들며 어깨를 크게 떨었다.

'그럴 리 없다.'

일본 전체가 천황의 깃발 아래 똘똘 뭉쳐 있다. 간간이 반전 의사를 피력하는 사람들이 있지만 일본 본토 내에는 저항세력이 드물다. 하물며 대범하게 트럭을 타고 이동하는 저항세력은 없을 것이다. 그러니 김지언과 유상길 대장 일행이 검문을 받을 가능성은 낮다. 설령 검문을 받는다고 해도, 이쪽에서 오자키가 사라진 사실이 발각되지 않는 한, 딱히 의심 받을 일은 없다. 위조 신분증은 확실했다.

시모노세키에서 도쿄로 오는 열차 안에서도 세 번이나 검문을 받았지만 무사했다. 게다가 고위 공무원인 오자키가 조선인 노무자들을 인솔하는 모양새니 괜찮을 것이다. 오자키에 대한 수배령이 떨어지지 않는 이상 특별히 검문이 강화되지도 않을 것이다. 최윤기 선배와 내가 오자키의 도망과 특고들이 죽은 사실을 오래 숨길 수만 있다면 김지언 일행은 무사할 수 있다.

위험이 있다면 오히려 특고들을 처리해야 하는 이쪽이었다. 트럭을 보내고, 집 안으로 들어온 서우진은 문득 낮에 처단한 미행자를 떠올렸다.

'아뿔싸. 심은섭 동지에게 사진관 근처에서부터 미행자가 있었고, 그 미행자를 처단했다는 사실을 알려주지 않았구나!'

혹시라도 미행자의 주검이 발견된다면, 가장 먼저 사진관이 의심 받을 것이다. 그렇다고 지금 사진관으로 가서 낮에 있었던 일을 말해 줄 수도 없었다. 아니, 사진관으로 가도 의미 없었다. 심은섭은 자기 집으로 퇴근했다. 그가 어디 사는지도 몰랐다. 설령 그의 집을 안다고 하더라도, 언제 올지 모를 특고들을 내버려두고 오자키의 집을 비울 수는 없었다. 머리가 복잡했다. 상황이 좋지 않은 방향으로 흐르는 것 같아 불길했다. 미행자의 시신이 최대한 늦게 발견되기만을 바라야 했다. 그나마 죽은 자의 신분이 즉각 드러날 만한 것들을 모두 치워버린 것은 다행이었다.

"아이고, 이거 눈꺼풀이 천근이네, 대문을 열어놓고 기다리는 게 낫지 않을까?"

오자키 집 마당 벽 그림자 아래 앉은 최윤기가 하품을 하며 물었다.

"잠가 두는 게 좋습니다. 대문 앞에 있어야 할 특고들이 안 보이는데, 대문까지 열려 있으면 무슨 사달이 났나 싶어서 놈들이 바로 총부터 꺼내들지 않을까요?"

"놈들이 밖에서 대문을 쾅쾅 두드리면, 뭐라고 대답하지? 목소리가 다르면 이상하게 생각할 텐데?"

"지키다가 잠이라도 든 것처럼 대답하지 말고, 조용히 담 너머로 살펴보고 사살해야지요."

"그러다가 지나가는 사람이 보기라도 하면?"

"지나가는 사람이 없기를 바라야죠."

"차라리 대문을 열어놓고 집안으로 들어오기를 기다렸다가 잡는 게 낫지 않을까?"

"대문이 잠겨 있으면 감시하라고 했더니 집안에 들어가서 자는 줄 알고 화를 내거나, 혀를 차는 정도겠지만, 열려 있으면 혹시 오자키가 도망쳤다고 생각해 총을 빼들고 들어올 겁니다. 자칫 우리가 당할 수도 있어요."

"잠가놓는 게 유리하다는 말이지…."

"그럼요. 열어 놓으면 특고들이 아니더라도 좀도둑이 들어와서 일이 꼬일 수도 있고요."

"놈들이 대문을 두드릴 때 담 너머로 쏘아버리려면 밟고 올라설 수 있는 걸 여기쯤에 미리 좀 쌓아놓는 게 좋겠다. 아까 보니까 오자키 방에 책상하고 의자가 있던데 그걸 여기 갖다놓을까?"

최윤기가 자신이 서 있는 자리 아래를 손가락으로 가리키며 말했다.

"제가 들어가서 가져올게요. 지키고 계세요."

"그래."

최윤기는 또 하품을 했다.

서우진이 방에서 오자키의 책상을 들고 나와 최윤기가 숨어 있는 담 그림자 아래 놓았다. 책상 의자와 소파도 들고 나왔다. 의자 위에 올라서니 높지 않은 담 너머가 훤하게 보였다. 고개를 밖으로 내미니 대문 아래쪽도 눈에 들어왔다. 특고들이 돌아와 대문 앞에 서서 문을 쾅쾅 두드리는 상황을 가정해볼 때 총을 쏠 수 있는 각도가 충분했다.

"놈들은 아마 두 명일 거 같으니까, 문을 두드리면, 우리 쪽에서 보기에 제가 왼쪽 놈, 선배가 오른쪽 놈을 쏘기로 하지요. 만약 놈들이 앞 뒤로 서 있으면 제가 앞에 놈, 선배가 뒤에 놈을 쏘는 걸로."

"근데, 총소리가 크지 않을까? 아무리 소음기를 달았다고 해도 이렇게 조용한 골목에서 총소리가 나면…."

"그러니까 재빨리 해치우고, 집안으로 끌고 들어와야지요. 설령 누가 소리를 듣는다고 해도 소음기를 달았으니까, 군인이 아닌 다음에야 총소리라고 생각하지는 않을 겁니다, 하여간 누가 나와

서 보기 전에 재빨리 놈들을 안으로 옮기는 게 관건입니다."

"그나저나 놈들은 왜 이렇게 안 오는 거야?"

"여태 돌아오지 않은 걸 보면 저녁 먹으러 간 건 아닌 모양입니다. 두 명씩 조를 나누어 교대하는 것일 수도 있습니다."

최윤기는 말이 없었다. 고개마저 푹 떨구었다. 잠이 든 것이다.

서우진이 곁으로 다가가 어깨를 살짝 흔들었다. 최윤기는 깜짝 놀라면서 떨구었던 고개를 곧추 세웠다.

"선배, 졸면 어떡합니까? 놈들이 들이닥치면 어쩌려고."

"아, 미안, 깜빡 졸았네."

"목소리 좀 낮춰요. 특고 놈들이 조용히 문 앞에 와서 귀 기울이기라도 하면 대번에 들통 나겠어요."

"놈들이 뭐하러 조용히 와서 귀를 기울여?"

"밖에 지키는 특고들이 사라졌잖아요? 단순히 집에 들어가서 자나 보다 생각할 수도 있지만, 뭔가 이상하다고 여길 수도 있죠."

"그렇기도 하네…."

최윤기가 멋쩍은 듯 애매하게 웃었다.

식사를 하러 간 줄 알았던 특고들은 돌아오지 않았다. 시계 바늘은 자정을 향하고 있었다. 자정을 지나면 곧바로 교대조가 온다고 했다.

'정신 바짝 차려야 한다.'

만약 2명이 아니라 4명이 경찰차를 타고 온다면 총을 쏠 수밖에 없다. 서우진은 권총을 다시 확인했다. 총알을 모두 빼고 방아쇠를 당겨 본 다음, 이상 없음을 확인하고 다시 총알을 장전했다.

"선배, 권총 확인해요. 자정쯤 네 명이 한꺼번에 올 수도 있어요."

고개를 끄덕이는 최윤기의 눈꺼풀에 잠기운이 함박눈처럼 쏟아지고 있었다. 자정이 지났지만, 유상길 대장이 예상했던 것과 달리 특별고등경찰 교대조 또한 오지 않았다. 서우진은 상황이 대체 어떻게 돌아가고 있는지 가늠할 수 없었다.

'교대 방식을 바꾼 것일까?'

담 아래 갖다놓은 책상 위에 올라서서 담 너머 이면도로를 살폈지만, 경찰차는커녕 쥐새끼 한 마리 보이지 않았다. 새벽 두 시를 지나고 있었다.

처음에는 4명이 오자키 집을 감시했으나 이틀째부터 감시인원을 2명으로 줄인 것인지도 몰랐다. 만약 감시 인원을 조정했다면 새벽이나 아침에 2명이 교대조로 올 가능성이 높았다. 감시 인원이 적다면 유리한 상황이었다.

어쨌든 이미 2명을 처치했고, 교대조로 올 2명마저 처치하면 적어도 몇 시간 동안 오자키가 사라진 사실은 발각되지 않을 것이다. 운이 좋다면 두 사람이 열차를 타고 도쿄를 완전히 빠져나갈 때까지도 오자키가 사라진 사실이 발각되지 않을 수도 있다.

하지만, 만약 교대조가 날이 훤하게 밝은 다음, 이면도로가 출근하는 사람들로 북적거리는 시간에 온다면? 그런 상황에서는 담 너머로 총을 쏴 놈들을 처치할 수 없다. 날이 밝으면 대문을 열어 놓고 놈들이 집안으로 들어오도록 유인해야 한다.

서우진의 머리가 복잡했다.

트럭은 지금 어디쯤 가고 있을까. 김지언은 무탈할까. 계획을 변경해 속전속결로 작전을 마무리하고, 곧바로 충청으로 돌아가 는 쪽으로 결정 났을 때, 안도하고 행복해하던 김지언의 얼굴이 눈에 선했다. 그녀는 그만큼 이번 작전이 내키지 않았던 것이다. 줄곧 행정대원으로 근무했고, 현장에 투입된 경험이 없었기에 중 압감이 컸을 것이다. 작전을 신속하게 진행하게 됐다는 점도 다행 이었지만, 김지언이 불안과 중압감을 덜었다는 점에서 더욱 다행 이었다.

기다리는 밤은 지루하고 길었다. 최윤기는 새벽에도 몇 번이나 까닥까닥 졸다가 서우진의 핀잔을 들었다. 그때마다 그는 사람 좋 은 웃음을 지었다.

그 웃음에 서우진도 피식 웃고 말았다. 최윤기 선배를 보면 성 품이 태평한 것인지, 앞뒤 생각이 없는 것인지 분간하기 어려울 때가 있었다. 그런 품성은 작전에 때때로 방해가 됐지만 일상에서 는 오히려 도움이 되었다. 그는 매사를 긍정적으로 생각했고, 속 에 든 생각을 숨기지 않았다. 기분이 좋으면 활짝 웃었고, 우울하 면 이마에 '우울'이라고 딱 써 붙이고 다녔다. 때때로 벌컥 화를 내기도 했지만, 조금 지나면 언제 그랬냐는 듯이 싱글싱글 웃는 얼굴로 말을 붙여오곤 했다.

시계 바늘이 오전 다섯 시를 지났지만 가을이라 날은 컴컴했다. 간간이 졸던 최윤기는 다섯 시를 지나면서 생생하게 되살아났다.

"특고들이 열두 시간마다 교대한다고 해도 이제 곧 올 겁니다."

"그렇겠지."

최윤기는 하품을 크게 하더니, 담 아래 갖다놓은 책상 위에 걸터앉아 권총을 살폈다. 트럭이 시모노세키를 향해 떠난 지 여덟 시간이 지나고 있었다.

어디쯤 가고 있을까. 어쩌면 지금쯤 나고야를 지났을지도 모른다. 김지언은 무슨 생각을 하고 있을까. 트럭이 흔들리는 데다 짐칸에 탔으니 한잠도 못 잤을 것이다. 이별하고 하룻밤도 지나지 않았지만, 서우진은 김지언이 사무치게 그리웠다. 살아오는 동안 자기 목숨보다 더 사랑해 본 유일한 사람이었다. 자신을 낳고 길러준 부모님도 그처럼 사랑하고, 그리워 해 본 적은 없었다.

김지언의 무엇이 그토록 좋을까. 설명할 수 없었다. 서우진에게 김지언은 존재 그대로 완전체였다. 하나라도 더하거나 뺄 것이 없었다. 서우진의 여자로서 김지언은 완전했고, 김지언의 남자로서 서우진은 완전했다. 두 사람은 서로가 있기에 완전한 존재였다. 김지언에게 무엇을 더하거나 덜어내더라도 그녀는 완전체가 분명했지만, 김지언에게서 서우진을 뺀다면 그녀는 완전할 수 없었다. 그것은 서우진도 마찬가지였다.

"트럭은 어디쯤 가고 있을까요?"

"글쎄, 설마 검문에 걸리기야 했겠어…."

그때였다.

쾅!쾅!쾅!

대문 두드리는 소리가 요란했다.

쾅!쾅!쾅!쾅!

"어이!! 문 열어!! 뭐하는 거야? 안에서 자빠져 자는 거야?"

최윤기와 서우진은 서로의 얼굴을 마주보았다. 일본말이라 알아들을 수 없었다. 서우진이 검지를 입술에 갖다 댔다.

'쉿!'

두 사람은 각자 깔고 앉아 있던 소파와 책상 위로 발을 끌어올린 다음 소리 나지 않게 살며시 쪼그리고 앉았다.

"어이!!! 요시무라!!! 마츠모토!!!"

"이 자들이 정신이 있나 없나. 지금 뭐 하자는 거야!!!"

쾅!쾅!쾅!쾅! 쾅!쾅!쾅!쾅!

소파 위에 쪼그리고 앉은 서우진이 무릎을 펴고 일어서며 고개를 살며시 내밀어 대문 앞을 살폈다. 소리가 들리지는 않았지만, 특고들이 경찰차를 타고 왔으리라고 짐작했다. 경찰차는 보이지 않았다. 놈들은 전철이나 택시를 타고 온 모양이었다. 엉덩이까지 덮는 가죽 자켓을 입은 남자가 대문을 두드리고 있었고, 모자를 쓴 남자가 뒤에서 담배를 꺼내 막 불을 붙이는 중이었다. 경계심 따위는 없어 보였다. 오직 대문 앞에 지키고 있어야 할 근무자들이 집안에 들어가 있다는 데 대한 불만만 있는 듯했다.

"에이 칙쇼!!! 마츠모토!!!!!!! 요시무라!!!!!!!"

문을 두들기던 가죽 자켓 입은 남자가 발로 대문을 힘껏 찼다.

쾅~!! 쾅~!! 쾅~!!!

서우진이 최윤기를 바라보며 입 모양과 손가락으로 두 사람이 쏠 목표를 다시 확인했다. 서우진이 앞에서 문을 두드리는 특고를, 최윤기가 뒤에서 담배를 피우는 특고를 쏘기로 했다. 최윤기와 서우진이 동시에 특고들의 이마를 쏘았다.

"하나, 둘, 셋!"

쩔꺽!

쩔꺽!

소음기를 단 권총소리는 예상보다 작았다. 쌀쌀한 가을 새벽, 창문을 닫고 잠든 이웃집에서는 들리지 않을 소리였다. 두 명의 특고는 마치 통나무가 넘어지듯 일자로 땅 바닥에 넘어졌다.

서우진과 최윤기는 재빨리 책상과 소파에서 내려와 대문을 열고 나갔다. 이면도로 이쪽저쪽을 살폈다. 골목은 어둑어둑했고, 오고가는 사람은 보이지 않았다. 저 멀리 큰길가로 불을 환하게 밝힌 전차가 지나가는 것이 보였다. 두 사람은 죽어 널브러진 특고들을 대문 안으로 끌어다 놓고 바닥을 살폈다. 이마를 쏜 탓에 피가 땅바닥에 꽤 많이 흘러 있었다.

서우진은 집 안으로 들어가 손에 짚이는 대로 옷가지를 들고 나와 길바닥에 흐른 피를 닦았다. 최윤기가 양동이에 물을 담아 나와서 연신 퍼부었다. 대문 안쪽에 흘러내린 피 역시 옷가지로 닦고 물로 씻어냈다. 그만하면 됐다 싶었지만 최윤기는 물을 계속 퍼다 부었다.

날이 부옇게 밝아오고 있었다.

최윤기가 특고들의 옷에서 신분증을 꺼내 살피는 동안 서우진은 핏물 씻어 내린 물을 따라 걸으며 동서로 뻗은 이면도로를 살폈다. 물은 지대가 약간 낮은 큰길 쪽으로 구불구불 흘러가고 있었다. 마른 땅을 점령하며 흐르는 물길이 마치 쉼 없이 전진하는 개척자 같은 느낌을 주었다. 최윤기가 하도 많은 물을 퍼부은 덕분에 이면도로 어디에도 핏자국은 보이지 않았다.

"밖은 이상 없습니다."

대문 안으로 들어온 서우진은 시계를 보았다. 여섯 시 십 분을 지나고 있었다. 찰나였다고 생각했는데, 특고들을 처치하고, 핏물을 제거하고, 도로를 살피는 데 삼십 분 이상 걸린 셈이었다.

"이 글자가 고등 뭐라는 글자 맞지?"

최윤기가 손에 들고 있던 지갑에서 신분증을 꺼내 서우진에게 내밀었다.

'일본국 특별고등경찰'이라는 글씨와 이름이 적혀 있었고, 사진이 붙어 있었다.

"이 놈들도 창고 뒤로 일단 숨겨놓고 떠나죠. 하다못해 이웃집에서 이 집 마당을 넘어다 볼 수도 있으니까요."

"그게 좋겠지?"

두 사람은 죽은 특고를 차례로 창고 뒤로 옮겨 지난밤에 죽인 특고들 몸통 위에 얹었다. 피를 닦은 옷가지를 창고 뒤 특고들 위에 덮었다. 담 아래 있는 소파와 책상, 의자를 특고들의 핏자국이 남은 마당 자리에 갖다 놓았다. 혹여 누가 마당을 넘어다보더라도, 일부러 집안을 꼼꼼히 살펴보지 않는 한 핏자국을 발견하지 못할 정도는 돼 보였다.

"이제 어떡하지?"

"도쿄역으로 가야죠. 열차가 열 시라고 했으니까 지금 가면 시간이 많이 남겠지만. 유상길 대장 말대로 여기 남아 있는 건 위험하니까요."

"유 대장이 지시한 것 중에 뭐 빼 먹은 건 없나?"

"없습니다. 특고들 처치하고 시모노세키로 가는 열 시 열차를 타는 게 우리 임무입니다."

"가자."

"먼저 나가세요. 제가 대문 잠그고 담을 넘어 나갈게요. 밖에 나가서 주변을 살펴보고 오고가는 사람들 없을 때 신호 주세요."

최윤기가 나가고, 서우진은 집안을 휘이 둘러보았다.

밖에서 최윤기가 불렀다.

"지금이야."

서우진은 담을 훌쩍 뛰어넘었다. 두 사람은 핏물을 씻은 물길이 길게 흘러내리는 이면도로를 따라 큰길로 걸어 나갔다. 날은 이제 완전히 밝아 있었다.

"열차를 타기 전에 사진관으로 가서 심은섭 동지한테 미행자를 처단했다는 이야기를 해 줘야 하지 않을까요? 모르고 있다가 당할 수도 있으니까요."

"사진관이 어디쯤인지 알아? 찾아갈 수 있겠어?"

"적우赤羽(아카바네)역 근처였던 것 같습니다."

"적우역?"

"그저께 밤에 우리가 동경에 도착했을 때, 동경역에서 전철을 타고 북쪽으로 한 시간쯤 거리였던 것 같습니다."

"여기서 반대방향인데, 거기 갔다가 와도 열차 시간에 맞출 수 있을까?"

"우선 동경역으로 가서 열 시 열차표를 구한 다음, 첫날처럼 전철로 사진관으로 이동하면 될 것 같습니다."

"근데, 사진관으로 다시 가려니까 좀 찜찜한데?"

최윤기가 내키지 않는 표정을 지었다.

"찜찜하기는 하지만, 이대로 우리가 떠나버리면 이곳 동지들이 곧바로 위험해집니다."

변사체로 발견된 잠복 경찰

[도쿄부東京府 기타北경찰서]
[특별고등경찰 기밀과 첩보계 사무실]

"사토! 아직 기무라한테서 연락 없어?"

특고 기밀과장이 주재하는 아침 회의에 참석했던 사사키 계장
은 첩보계 사무실로 들어오면서 다그치듯 물었다. 목소리에 짜증
이 잔뜩 배어 있었다.

"네. 아직….."

사토 순사가 자리에서 벌떡 일어서며 대답했다.

"이 자식은 어디서 뭐하는 거야. 대체 지금이 몇 시야? 아침, 점
심, 저녁 하루 세 번 보고도 제때 못하나!!"

사사키 계장은 자리에 없는 기무라 순사를 나무랐지만, 사토 순

사는 그 나무람이 자신을 향하고 있는 것 같아 안절부절 못했다.

"모자가게에 전화 한 번 더 해봐."

사토 순사는 아침에 이미 세 번이나 아카바네赤羽 상가의 모자가게에 전화를 했다. 모자가게 주인은 기무라 순사가 어디서 무엇을 하고 있는지, 어째서 소식이 없는지 모른다는 답만 반복했다. 다시 해보나마나였지만 사토는 즉시 모자가게로 전화를 돌렸다. 모자가게는 조선인이 운영하는 사진관을 감시하기 위해 한 달 전부터 기무라 순사가 잠복해 있는 가게였다.

"어제 오후에 급하게 나간 후로 아직 돌아오지 않았다고 합니다."

사토가 전화 수화기를 내려놓으며 사사키 계장에게 보고했다.

"별다른 소식도 없었고?"

"네, 어제 오후에 갑자기 가게를 뛰쳐나간 뒤로는 아직…."

"하여간 이 자식은 뭐 하나 제대로 하는 게 없어. 그러니 그 나이 먹도록 만년 순사 짓이나 하고 앉았지. 축생 같은 놈."

사사키 계장이 욕지거리를 쏟아냈다.

그도 그럴 것이 기무라 순사는 어제 점심 보고를 끝으로 연락이 없었다. 특별한 일이 없을 경우 하루 세 번, 특별한 일이 발생할 경우 언제든 보고하도록 돼 있었다. 어제 점심때까지만 해도 한 며칠 꼬박꼬박 보고를 해왔다. 그저께 밤에는 한 무리의 조선인들이 사진관으로 들어왔다는 보고도 했다. 늦은 밤 보고였다. 어째

밤늦게까지 착실하게 일한다 싶었다. 그러더니, 어제 점심 보고를 마지막으로 저녁 보고도, 오늘 아침 보고도 없었다. 시간은 벌써 오전 8시를 지나고 있었다.

'감시 업무도 하나 제대로 못하나. 하여간 뭐 하나 진중하지 못하고 제 멋대로야.'

사사키는 순사학교 동기인 기무라가 한편 못마땅하고, 한편 안쓰러웠다. 같은 기수로 순사학교를 수료했지만, 자신은 어느덧 경부보로 승진했다. 하지만 기무라는 경찰 경력 15년이 넘도록 여전히 말단 순사에 머물러 있었다. 걸핏하면 혼자 일을 벌이다가 수사를 망친 적이 한두 번이 아니었고, 근태도 엉망이었다. 뭘 좀 살펴보라고 하면, 세밀하게 접근하지 못하고 덤벙대기 일쑤였다. 몇 해 전에는 애먼 사람을 범인으로 몰아 두들겨 잡았다가 사실이 아닌 것으로 밝혀져, 경찰서장이 직접 사과를 하는 곤욕을 치르기도 했다. 월급을 몽땅 노름에 쏟아 넣는 바람에 마누라가 집을 나가버린 것이 벌써 6년 전이었다. 마누라가 '더는 같이 못 살겠다'며 집을 뛰쳐나간 뒤로, 반성하고 좀 나아질 줄 알았지만, 정반대였다. 잔소리하는 마누라가 없으니 기무라는 아예 제멋대로 굴었다. 노름은 여전했고, 술에 취해 출근하지 않는 날도 허다했다. 한 열흘 조용하다 싶으면 어김없이 사고를 치거나, 술을 마시고 결근했다.

경찰서 내에 기무라를 받으려는 부서가 없었다. 근태가 엉망인

데다가, 계급은 낮지만 순사학교 연차가 빨라 후배 순사들이 함께 일하기를 꺼렸다. 그를 안쓰럽게 여겼던 사사키는 '한 명 없는 셈 친다'며 기무라를 첩보계에 받아들였다. 사사키 덕분에 겨우 첩보계에 들어온 뒤로도 기무라는 여전히 빈둥거렸다. 그 꼴이 보기 싫기도 하고, 경찰서 내에서 빈둥거리다가 윗사람들한테 더 밉보일 것을 우려하던 중이었다.

마침 그 무렵, 아카바네赤羽 상점거리에서 사진관을 운영하는 조선인의 움직임이 예사롭지 않다는 신고가 들어왔다. 사사키 계장은 한 달쯤 전, 기무라를 아예 그곳 상점거리의 잠복근무자로 붙박았다. 뭐라도 하나 건지면 좋고, 건지지 못해도 경찰서 안에서 빈둥거리는 것보다는 낫다는 생각이었다.

"어이, 사토! 지금 아카바네 근방에 누가 나가 있어?"

"예, 기무라 순사님과 고바야시 순사님, 하야시 순사님이 나가 있습니다."

"기무라는 연락이 안 되잖아!? 지금 너까지 사람 미치게 할래?"

"하! 죄송합니다!!"

"두 사람한테 연락해서 기무라 한번 찾아보라고 하고, 그 조선인 사진관 동태도 살펴보라고 해. 이상한 점은 없는지."

사토 순사가 전화를 돌리는 중에, 첩보계 사무실 창문 너머로 강력계 순사들이 우르르 뛰어나가는 모습이 눈에 들어왔다.

'흥, 떼로 몰려나가는 걸 보니 또 무슨 강력사건이 발생했나 보

군. 다카하시 이 자는 또 신이 났겠군.'

다카하시는 강력계장으로 사사키의 순사학교 2년 후배였다. 2년 후배임에도 승승장구해 벌써 경부보에 올랐고, 다음 인사에서 경부로 승진할 것이라는 소문이 파다했다. 눈치도 빨랐고 처신도 좋았다. 명절마다 윗사람들 집을 일일이 찾아다니며 선물을 돌리고, 설날에는 빼놓지 않고 세배를 다닌다는 소문도 있었다.

'빌어먹을 아첨꾼 자식!'

"전화했어?"

"하이! 빨리 가서 주변 상황 파악해서 보고하고, 기무라 순사님 행방도 찾아보라고 했습니다."

"알았어!"

사사키는 의자에 앉아 몸을 뒤로 한껏 젖혔다.

'도와주려고 주변에서 아무리 애를 쓰면 무슨 소용인가. 제 놈이 도통 정신을 못 차리니. 어디 가서 사고나 치지는 않아야 할 텐데.'

사사키 계장은 이제 기무라의 불성실한 근태에 대한 분노를 넘어 슬슬 걱정이 들기 시작했다.

그때 첩보계 사무실 전화벨이 울렸고 사토가 전화를 받았다.

"하이. 하이. 계속 찾아봐 주십시오."

사토가 전화를 끊자마자 사사키 계장이 마치 고함이라도 지르듯 물었다.

"누구 전화야?"

"고바야시 순사님입니다. 아카바네 상점거리에 나가봤는데, 별다른 낌새는 없다고 합니다. 그 조선인 사진관은 아직 문을 열지 않았답니다."

"기무라는?"

"기무라 순사님은 여전히 모자가게에 나오지 않았고, 연락 두절 상태 그대로입니다."

같은 말만 앵무새처럼 반복되고 있었다.

"흐음!"

사사키는 걱정 섞인 한숨을 쏟아냈다. 그때 다시 첩보계 사무실 전화벨이 울렸다. 수화기를 드는 사토 순사를 사사키 경부보가 차갑게 바라보았다.

'흥! 기무라 놈이겠지. 어제 낮부터 진탕 술을 퍼마시고 처자빠져 자다가 이제 일어난 모양이군. 빌어먹을 놈.'

"계장님 바꿔 달랍니다."

"기무라야?"

사사키 계장은 있는 대로 욕을 퍼부어 줄 생각이었다.

"아닙니다. 강력계 다카하시 계장님입니다."

"다카하시? 그 자가 무슨 일로? 아침 회의 때 봐놓고."

"급한 일이라고 합니다."

사토 순사가 일어선 채, 전화기의 송화기 부분을 손바닥으로 막은 채 대답했다.

사사키가 수화기를 받아들었다.

"어이, 다카하시 계장, 나야. 무슨 일이야?"

전화기 저 편에서 다카하시의 느글느글한 목소리가 들렸다.

"선배님. 아카바네역 근처 공터에서 변사자가 발견됐는데….."

순간 사사키 경부보는 불안감에 휩싸였다. 설마, 기무라가 사람을 죽였다는 말인가? 이 자가 술에, 노름에, 불량한 근태도 모자라서 이제 드디어 미쳐버렸는가.

"그런데?"

"아무래도 선배님 첩보계 사람 같다고 합니다."

"그게 무슨 말이야?"

"우리계 경찰들이 현장에 나갔는데, 변사자가 기무라 순사인 것 같답니다."

"그게 무슨 말이야? 죽은 자가 기무라 같다니? 기무라가 왜 죽어?"

"혹, 기무라 순사 출근했습니까? 우리 애들이 잘못 봤을 수도 있으니까요."

다카하시 계장이 여전히 느글느글한 목소리로 물었다.

"그 변사자 시신 지금 어디에 있어?"

"기타구립北区立 병원으로 이동 중이라는 보고를 받았습니다."

사사키는 수화기를 던지듯이 내려놓고, 옷걸이에 걸어둔 옷을 잡아채듯 들고 첩보계 사무실 밖으로 뛰어나갔다. 문을 박차고 나가던 그는 급히 돌아섰다. 그리고 손가락으로 사토 순사를 가리키며 명령을 쏟아냈다.

"지금 당장, 고바야시하고 하야시한테 연락해서 그 사진관 조선인들 체포하라고 해. 모조리 체포하라고 해!"

"예에? 그게 무슨?"

사토 순사는 영문을 몰라 되물었다.

"설명할 시간 없어!! 일단 체포하라고 해. 무조건 체포하라고 해. 모조리 체포해서 여기로 압송하라고 해!"

"하이!!"

"내 명령이라고 하고, 동원할 수 있는 인력 사진관으로 다 보내!!"

"하이!!"

사사키는 잰 걸음으로 사무실을 나가 주차장으로 향했다. 이게 대체 무슨 일이란 말인가. 그저께 밤에 기무라는 사진관 주인이 남녀 4명을 사진관으로 데려왔다고 보고했다. 행색으로 보아 조선인들로 보인다고 했다. 얼마 후, 한밤중에 사진관 주인과 남자 1명이 자전거를 타고 어디론가 떠났다고 했다. 미행하려고 했지만 놈들이 자전거를 타고 달리는 바람에 쫓아가지 못했다고 했다.

어제 아침 보고에서, 밤에 자전거를 타고 떠난 사진관 주인과 남자는 돌아오지 않았다고 했다. 어제 점심 보고 때도 달라진 내용은 없었다. 그러니까 어제 점심때까지 상황은, 사진관 안에 조선인 남녀 3명이 남아 있었고, 자전거를 타고 떠난 사진관 주인과 1명의 남자는 돌아오지 않았다. 조금 전 고바야시 순사가 확인한 바에 따르면, 사진관은 아직 문을 열지 않았다. 그런데, 오늘 아침 기무라는 죽은 채 발견됐다.

'그렇다면….'

사진관 조선인들과 기무라의 죽음은 연결돼 있을 가능성이 높았다.

하지만 왜? 어떻게?

기무라는 비록 술꾼에 노름꾼이기는 하지만 가라테와 유도 솜씨가 탁월하다. 오래 전 일이기는 했지만 전국 순사무술경연대회에서 2회 연속 우승한 실력자다. 싸움 실력으로만 보자면 그는 최강이었다. 무술 솜씨로 승진했더라면 지금쯤 경시감이 되고도 남았을 것이다. 그런 기무라가 당했다? 하물며 권총까지 소지하고 있는 기무라가? 변사체로 발견된 자가 기무라가 확실하다면, 지금 엄청난 일이 벌어지고 있는 것이다.

*

오자키의 집에서 도쿄역은 가까웠다. 전철로 10분 거리였다. 도쿄역에서 10시에 시모노세키로 출발하는 열차표를 구입한 서우진과 최윤기는 역사驛舍 밖으로 나와 전철역으로 향했다. 전철역인 적우赤羽역으로 갈 생각이었다. 상점거리 사진관으로 가서 심은섭을 만나야 했다.

미행자를 처치했다는 사실, 미행자의 시신이 발견되면 사진관이 의심 받을 수 있다는 사실을 전해 주어야 했다.

그저께 저녁, 시모노세키에서 도쿄로 왔을 때 기억을 더듬어 볼 때, 도쿄역에서 전철로 사진관이 있는 적우역까지 가는 데 걸리는 시간은 대략 50분쯤이었다.

현재 시각, 오전 7시 10분. 적우역까지 갔다가 돌아오는 데 넉넉잡아 2시간이면 충분했다. 심은섭을 만나 상황을 설명하는 시간을 포함해도 10시에 시모노세키로 출발하는 열차 시각에 맞추는 데는 문제 없어 보였다.

출근하는 사람들로 가득 찬 전차 안에서 서우진이 속삭이듯 최윤기에게 말했다.

"일본말 안내 방송을 알아들을 수 없으니 전차가 역에 설 때마다 안내판을 잘 봐야 합니다. 엉뚱한 데 내리면 시간 낭비가 많을 테니까."

"잘 봐야지. 대략 50분쯤 걸린다고?"

"예. 우리가 10분에 전철을 탔으니까 8시쯤 적우역에 도착할 것이고, 7시 50분쯤부터 다음 역 안내판을 잘 봐야 합니다."

"적우역에 내리기만 하면 사진관을 찾을 수는 있어?"

"간단한데요, 뭘. 전철에서 내려서 큰길을 따라가다가 상점거리가 나오면 꺾어서 들어가면 됩니다."

"그놈 발견됐을까?"

서우진이 처치한 미행자 이야기였다.

"모르죠. 발견되지 않았기를 바라지만, 만약 발견됐다면 사진관은 이미 위험해요. 사진관으로 무턱대고 들어갈 일은 아닙니다. 잘 살펴봐야죠."

"그래야겠지…."

최윤기가 고개를 끄덕였다.

초조한 빛이 역력했다.

전차는 땡땡땡 소리를 내며 달리고 멈추기를 거듭했다. 7시 50분 무렵부터 전차 창밖을 유심히 살피던 서우진이 속삭였다.

"선배, 다음 역이 적우역입니다."

"나도 안내판 봤어."

최윤기가 고개를 연달아 끄덕이며 대답했다.

전차에서 내린 두 사람은 길가의 적우역 간판 아래 서서 멀어지는 전차를 바라보았다. 8시 5분이었다. 두 사람은 찻길을 건너 상점거리를 향해 빠르게 걸었다. 출근하는 길인지 거리를 오고가는 사람들의 발걸음이 빨랐다. 5분쯤 부지런히 큰길을 걷던 두 사람은 왼쪽으로 가지처럼 뻗은 상점거리 입구에 섰다.

이제 골목 안으로 들어가야 했다. 사진관에서 무슨 상황이 전개되고 있는지 알 수 없었다. 두 사람이 상점거리 입구에 서서 골목 안쪽을 살피고 있을 때 가죽 잠바를 입은 남자가 최윤기의 어깨를 스치며 골목 안으로 종종걸음쳤다.

최윤기는 어깨를 부딪치고도 미안하다는 말도 없이 떠나는 남자를 보며 한마디 하려다가 입을 다물었다. 그리고 멀어지는 남자의 뒷모습을 뚫어지게 쳐다보았다. 뒷모습에서 강인하고 사나운 기운이 풍겼다. 최윤기의 긴장한 얼굴을 본 서우진이 말문을 열었다.

"아무래도 경찰 같죠?"

"왠지, 그런 느낌이네."

"그런데, 혼자 온 걸 보면, 죽은 미행자가 발각된 건 아닌 모양입니다. 만약 그 자가 발견됐다면 한 명이 아니라, 여러 명이 나왔을 텐데…."

"그렇겠지. 저 자가 경찰이 맞다면, 미행자와 연락이 끊어져서 찾으러 온 것이겠지."

"일단 골목으로 들어가 보죠."

두 사람은 앞뒤를 살피며 상점거리를 천천히 걸어갔다. 가게들은 이제 막 문을 열고 있었다.

빗자루를 든 사람들이 나와 가게 앞과 거리를 꼼꼼하게 청소하는 중이었다. 그때 역시 가죽 잠바에 헌팅캡을 쓴 남자가 뛰어서 두 사람 옆을 지나갔다.

"저 자도 경찰일까?"

"글쎄요. 경찰이라면 같이 나왔겠지, 따로 움직일까요?"

"일단 가보자."

50미터쯤 앞에 사진관이 눈에 들어왔다. 사진관을 살피느라 최윤기와 서우진이 걸음을 잠시 멈췄을 때, 최윤기의 어깨를 부딪치며 스쳐갔던 남자와 뛰어서 갔던 헌팅캡 쓴 남자가 사진관 대각선에 위치한 모자가게에서 나왔다. 모자가게 주인처럼 보이는 남자가 문밖까지 따라 나와 허리를 크게 숙여 절했다.

"저 두 사람은 모자가게에 온 손님들일까?"

최윤기가 혼잣말처럼 속삭였다.

"아닐 겁니다. 이 아침에 모자 사러 급하게 뛰어갈 사람도 없고, 저 자들 손에 새로 산 모자가 들려 있는 것도 아니니 말입니다. 둘 다 경찰 같습니다."

서우진의 짐작이 들어맞는 것 같았다. 모자가게에서 나온 가죽 잠바 입은 남자들이 건너편 사진관을 살폈다. 헌팅캡을 쓴 남자가 컴컴한 창문에 눈을 갖다대고 안을 살피기도 했다. 그러더니 문을 쾅쾅쾅 두들겼다. 사진관 안에서는 답이 없었다. 남자들이 다시 사진관 문을 쾅쾅쾅 두들겼다. 안에서는 여전히 답이 없었다. 심은섭은 아직 출근하지 않은 모양이었다.

"선배, 골목 입구로 돌아나가서 심은섭이 출근할 때까지 기다립시다."

"심은섭의 집이 어느 쪽에 있는지 모르잖아? 만약 심 동지가 골목 저쪽 편으로 출근하면 어떡하지?"

최윤기가 턱으로 그들이 걸어온 상점거리의 반대편을 가리켰다.

"그럼 선배는 왔던 길을 돌아나가서 기다리고, 나는 사진관을 지나가서 저쪽 편 골목 입구에서 기다리겠습니다."

"그러자. 8시 50분에 상점거리 입구에서 다시 만나자. 그때까지 기다려도 심은섭이 나타나지 않으면 그냥 떠날 수밖에 없다."

"알겠습니다. 혹 심은섭을 만나면 상황 이야기해주고 곧바로 피하라고 하십시오."

최윤기는 왔던 길을 돌아서 큰길 쪽으로 걸어 나갔고, 서우진은 상점거리를 따라 반대편으로 걸어갔다. 사진관 문을 쾅쾅쾅 두들기던 남자가 돌아서서 다시 모자가게로 들어갔다. 서우진은 무심한 표정으로 사진관을 지나쳐 상점거리를 걸어갔다. 사진관을 지나고도 상점거리는 40미터쯤 더 이어졌다.

상점거리 끝에 도착한 서우진은 심은섭이 출근하기를 기다렸다. 흘끔흘끔 상점거리를 돌아보니, 경찰들은 모자가게와 사진관을 오가며 누군가를 기다리는 눈치였다.

'저 자들이 홍기삼과 심은섭을 기다리는 것이 분명하다.'

시간은 초조하게 흘렀다. 8시 45분이 되어도 심은섭은 나타나지 않았다.

'원래 출근이 이렇게 늦은 것일까? 아니면…. 심은섭은 사진관 안에 숨어 있는 것일까?'

어쩔 수 없었다.

'이제는 가야 한다.'

10시에 시모노세키로 출발하는 열차를 타야 했다.

서우진은 돌아서서 다시 상점거리를 통과해 최윤기가 기다리는 큰길 쪽 입구를 향해 걸어갔다. 사진관 근처를 지날 때 가죽잠바 입은 남자 중 한 사람이 서우진을 노려보았다. 따가운 시선을 느꼈지만 서우진은 고개를 돌리지 않았다. 제발 최윤기 선배가 출근하는 심은섭을 만났기를 바랄 뿐이었다.

상점거리 입구 큰길에서 최윤기가 안절부절못하고 이리저리 왔다 갔다 하는 중이었다. 멀리서 보아도 초조한 기색이 역력했다.

'선배도 심은섭을 만나지 못했구나.'

느낌이 좋지 않았다.

서우진이 빠른 걸음으로 다가가자, 최윤기가 이쪽으로 서너 발쯤 다가오면서 물었다.

"심 동지 만났어?"

서우진은 고개를 저었다.

"이제 어떡하지?"

"10시 출발하는 열차를 타려면 이제 가야 합니다. 도쿄역까지 가는 데 50분이 걸릴 테니까. 빠듯합니다."

"우리가 그냥 떠나버리면 심은섭 동지는 어떻게 되지?"

"아직은 죽은 미행자가 발견되지는 않은 모양입니다만, 시간문제겠죠."

"우리가 시모노세키에 도착하지 않더라도 유상길 대장은 떠난
다고 했다. 우리가 없어도 작전에 차질은 없다는 말이다."

"그렇겠죠."

"10시 열차를 놓치더라도 심은섭 동지에게 상황을 알려줘야
한다."

최윤기는 결심을 굳힌 표정이었다. 서우진은 고민했다. 심은섭
을 위험에 빠지도록 내버려두고 떠날 수는 없었다. 최윤기 선배의
말대로 자신들이 시모노세키에 도착하지 않더라도 유상길 대장
은 오자키를 데리고 인천으로 가는 배를 탈 것이다. 하지만 자신
이 시모노세키에 도착하지 않으면 김지언은 하늘이 무너지는 절
망에 빠질 것이다. 내게 무슨 변고가 생겼다고 생각할 것이 분명
하다. 어쩌면 떠나지 않겠다고 버틸지도 모른다. 그렇게 되면 무
슨 일이 벌어질지 알 수 없다. 그때였다.

큰길에서 상점거리로 꺾어 들어온 경찰차 2대가 골목 안을 빠
르게 달려갔다. 경찰차마다 경찰들이 세 명씩 타고 있었다. 경찰
들이 대규모로 출동했다는 것은 확실히 덜미를 잡혔다는 말이다.
죽은 미행자가 발견된 것이 틀림없었다. 그 자의 신분도 드러났을
것이다. 심은섭은 미행자의 죽음을 모른다. 하지만 심은섭이 잡혀
서 고문을 당한다면, 오자키를 데리고 일본을 빠져나가는 '도쿄배
달작전' 자체가 무산될 지도 몰랐다.

"10시 열차를 못 타더라도 심은섭 동지를 기다려야겠지요."

서우진이 덤덤한 어투로 말했고, 최윤기가 고개를 끄덕였다. 그런데 잠시 후 상점거리로 들어갔던 경찰차가 다시 돌아 나오고 있었다.

'무슨 일이지?'

서우진과 최윤기는 서로의 얼굴을 쳐다보았다. 상점거리 입구까지 나온 경찰차는 두 사람이 서 있는 곁을 지나 큰길로 합류하고 있었다. 최윤기와 서우진은 경찰차를 뚫어지게 쳐다보았다. 앞선 경찰차 뒷좌석, 두 명의 경찰들 사이에 앉은 남자, 심은섭이었다. 그는 고개를 반듯하게 든 채 정면을 바라보고 앉아 있었다.

'잡혔구나.'

사진관 안에 있었나? 아니면 상점거리 저쪽 편 입구로 들어오다가 잡혔나? 최윤기와 서우진이 고개를 돌려 서로의 얼굴을 바라보았다.

"맞죠?"

서우진이 물었고, 최윤기가 고개를 끄덕였다.

"가자!!"

두 사람은 전철역을 향해 전속력으로 달렸다. 10시에 시모노세키로 향하는 열차를 타야 했다.

이제는 심은섭이 체포된 사실을 유상길 대장과 홍기삼 동지에게 알리는 게 시급했다.

'어째서 어젯밤에 심은섭 동지에게 미행자를 처단했다는 이야기를 하지 않았다는 말인가.'

서우진은 전철역을 향해 달리면서 후회하고 또 후회하며 자신을 탓했다.

내 삶은 버림받지 않는다

홍기삼이 운전하는 트럭이 유상길과 김지언, 오자키를 태우고 시모노세키로 부지런히 달려가는 그 시각.

사진관에서 붙잡힌 심은섭은 도쿄부東京府 기타北경찰서, 특별고등경찰 기밀과의 지하 취조실에 고개를 푹 숙이고 앉아 있었다. 그의 몸통과 양팔은 의자에 꽁꽁 묶여 있었고, 얼굴은 온통 피멍이 들어 그가 심은섭임을 알아보기도 힘들 정도였다.

천장에 희미한 백열등 하나가 켜져 있었지만 취조실은 전체적으로 어두웠다. 중간에 책상을 두고 심은섭과 마주 앉은 경찰은 기밀과 첩보계장 사사키 경부보였다. 그는 격렬한 분노에 휩싸여 있었다.

기타구립北区立 병원에서 확인한 기무라의 주검은 처참했다. 턱과 입이 부어 있었고, 넘어졌는지, 둔기에 맞았는지 뒷머리에도 상처가 나 있었다. 검시의는 결정적 사인은 목뼈 부러짐이라고 했다. 병원에서 나와 경찰서로 어떻게 돌아왔는지 기억조차 나지 않았다. 기무라의 인생이 한심했고, 그의 죽음이 허무했다.

한평생 누구로부터 인정받아 본 적이 없는 기무라였다. 그나마 그가 인정받았던 것이 있다면 격투솜씨였다. 그런 그가, 총이 아닌 격투 끝에 당했다는 사실은 그의 인생에 단 한 가지도 가치 있는 것이 없었다는 증언, 그의 인생이 송두리째 부정되었다는 말이나 다름없이 와닿았다.

기습을 당했을 수는 있었다. 하지만, 기무라는 감시하던 쪽이었다. 감시하던 자가 감시 받고 있던 자들에게 당했다는 것은 납득하기 어려웠다. 사진관의 조선인을 체포했다는 연락을 받았을 때, 수사고 나발이고 기무라를 그처럼 비참하게 만든 자들을 때려죽이고 싶었다.

사사키는 경찰서로 돌아오자마자, 지하 취조실로 향했고, 취조실에 들어가자마자 잡혀와 있던 조선인을 무지막지하게 폭행했다. 고문도 수사도 아닌 막무가내 폭행이었다. 그는 완전히 이성을 잃은 상태였다. 잡은 자를 두들겨 패서, 놈이 죽어버려도 그만이라고 생각했다. 그의 정신을 번쩍 들게 한 것은 먼저 취조실에 와 있던 고문 전문 수사관 요시다였다.

"사사키 계장님. 기무라 순사님을 그 지경으로 만들 수 있는 자라면, 고도의 훈련을 받은 자입니다. (심은섭을 가리키며) 이 샌님 같은 자의 짓일 리 없습니다. 고도로 훈련 받은 자들이 지금 여기, 도쿄에 와 있다는 말입니다. 그 놈들이 왜 왔을까요?"

'아차.'

분노에 휩싸여 무지막지하게 두들겨 패다가 죽여 버리기라도 한다면, 놈들이 꾸미고 있는 거대한 음모를 놓치게 된다. 폭행을 중단한 사사키는 기절한 심은섭의 맞은편 의자에 앉아 담배를 피워 물었다. 놈이 깨어나기를 기다려야 했다.

'알아내야 한다. 놈들이 무슨 짓을 꾸미는지 알아내야 하고, 기무라를 그 지경으로 만들어 죽인 자가 어떤 놈인지도 알아내야 한다. 그놈을 잡아 그 몸뚱아리를 갈가리 찢어 죽이자면 이 자의 입을 열게 해야 한다.'

사사키의 무지막지한 폭행에 기절한 심은섭은 그대로 잠들어 버렸다. 폭행 충격도 컸지만 며칠 동안 제대로 잠을 자지 못한 피로가 엄습했다. 20분이 지나도 심은섭이 깨어나지 않자 요시다가 찬물에 적신 수건으로 심은섭의 얼굴을 닦았다. 그래도 심은섭이 깨어나지 않자 요시다는 주전자를 심은섭 머리 위로 올려 물을 따랐다. 차가운 물이 심은섭의 머리카락을 적시고, 이마와 귀를 타고 줄줄 흘러내렸다. 그제야 심은섭은 눈을 떴다.

"담배 피우나?"

사사키 경부보가 물었지만, 심은섭은 잔뜩 일그러진 눈을 겨우 뜨고 그를 바라볼 뿐 대답하지 않았다. 사사키가 불붙인 담배를 심은섭의 입술에 끼웠다. 심은섭이 담배 한 모금을 빨더니 기침을 해댔다. 그 바람에 담배가 바닥으로 떨어졌다. 옆에 서 있던 요시다가 떨어진 담배를 줍더니 심은섭의 이마를 지졌다.

"ㅇㅇㅇㅇㅇㅇㅇㅇ"

살이 타는 냄새와 함께 심은섭이 의자에 몸이 묶인 채 비명을 질렀다. 요시다는 심은섭의 비명소리가 즐겁기라도 하다는 듯이, 자신이 하는 짓에 보람이라도 느끼기라도 한다는 듯이 담뱃불을 지져대며 빙글빙글 웃었다.

사사키 경부보는 평소 요시다가 참 잔인한 냉혈한이라고 생각했다. 하지만 이마를 지져대는 요시다를 제지하지는 않았다. 이마를 오래 눌러 담뱃불이 꺼지자 요시다는 담배를 바닥에 던졌다. 담뱃불 지지기가 끝나자 심은섭이 거친 숨을 몰아쉬었다. 의자 등받이에 비스듬히 기대 앉아 있던 사사키 경부보가 상체를 바로세우며 책상 위에 깍지 낀 두 손을 얹었다.

"홍기삼과 그 자가 데리고 온 조선인들 지금 어디에 있나?"

심은섭은 대답하지 않았다.

'경찰들이 오자키 납치 작전을 알고 있는 것일까? 도쿄배달 특공대 중 일부가 잡힌 것일까? 지금 묻는 것을 보면 그런 것 같지는 않았다. 그렇다면 오자키가 사라졌다는 사실, 오자키 집을 지키던 특고들이 죽었다는 사실이 발각된 것일까?'

"대답 안 해?"

"나는 사진관에서 일하는 종업원입니다. 대체 무엇 때문에 나를 이렇게 잡아와서 고문하는지 모르겠습니다."

"몰라?"

"모르겠습니다. 내가 무슨 죄를 지었다고 이러는지 모르겠습니다."

"너, 어제 낮에 어디에 있었어?"

"사진관에 있었습니….."

심은섭이 말을 채 마치기도 전에 사사키가 그의 뺨을 후려쳤다. 한 대, 두 대, 세 대, 네 대, 다섯 대를 연달아 때렸다.

고바야시와 하야시가 모자가게 주인에게 탐문한 결과 어제 사진관 문은 종일 닫혀 있었다. 영업을 하지 않았다는 말이다. 모자가게 주인은 '사진 찍으러 왔던 손님들이 허탕치고 돌아가는 모습도 여럿 보았다.'고 진술했다. 죽은 기무라가 어제 점심 무렵에 보고한 내용도 마찬가지였다.

'어젯밤에 사진관 주인과 남자 1명이 자전거를 타고 떠난 뒤로 아직 돌아오지 않고 있다. 사진관은 아직 문을 열지 않았고, 사진관 안에는 조선인 남녀 3명이 그대로 남아 있다.'

기무라는 그 보고를 마지막으로 소식이 끊어졌고, 오늘 아침 죽은 채 발견됐다. 아카바네赤羽역 인근에 사는 주민이 공터에 쓰레기를 버리러 나왔다가 시신을 발견하고 신고했던 것이다.

"다시 묻겠다. 이번에도 제대로 대답하지 않으면 더 이상 좋은 말로 묻지 않는다. 어제 낮에 어디에 있었나?"

심은섭은 대답하지 않았다.

'이 자들은 아직 오자키가 사라진 사실, 오자키 집을 지키던 특고들이 죽은 사실을 모르고 있다. 그렇다면 무슨 덜미를 잡았기에 사진관으로 경찰들이 들이닥친 것일까. 다른 데서 작전 계획이 노출된 것일까?'

"대답 안 해?"

사사키 경부보는 심은섭의 얼굴을 빤히 쳐다보더니 요시다에게 턱짓했다.

"시작해!"

요시다가 전지剪枝가윗날 사이에 심은섭의 오른손 새끼손가락을 끼웠다.

"이번에도 네놈 입이 할 일을 안 하면, 네 놈 손가락이 날아간다."

심은섭이 전지 가윗날에 낀 자신의 손가락을 내려 보며 부들부들 떨었다.

"어제 낮에 어디에 있었나? 나머지 놈들은 어디에 있나?"

"으으으으, 제발 살려주십시오. 제발 살려주십시오. 저는 정말. 으악!!!!!!!!!!!!!!!!!"

잘린 새끼손가락이 바닥에 툭 떨어졌다.

"마음 단단히 먹어. 이제 시작이니까."

사사키의 말에 요시다가 심은섭의 약지를 전지가위 날에 끼웠다.

"어제 낮에 어디에 있었나? 홍기삼과 그 자가 데리고 온 조선인들은 지금 어디에 있나?"

"으으으으으, 제발 살려 주십시오. 제발 살려 주십시오."

요시다가 전지가위 잡은 손에 힘을 주었고, 심은섭의 약지가 바닥에 툭 떨어졌다.

"아아아아아아아아아아!!!!!!"

심은섭이 고통에 찬 비명을 지르며 울부짖었다. 입에서는 지옥을 맛본 자의 비명이, 눈에서는 눈물이, 손가락이 떨어져나간 손에서는 피가 뚝뚝뚝 떨어졌다. 요시다가 이번에는 심은섭의 왼손 새끼손가락을 전지 가윗날 사이에 끼웠다.

"한쪽 손만 자꾸 자르면 고통을 덜하지."

"제발 살려주십시오."

요시다가 가위 쥔 손에 힘을 주자, 왼손 새끼손가락이 바닥에 떨어져 굴렀다.

"으아아아아아아아아아아아아아아!!!!!!!!!"

심은섭이 고통에 몸서리쳤다. 요시다가 왼손 중지를 전지 가윗날 사이에 끼우자 심은섭이 외쳤다.

"말하겠습니다! 말하겠습니다. 살려주십시오."

요시다가 빙긋 웃으며 가위에 반쯤 힘을 주었다. 심은섭의 왼손가운데 손가락은 반쯤 잘리다가 멈췄다. 가윗날이 손가락에 박힌 채였다. 심은섭은 고향의 아버지와 어머니, 누이동생의 얼굴을 떠올렸다. 그립고, 고맙고, 미안한 분들이었다. 그의 눈에는 주름지고 검은 얼굴의 아버지와 어머니, 다정하게 웃던 누이동생의 얼굴이 떠올랐고, 귓전에는 유상길 대장의 말이 맴돌았다.

'한순간만이라도 영원처럼 살 수 있다면, 우리 삶은 영원하다. 단 한순간이라도 털끝만큼의 빈틈도 없이 충만할 수 있다면 우리 인생은 결코 버림받지 않는다.'

'버티지도 못할 버러지 같은 놈이….'

사사키는 심은섭을 비웃으며 득의에 찬 표정을 지었다.

"그 자들 지금 어디에 있나?"

심은섭이 고개를 들어 사사키의 얼굴을 정면으로 바라보았다. 심은섭은 유상길의 말을 마음으로 되뇌었다. 그리고 사사키의 말에 대답하는 대신 엷은 미소를 지었다. 입 꼬리에서 시작된 희미한 미소가 얼굴 전체로 번지고 있었다. 요시다가 손가락을 차례차례 잘랐지만 심은섭은 입을 열지 않았다.

의자에 묶인 채 고개를 떨어뜨리고 늘어져 있는 심은섭은 숨이 겨우 붙어 있을 뿐, 죽은 사람이나 마찬가지였다. 손가락이 하나씩 잘릴 때마다 고통과 절망에 찬 비명을 질렀고, 사사키가 홍기삼과 조선인들의 행방을 물을 때마다 묘한 미소를 지었을 뿐, 홍기삼과 조선인들의 행방을 실토하지 않았다. 그렇게 열 손가락이 모두 손에서 떨어져 나갔다.

요시다는 고문 받는 자가 죽음 같은 고통과 공포 속에서 악귀처럼 비명을 질러 될 때, 승리감에 젖어 능글능글 웃곤 했다. 그처럼 냉혈한인 요시다도 이번에는 고개를 흔들었다. 요시다의 얼굴에 땀이 번들번들했다. 최대한 고통을 심하게 가하기 위해 갖은 애를 썼지만 소용없었다. 요시다는 한숨을 푹 내쉬며 담배를 피워 물었다.

"요시다가 고문해서 안 통하는 자도 있나?"

사사키 계장은 요시다의 고문을 결코 좋아하지 않았다. 하지만 이번 만큼은 요시다의 고문을 옆에 앉아서 두 눈으로 직접 보았다. 무슨 수를 써서라도 실토를 받아내야 하고, 사라진 홍기삼과 조선인들을 찾아내 잡아야 했다. 요시다의 고문이 한 번도 실패한 적이 없었기에 이 자 역시 실토할 수밖에 없을 것이라고 생각했다. 하지만 예상과 다른 상황 전개에 사사키는 적이 당황했다. 정오쯤부터 요시다의 고문이 시작됐고, 이제는 오후 2시를 지나고 있었다.

"요시다! 발가락을 자르든, 손모가지를 자르든, 전기고문을 하든 무조건 알아내."

"소용없습니다. 아무리 해도 안 될 것 같습니다."

요시다가 땀으로 번들번들한 이마를 수건으로 닦았다.

"뭐야? 정말 안 통한다는 거야?"

"이 자는 창자를 끊어낸다고 해도 입을 안 열 겁니다. 손가락이 잘릴 때 이 자의 눈을 보지 않았습니까. 이 자는 죽기를 각오한 자입니다."

"그딴 소리는 집어치워. 누가 죽여 준대? 무슨 수를 쓰든지 알아내!!"

사사키 계장은 취조실 문을 박차고 나갔다. 바깥바람을 좀 쏘이고 싶었다. 지하 1층에서 계단을 올라가 복도를 따라 첩보계 사무실 쪽으로 걸어가는 데, 앞에서 강력계 다카하시 계장이 사색이 된 얼굴로 강력계 사무실에서 나와 이쪽으로 뛰어오고 있었다.

'재수 없는 놈.'

피할 곳 없는 복도에서 마주 오는 다카하시를 발견하자 더러운 기분이 더 더러워졌다. 조선인이 운영하는 사진관을 감시하던 기무라의 죽음으로 첩보계는 또 망신을 당하게 생겼다. 자신이 수모를 느끼는 만큼 다카하시 놈은 기분이 좋을 것이 분명했다. 다카하시 계장은 속으로 사사키 계장을 비웃었지만, 앞에서는 순사학교 선배로 깍듯하게 대접하는 척했다. 먼저 인사를 건넸고, 말을 꺼낼 때마다 '선배님, 선배님'이라고 붙였다. 하지만 복도에서 뛰어오는 다카하시는 사사키를 스치듯 지나쳤을 뿐 건성 인사조차 없었다.

'저 자식이 이제 눈에 뵈는 게 없나….'

그랬는데, 문득 다급한 일이 터졌다는 느낌이 확 들었다.

'첩보계가 또 무엇을 놓치고, 그 뒷처리를 강력계가 떠안았다는

말인가?'

사사키 계장이 불안한 느낌에 휩싸여 첩보계 사무실로 돌아오자 자리가 출입문 근처인 사토 순사가 의자에서 벌떡 일어났다.

"고바야시나 하야시한테서 새로 소식 들어온 거 없었나?"

"아직 없습니다. 근데 강력계에 큰일이 터진 모양입니다."

"무슨?"

"조금 전 화장실 갔다가 강력계 제 동기인 이시무라한테 들었는데…. 강력계 특고들이 정체를 알 수 없는 놈들한테 당했다고 합니다."

"무슨 말이야? 자세히 말해봐."

"아직 정확한 건 아닙니다만, 그 왜 리하르트 조르게라고, 강력계가 소련 스파이로 의심해서 잡아들인 독일 언론인 있지 않습니까?"

"그런데?"

리하르트 조르게의 암호무선 활동까지 첩보계가 아니라 강력계가 먼저 알아차리는 바람에 사사키는 여간 난처한 상황이 아니었다. 사사키는 내심 조르게가 강력계의 추측처럼 스파이가 아니라 언론인 겸 독일과 일본 양쪽을 위해 일하는 정보원이기를 바랐다. 그 자가 정말로 소련 스파이로 드러난다면 첩보계로서는 망신도 그런 망신이 없었다.

"강력계에서 조르게와 연결된 것으로 보이는 내각 관료 오자키 호츠미씨의 집을 감시하고 있었다고 합니다. 그런데 좀 전에 그 집을 지키던 강력계 특고들이 죽은 채 발견됐다고 합니다. 오자키는 달아나버렸고요."

"뭐? 특고들이 죽어? 몇 명이나?"

"어제부터 집을 지키던 2명과 오늘 아침에 교대하기 위해 갔던 2명이 모두 죽었다고 합니다."

사사키는 놀란 입을 다물지 못했다.

특고들이 4명이나 죽다니. 어쩌면 사진관을 감시하던 기무라를 죽인 놈들과 오자키 집을 지키던 강력계 특고들을 죽인 자들이 한 패일지도 몰랐다.

'지금 이 자들이 엄청난 짓을 꾸미고 있는 게 틀림없다!'

"사토!! 그 사진관 주인 홍기삼 얼굴 사진 확보하고 있지?"

"확보하고 있습니다!"

"지금 바로 수배 요청서 만들어. 오늘 중으로 승인 받고 수배령 때려야 해."

"홍기삼 수배 요청서 말입니까? 혐의는 무엇으로 적을까요?"

"특고 경찰 살해라고 적어."

"하지만 그 자들이 기무라 순사님을 살해했다는 증거는 아직 없지 않습니까?"

"증거가 없으니까, 잡아들여서 증거를 확보하겠다는 것 아냐!"

"하이! 알겠습니다."

이럴 때가 아니었다. 사사키는 곧바로 첩보계 사무실을 뛰어나가 2층 서장실로 향했다. 계단을 빠르게 뛰어올라 서장실로 향하는 복도에 도착한 사사키는 문득 걸음을 멈췄다.

'내가 지금 무슨 짓을 하고 있는 것인가?'

우리 첩보계의 기무라 순사가 조선인 사진관을 감시하다가 죽은 채 발견됐다. 범인이 누구인지는 모르지만, 사진관 주인이 연루된 것으로 보인다. 증거는 아직 없다. 그런데 좀 전에 독일 언론인 조르게의 소련 스파이 혐의와 연루된 것으로 보이는 오자키 호츠미의 집을 감시하던 강력계 특고 4명이 또 죽은 채 발견됐다. 그리고 오자키는 달아나고 없다. 강력계 특고들의 죽음과 오자키의 도망, 기무라의 죽음이 연결돼 있는 것 같다. 그런데 그 증거나 실마리를 첩보계는 하나도 갖고 있지 않다. 단지 그런 강력한 의심이 든다.

'이렇게 서장에게 보고한다고?'

맞아 죽을 짓이었다. 맞아 죽는 문제를 넘어, 강력계 특고들의 죽음과 오자키 호츠미란 자가 달아난 사실까지 몽땅 첩보계의 실책으로 몰릴 수 있었다. 복도를 따라 서장실로 천천히 걸음을 옮기던 사사키는 몸을 홱 돌려 첩보계로 돌아갔다. 뭔가 명확한 것을 찾아낼 때까지는 보고를 미뤄야 했다. 섣불리 움직였다가 독박을 쓸 수 있었다.

오자키 집을 지키던 강력계 특고들이 죽은 것은 어디까지나 강력계의 잘못이다. 지금은 취조실에 잡아온 자를 족쳐서 사진관 주인의 행방을 찾는데 주력해야 한다. 첩보계로 돌아온 사사키가 사토 순사에게 말했다.

"이봐 사토!"

"하이!"

"그 수배 요청서 일단 보류해 둬."

"알겠습니다."

사사키 계장의 변덕에 사토는 영문을 모르겠다는 표정을 지었다. 연필을 빙글빙글 돌리며 생각에 잠겼던 사사키 계장이 벌떡 일어나 취조실로 내려갔다. 문을 열고 들어가자 책상 앞에 앉아 있던 요시다가 벌떡 일어섰다.

"뭐 좀 나온 거 있나?"

요시다가 자신 없는 얼굴로 고개를 저었다. 사사키 계장은 요시다가 일어서며 비운 의자에 앉았다.

"이봐 심은섭."

심은섭은 고개를 떨어뜨린 채 미동도 하지 않았다.

"자네 의지는 내가 인정하지. 요즘 보기 드문 의지라고 생각해. 일본인 중에서도 자네만큼 굳은 의지와 충절을 보여 줄 수 있는 사람은 드물어. 대단해. 사내다워."

사사키가 담배를 꺼내 불을 붙였다.

"한대 피우겠나?"

심은섭은 여전히 고개를 떨어뜨린 채 미동도 없었다. 사사키는 넘겨짚을 요량이었다.

"자네들 음모 다 들통 났어. 오자키 호츠미를 빼돌리려고 특고들을 네 명이나 죽였더군. 아니지 사진관을 감시하던 기무라까지 포함하면 다섯 명이나 죽였어."

심은섭이 천천히 고개를 들었다. 별 일 아니라는 듯 고개를 천천히 들었지만, 얼굴은 놀란 표정이 역력했다.

'오자키 집 앞을 지키던 특고 외에 사진관을 감시하던 특고가 또 있었구나. 배달 특공대가 그 자를 죽인 바람에 내가 체포됐구나.'

수사 경험이 많은 사사키는 심은섭의 그 미묘한 표정 변화를 놓치지 않았다. 피투성이가 된 얼굴임에도 의지와 광채로 빛나던 심은섭의 얼굴에 실망의 그림자가 빠르게 내려앉았다.

'걸려 들었다! 틀림없다!! 이 자들이 강력계 특고들을 죽이고 오자키 호츠미를 빼돌렸다.'

사사키는 내심 쾌재를 불렀다. 그리고 한수 더 깊숙이 찔렀다.

"자네들이 우리 특고들을 해치우고, 오자키 호츠미를 빼돌린 것까지는 좋았지만, 결국은 실패했어. 좀 전에 강력계로 조선인들이 모조리 잡혀 왔어."

심은섭이 완전히 일그러지고 피투성이가 된 얼굴로 사사키를 바라보았다.

'작전이 실패했다는 말인가?'

심은섭은 오자키의 말에 충격을 받은 것 같았다. 그 표정에 사사키는 빙그레 웃었다.

"솔직히 이야기하지. 내가 원하는 것은 실적이야. 지금 강력계에 잡힌 자들이 먼저 불면 강력계 실적이 되는 것이고, 자네가 먼저 불면 우리 첩보계 실적이 되는 거지."

심은섭이 일그러진 얼굴로 피식 웃었다. 비웃음이 분명했지만 사사키는 개의치 않았다. 그래봤자였다. 궁지에 몰린 범죄자들은 경찰의 거래 제안을 받아들이기 마련이었다.

"나랑 거래하지."

사사키가 거래 조건을 제시했다.

"작전을 언제부터 모의했고, 어떻게 진행했는지, 또 앞으로 어떻게 할 계획이었는지 처음부터 끝까지 상세하게 실토해. 그렇게 하면 자네가 특고들을 죽이는데 가담하지 않았다고 내가 증명하지. 설령 자네가 살인에 가담했다고 하더라도 그건 내가 확실히 빼주지. 약속한다. 그러면 자네는 길어도 징역 1,2년 정도면 풀려날 거야. 어때?"

사사키는 심은섭의 실토를 바탕으로 오자키를 빼돌린 자들이 지금 어디에 숨어 있는지 알아낼 요량이었다.

"어차피 저쪽 강력계에 잡혀온 조선인들이 다 불게 되어 있어. 문제는 어느 쪽이 먼저 불고 살길을 찾느냐야. 자네 진술이 강력계에 잡혀온 놈들보다 늦으면 나야 실적을 못 올리는 것으로 끝이지만, 자네는 사형이야."

사사키의 이야기를 들으며 심은섭은 유상길 대장이 했던 말을 떠올렸다.

'한순간만이라도 영원처럼 살 수 있다면, 우리 삶은 영원하다.'

심은섭의 입술이 달싹 거렸다. 무슨 말을 하고 싶었지만 목소리가 나오지 않았다.

"요시다. 이 친구한테 따뜻한 물 한 잔 줘."

심은섭은 요시다가 입에 갖다 대 준 컵의 물을 천천히 마셨다. 그리고 마침내 심은섭이 입을 열었다.

"나는 영원히 살고 싶소."

심은섭은 온통 피멍으로 일그러진 얼굴로 사사키 계장을 응시했다.

"계속해."

사사키는 심은섭이 어떤 말로 실토를 시작할지 자못 궁금했다.

"당신의 제안은 내가 바라는 영원한 삶과 거리가 먼 일이오."

사사키가 심은섭을 물끄러미 바라보았다.

'이 자가 지금 무슨 헛소리를 하는 거야?'

"나는 죽어서 영원히 살기로 결심했소, 내 바람은 그것뿐이오."

"칙쇼畜生!!!"

사사키 계장이 의자에서 벌떡 일어나며 소리쳤다.

"어리석은 짓 하지 마라! 어차피 저쪽에 잡혀온 놈들이 다 불 텐데, 네 놈이 뒤집어쓰겠다는 거냐? 바보 짓 집어치우고 지금이라도 살길 찾는 게 현명해."

심은섭이 희미하게 웃었다.

"상관없는 일이오. 저쪽에 잡혀온 사람들이 불든, 말든 그것은 그 사람들의 일이고, 이것은 내 삶이오."

옆에 서 있는 요시다가 고개를 절래절래 저었다. 고문으로 어찌해볼 수 있는 자가 아니었다. 심은섭은 고문과 회유를 견디며 그 이후로도 11시간을 버텼다. 그리고 끝내 입을 열지 않고 눈을 감았다.

시모노세키에 도착한 트럭

다음 날 아침 6시 도쿄부 기타北 경찰서장이 주재한 회의.

첩보계장 사사키는 그 시간까지 파악한 상황을 보고했다. 모르는 척, 더 버티며 이 사건을 강력계의 문제로 떠넘기고 싶었다. 하지만 그러기에는 일이 너무 컸고, 두 사건의 관련성이 밀접했다. 사진관 주인 홍기삼이 사라졌고, 사진관을 감시하던 기무라는 죽은 채 발견됐다. 오자키 집을 지키던 강력계 특고들이 죽은 채 발견됐고, 오자키는 달아났다. 두 사건은 연결돼 있는 것이 분명했다. 여기서 더 모르는 척 했다가는 상황파악을 전혀 못하는 멍청이로 간주될 게 틀림없었다.

심은섭은 죽어버렸다. 그놈에게서 몇 가지라도 정보를 캐냈더라면 좋았겠지만, 새로운 정보가 없더라도 보고해야 했다. 어쩔 수 없었다. 사사키는 최대한 조심스럽게 말했다.

"사진관을 감시하던 기무라와 오자키 집을 감시하던 강력계 특고들의 변고는 별개 사건처럼 보이지만, 서로 연결돼 있을 가능성이 높다고 봅니다."

첩보계와 강력계의 보고를 종합한 도쿄부 기타北 경찰서장은 즉각 홍기삼과 오자키 호츠미에 대한 수배령을 내렸다. 수배전단의 오자키 호츠미와 홍기삼 사진 아래, 붉은 글씨로 쓰인 '특이사항'에 '4~5인조로 움직일 가능성이 높으며, 여성 1명이 포함되어 있다'고 적혀 있었다.

*

[수배령 발령 3시간 전인 새벽 3시]

유상길과 홍기삼, 김지언, 오자키 호츠미가 탄 트럭이 항구도시 시모노세키에 도착하고 있었다. 도쿄를 출발해 30시간이 지나서였다. 중간에 트럭을 세우고 네 시간 정도 잠을 잤고, 조금씩 휴식을 취했을 뿐 어디에도 들리지 않았다. 시모노세키로 오는 내내 바짝 긴장했지만 검문은 1회 밖에 없었고, 특별한 의심을 받지 않았다.

장거리 운행에도 트럭 역시 말썽을 일으키지 않았다. 출고되고 얼마 지나지 않은 새 트럭이었다. 트럭은 시모노세키 열차역驛 앞도로 건너편에 멈췄다. 가로등 불빛이 역사驛舍 건물과 그 앞 광장을 환하게 비추고 있었다.

시모노세키는 큰 도시가 아니지만 부산과 인천, 다롄으로 떠나는 항구도시다. 덕분에 역 광장은 밤에도 낮처럼 밝고 휘황찬란했다. 한밤중이라 오고가는 사람들이 많지 않았음에도, 광장 한쪽 구석에는 인력거들이 줄지어 늘어서 있었다. 밤에는 기온이 내려가 꽤 추웠지만 인력거꾼들은 손님을 기다리느라 인력거에 기대어 자고 있었다.

"서 동지와 최 동지는 무사히 열차를 탔을까요?"

트럭에서 내린 김지언이 추위에 팔짱을 낀 채 진작부터 묻고 싶었던 말을 꺼냈다.

"날이 밝으면 알게 되겠지, 열차가 여섯 시 도착이라고 했소?"

유상길이 홍기삼을 쳐다보며 물었다.

"예정대로라면 여섯 시 오 분 도착입니다. 연착하더라도 여섯 시 이십 분 안에는 도착할 겁니다. 이전에도 몇 번 타봤지만, 그 이상 연착한 적은 없었습니다."

"오전 여섯 시 이후에 인천으로 가는 첫 배는 몇 시요?"

일본으로 들어올 때는 안둥安東(지금의 '단둥')에서 열차로 부산까지 와서 배를 탔다. 하지만 돌아갈 때는 인천으로 들어갈 작정이었다. 시모노세키에서 곧바로 다롄으로 들어가는 배편이 있었지만 위험 부담이 컸다. 다롄은 군사도시인데다 조선인이 시모노세키에서 다롄으로 가는 직항편을 이용하는 것은 주목을 끌기 십상이었다.

"조선에 건너가 본 일이 까마득해서….."

"가서 배 시간 좀 알아봅시다."

홍기삼이 트럭을 시모노세키 관부연락선 대합실로 몰았다. 시모노세키 열차역과 관부연락선 대합실은 지척이었다. 연락선 대합실 역시 환하게 불을 밝히고 있었다. 대합실 너머에 있는 커다란 해협은 어둠에 묻혀 보이지 않았다.

"트럭에서 기다리시죠. 제가 가서 배 시간을 확인해보겠습니다."

유상길과 김지언, 오자키는 트럭에 남았고, 홍기삼이 길을 건너 연락선 대합실 안으로 걸어갔다. 홍기삼의 뒷모습을 바라보는 오자키의 눈에 불안감이 가득했다.

'지금쯤은 죽은 특고들이 발견됐을 것이다. 내가 달아난 사실까지도. 어쩌면 조선인 특공대원들이 특고들에게 붙잡혔을 수도 있다. 어느 경우든 도쿄에 수배령이 떨어졌을 것이고, 만약 조선인 특공대원들이 체포돼 탈출 경로를 실토했다면 시모노세키에도 수배령이 내려졌을지도 모른다.'

"걱정하지 마시오."

유상길이 중국어로 말했고, 오자키가 고개를 끄덕였다. 유상길은 트럭 좌석에 앉아 길 건너편 연락선 대합실 출입구에서 눈을 떼지 않았다. 늦은 밤이었지만 대합실을 들락거리는 사람들이 띄엄띄엄 이어졌다.

큰 가방을 든 사람, 등에 짐짝을 진 사람, 어린 아이를 동반한 젊은 남녀가 연락선 대합실 안으로 들어갔고, 중년의 남자가 대합실 밖으로 나와 맨손체조를 하는 모습도 보였다. 인천이나 부산, 다롄으로 건너가기 위해 먼 데서 일찌감치 온 사람들 같았다.

얼마쯤 지나자 대합실에서 나온 홍기삼이 트럭을 향해 빠른 걸음으로 다가왔다. 그가 트럭 운전대에 올라앉으며 말했다.

"오늘 아침에는 인천으로 가는 연락선이 없습니다. 인천으로 오가는 손님 숫자가 적다보니 격일로 운행하는 모양입니다. 이 시간 이후 가장 일찍 출항하는 배가 내일 아침 여덟 시입니다."

"부산은?"

"오늘 오전 아홉 시 출항입니다."

"흠…."

유상길이 손목시계를 보았다. 세 시 사십분을 지나고 있었다. 인천까지 바로 가는 편이 편하기는 하다. 그러나 일본에서 하루를 더 지체할 수는 없었다. 최윤기와 서우진이 아침에 교대조로 온 특고들을 깔끔하게 처리했다고 하더라도, 경찰서에서 오자키에 대한 체포 명령을 내렸거나, 최윤기와 서우진이 떠난 뒤 저녁에 온 교대조가 시신을 발견했을 것이다. 어떤 경우라도 지금쯤 도쿄 경찰서는 발칵 뒤집혔을 것이다. 하지만, 동지들 중에 누가 잡히지 않았다면 우리가 이미 시모노세키에 도착했다는 사실은 노출되지 않았을 것이다.

"홍 동지, 가서 부산행 표 다섯 장 구매해주시오."

"다섯 장요?"

"최 동지와 서 동지가 제 시각에 도착한다는 가정 아래…."

"연락선 표를 구매하려면 신분증이 있어야 합니다."

"그럼 우선 나와 김지언 동지, 오자키 선생 것만 먼저 구매해주시오. 두 사람이 도착하는 대로, 표를 다시 구매하기로 하고."

"알겠습니다. 신분증 주십시오."

홍기삼이 세 사람의 신분증을 받아 다시 연락선 매표소로 갔다.

"두 사람은 무사하겠지요?"

김지언이 또 물었다.

"무사할 거요. 나머지 특고들을 처리하는 과정에서 되레 당하지만 않았다면 말이오. 특고들이 살해됐다는 사실이 나중에 발각된다고 하더라도 두 사람이 의심 받을 일은 없소. 일본 경찰은 오자키를 추적할 것이고, 두 동지들보다는 오히려 오자키와 동행하는 우리가 더 위험할 테니까."

김지언의 얼굴은 불안한 빛이 역력했다. 유상길은 생각했다.

실전 경험이 일천한 여자가 위험에 처한 자신의 안위가 아니라 다른 동지의 안위를 걱정한다.

이것을 동지적 유대나 전우애라고 보아야 할까. 충칭을 떠나 도쿄로 향하는 여정에서 김지언과 서우진 사이에 무엇인가 특별한

관계가 있다는 느낌을 받기는 했다. 두 사람은 의식적으로 대화를 피하는 것 같았지만, 다른 사람들 눈에 띄지 않게 서로를 보살피는 기색이었다.

트럭을 타고 오자키 집을 떠날 때 두 사람은 오래 인사를 나누었다. 작별하는 연인들이나 주고받을 법한 행동이었다. 두 사람이 어쩌면 연인 관계일 수 있다는 느낌을 충칭 출발 전에 받았더라면 서우진을 작전에서 배제해달라고 임정 지도부에 요청했을 것이다. 하지만 충칭을 출발하고 3, 4일이 지날 때까지만 해도 두 사람 사이의 특별한 낌새를 눈치채지 못했다. 충칭 임정도 그런 점을 눈치채지 못했기에 김지언에게 미인계 임무를 부여하면서도 서우진을 함께 보냈을 것이다.

부산에서 시모노세키로 떠나는 배를 탈 무렵 유상길은 두 사람 사이에 특별한 무엇이 있다는 강한 느낌을 받았다. 당시 유상길은 김지언에게 주어진 특별 임무를 서우진이 알게 됐을 때, 어떤 문제가 발생할 것인가 우려했다.

다행인지 불행인지, 소련 스파이 리하르트 조르게가 체포돼 상황이 급변했고, 오자키 또한 곧 체포될 위기에 처해 있었다. 미인계를 쓸 필요가 없어졌던 것이다. 일이 예상과 다른 방향으로 돌아간다는 점은 악재였지만, 자칫 서우진이 방해가 될지도 모를 미인계를 쓰지 않아도 된다는 점에서는 다행이었다. 유상길은 일이 참 묘하게 돌아간다고 생각했다.

'하지만 이르다.'

충칭으로 돌아가기까지 앞으로도 난관은 수없이 많을 것이다. 두 사람의 감정이 작전 수행에 어떤 영향을 미칠지 알 수 없었다. 유상길이 '날씨가 추우니 비좁더라도 트럭 좌석에 들어와 앉아 있으라'고 말했지만 김지언은 발을 동동 구르며 트럭 옆에 서 있었다. 그때였다.

소총을 어깨에 메고 2인 1조로 연락선 대합실 주변을 순찰하던 헌병들이 유상길 일행의 트럭 쪽으로 걸어왔다. 여분의 신분증이야 있지만 일본어에 능숙한 홍기삼이 연락선 매표소로 가고 없었다. 헌병들이 검문한다면 오자키 호츠미가 답해야 했다.

눈을 감은 채 고개를 푹 숙이고 옆에 앉아 있는 오자키 호츠미의 옆구리를 유상길이 살짝 찔렀다. 오자키가 고개를 들자, 유상길이 이쪽으로 걸어오고 있는 헌병들을 손으로 가리켰다. 오자키가 깜짝 놀란 눈으로 헌병들을 바라보았다.

"긴장하지 말고, 느긋하게, 좀 짜증 난 표정을 지어도 괜찮을 거 같소. 고위 관리가 아니오?"

오자키가 고개를 끄덕였다.

트럭 옆으로 온 헌병들이 트럭 밖에 서 있는 김지언을 흘끗 바라보더니, 시선을 트럭 앞좌석 창문 안으로 옮겼다. 오자키 호츠미가 창문을 내리며 물었다.

"무슨 일인가?"

"헌병이요. 신분증 제시하시오."

오자키 호츠미는 다소간 언짢다는 표정을 지으며 윗옷 호주머
니에서 위조 신분증을 꺼냈다. 도쿄 배달조가 미리 준비한 여러
개 위조 신분증 중 하나였다. 오자키의 사진이 붙어 있었지만 이
름은 달랐고, 정부 고위 관리로 돼 있었지만 오자키의 실제 소속
이나 직위와도 달랐다.

"일본국 내무성內務省 국민정신 총동원 사업 심의관 다케다료
타武田良太일세."

오자키는 겁 많고 쑥스러움 많아 보이는 외모와 달리 의외로 연
기를 잘했다.

"하이!!"

헌병들이 차렷 자세를 취하더니 절도 있게 거수경례했다. 하지
만 그냥 돌아서지는 않았다.

"심의관님 도쿄에서 나오셨습니까?"

"그렇소만?"

"외람되지만 이 새벽에 어쩐 일로 항구에 나오셨습니까?"

"자네들한테 내가 그것까지 설명해야 하나?"

"규정상 그렇습니다. 부탁드립니다."

오자키는 언짢다는 듯이 입을 다문 채 '흠!'하고 불만족스러운
소리를 냈다. 그리고는 유상길과 김지언을 가리켰다.

"보다시피…."

오자키가 말을 이었다.

"내지에 상주하는 조선인 노무자들의 근태를 암행 점검 중에 있네."

헌병들이 트럭 좌석에 앉은 유상길과 트럭 밖에서 추위에 떨며 서 있는 김지언을 번갈아 바라보았다.

"이 자들은 조선인들입니까?"

"물론!"

"알겠습니다!"

헌병들이 절도 있게 절하고 돌아섰다. 그때 홍기삼이 연락선 대합실에서 트럭을 향해 걸어왔다. 홍기삼은 헌병들을 보았지만, 대수롭지 않다는 듯, 그러나 다소간 비굴한 표정을 지으며 트럭을 향해 일정한 걸음으로 걸었다.

대합실 쪽으로 걸어가는 헌병들과 트럭 쪽으로 걸어오는 헌병들이 교차할 무렵이었다. 헌병들이 홍기삼을 검문한다면, 그래서 홍기삼이 엉뚱한 대답을 하거나, 연락선 표를 끊으러 갔다가 오는 길이라며 오자키의 위조신분증이라도 꺼내 제시한다면 낭패였다. 오자키 호츠미가 트럭 창문을 내리고 큰 소리로 외쳤다.

"어이!! 꾸물거리지 말고 빨리 빨리 뛰어 와!! 하여간 조센징들이란!!!"

홍기삼이 눈치를 채고, 고개를 숙이며 트럭을 향해 뛰기 시작했다. 헌병들은 바쁘게 뛰어가는 홍기삼을 얼핏 쳐다보았을 뿐, 그대로 대합실 쪽으로 걸어갔다.

트럭으로 돌아온 홍기삼이 유상길 대장에게 연락선 표 세 장을 내밀었다.

"열차로 오는 두 동지들이 아침에 도착해도 표를 구할 수는 있겠소?"

유상길이 연락선 표를 살피며 물었다.

"잘은 모르겠습니다만, 아직은 표 여유가 있는 거 같았습니다."

"다행이군. 피곤할 텐데, 트럭에서 한두 시간이라도 좀 자 둡시다."

"아무래도 이제는 트럭을 버리는 게 좋겠습니다. 트럭 도난 사실은 진작 발각됐을 것이고, 신고했다면 트럭 수배령이 떨어졌을 겁니다. 시모노세키가 도쿄에서 한참 떨어져 있다고는 하지만 안심할 수는 없으니까요."

"그렇겠군. 어디다 버릴 생각이오?"

"나머지 두 동지를 기다려야 하니까, 우선 세 분을 열차 역으로 모셔다 드리겠습니다. 최대한 멀리 떨어진 곳에 버리고, 열차 도착 전에 돌아오겠습니다."

홍기삼은 트럭을 몰아 세 사람을 시모노세키 역 앞에 내려 주었다.

"역사 안에 들어가서 기다립시다."

유상길 대장이 멀어지는 트럭 꽁무니를 바라보며 오자키의 팔을 가볍게 끌었다. 오자키는 묵묵히 유상길을 대장을 따라 걸었다.

김지언은 마치 시골 여자처럼 보따리를 가슴에 움켜 안고 뒤를 따랐다. 신새벽임에도 역사 안에는 사람들이 꽤 많았다. 정복 차림에 어깨에 총을 멘 헌병들이 두 명씩 조를 지어 역사 이곳저곳을 다니며 살피는 중이었다. 유상길 일행이 의자에 앉자 헌병 두 명이 앞으로 다가왔다. 유상길은 그들의 눈을 슬그머니 피했다.

눈을 피하는 것은 의심을 살 만했지만, 총을 메고 있는 헌병들 눈을 빤히 바라보는 것은 괘씸해 보일 짓이었다. 헌병들이 앞에 와 섰을 때 유상길과 김지언은 긴장한 표정으로 벌떡 일어섰다. 촌뜨기 조선인이 헌병에게 겁먹은 인상을 주기 위해 일부러 과장된 표정을 지었다. 오자키는 상체를 의자에 깊숙이 쑤셔박은 채 움직이지 않았다.

"어이!!"

앞에 선 헌병이 오자키를 불렀다. 오자키는 천천히 고개를 들며 얼굴을 찌푸렸다.

"또 검문인가?"

그리고는 상의 호주머니에서 신분증을 꺼내 헌병들에게 건넸다. 오자키의 신분증을 확인한 헌병들은 차렷 자세로 경례하고, 공손한 어조로 물었다. 오자키는 자세를 조금 고쳐 앉으며 양쪽에 서 있는 유상길과 김지언을 손가락으로 가리키며 몇 마디 대답을 했다. 아마도 자신이 데리고 온 조선인이라고 말하는 것 같았다. 헌병들은 다시 차렷! 자세로 경례하고 오자키의 신분증을 돌려주었다. 헌병들이 멀어지자 유상길과 김지언은 의자에 앉았다. 역 안에서 한번 검문을 받았으니 또 검문하지는 않을 것이다.

설령 도쿄 특별고등경찰이 오자키 집을 지키던 특고들의 피살과 오자키가 사라진 사실을 확인하고, 수배령을 내린다고 하더라도 신분증 이름이 다른 만큼 오자키를 대놓고 체포할 리는 없었다.

헌병들이 떠나자 김지언이 역사 벽에 걸린 커다란 벽시계를 쳐다보았다. 초조해하는 모습이 서우진이 어지간히 걱정되는 모양이었다. 새벽 다섯 시를 조금 지나자 트럭을 버리러 갔던 홍기삼이 돌아왔다. 헌병들이 쫙 깔린 것을 의식한 듯 홍기삼은 의자에 앉은 오자키 앞으로 다가와 허리를 깊이 숙여 절했다. 도쿄에서 오래 작전을 수행한 대원답게 공기만 맡아도 분위기가 어떤지 짐작하는 모양이었다. 오자키는 그저 고개를 끄덕이며 무엇인가 가볍게 물었다. 홍기삼은 눈을 오자키에게 고정한 채 유상길에게 조선말로 낮게 보고했다.

"트럭은 교외 공사장 근처에 세워두었습니다. 공사 현장이라 트럭이 서 있다고 해도 금방 의심하지는 않을 것입니다."

"수고 많았소."

새벽 다섯 시 반을 넘기면서 역사 안은 사람들이 빠르게 불어났다. 가벼운 차림으로 나온 사람들은 시모노세키에 도착하는 손님을 맞이하려는 사람들일 것이고, 커다란 가방이나 보따리를 든 사람들은 아침 일찍 출발하는 열차를 타려는 사람들 같았다. 시간은 더디게 흘러갔다. 김지언은 불과 몇 분 단위로 벽시계를 확인하고 또 확인했다.

역사 안 벽시계가 여섯 시를 지나자 사람들이 열차 승객들이 나오는 출구 쪽으로 몰려들고 있었다. 김지언도 일어나 오륙 미터쯤 출구 쪽으로 다가서더니 출구에 눈을 붙박고 서서 기다렸다. 유상길과 홍기삼이 그 모습을 물끄러미 바라보았다. 오자키는 여전히 눈을 감은 채 의자에 등을 깊숙이 처박고 있었다.

"도쿄에서 출발한 열차가 도착했소?"

유상길이 홍기삼에게 물었다.

"그런 모양입니다."

여섯 시 십 분쯤 되자 열차에서 내린 사람들이 하나둘 플랫폼 쪽 출구에서 나오기 시작하더니 이윽고 우르르 몰려 나왔다. 김지언은 목을 길게 빼고 이쪽저쪽을 살폈다. 유상길이 오자키를 가볍게 흔들어 깨웠다. 오자키는 잠든 게 아니었다. 자리에서 일어난 오자키는 무표한 표정으로 유상길을 따라 승객들이 나오는 출구 쪽으로 향했다. 유상길과 홍기삼, 오자키가 다가와 옆에 서자 김지언은 몹시 긴장한 얼굴로 세 사람을 바라보며 억지 미소를 지었다. 네 사람은 나란히 서서 열차 승객들이 쏟아져 나오고 있는 출구를 살폈다.

큰 가방을 어깨에 둘러멘 남자, 중절모를 쓰고 한껏 멋을 부린 중년 남자, 늙은 부부와 그들의 딸로 보이는 원피스 차림의 젊은 여자, 기모노를 맵시 있게 차려 입은 여인들, 학생복을 입은 청년들, 누가 보아도 조선인 노동자로 보이는 남루한 복장의 남자와 여자, 최대한 깔끔한 옷을 찾아 입었을 것임이 분명함에도 부유해보이지 않는 차림의 젊은 일본인 남녀와 그들의 손을 잡은 아이, 정복을 입은 군인들이 플랫폼 쪽 출구를 나와 역사 안으로 들어왔다.

김지언은 플랫폼 쪽 출구 쪽으로 더 가까이 걸어갔다. 그리고 밀려 나오는 인파를 살피며 초조하게 서우진이 나타나기를 기다렸다.

가방과 보따리를 든 사람들, 커다란 짐짝을 등에 진 사람들, 가볍게 핸드백만 든 사람들이 쉴 새 없이 나왔지만 서우진은 보이지 않았다. 그러다가 문득 출구로 나오는 사람들 숫자가 급격하게 줄었다. 열차 손님들이 대부분 다 내린 것 같았다.

'우진씨가 열차를 타지 못했다는 말인가?'

출구로 나오는 사람들이 눈에 띄게 줄어들자 김지언은 온몸에서 힘이 스르르 빠져나가는 것 같았다. 그녀는 마치 하늘이 무너져 내리고 있기라도 하는 듯, 바닥에 거의 주저앉을 지경이었다.

'우진씨는 어째서 보이지 않는 것일까? 단순히 열차를 놓친 것일까? 오자키 집에 들이닥친 특고들에게 당한 것일까?'

만 가지 생각, 만 가지 두려움이 폭풍전야의 먹구름처럼 덮쳐왔다. 그때 문득, 플랫폼에서 역사 출구로 나오는 승객들이 다시 늘어났다. 아마도 객차별로 승객들이 차례로 내린 모양이었다. 파도처럼 밀려나오는 인파를 살피던 김지언이 밀려나오는 인파를 파

헤치며 갑자기 앞으로 뛰어나갔다. 그 돌발 행동에 유상길의 시선이 김지언을 놓치고 말았다. 순간, 유상길은 오자키를 돌아보았다. 혼란을 틈 타 오자키가 딴 생각을 할 지도 모른다는 생각이 불현듯 스쳤던 것이다.

오자키는 무표정한 얼굴로 밀려나오는 인파에 눈을 고정하고 있었다. 딱히 인파를 바라보는 것 같지는 않았다. 무심한 듯 보였지만, 오자키의 눈에는 여전히 불안이 잔뜩 고여 있었다.

"곧 떠나게 될 것이오. 걱정할 것 없소."

오자키는 고개를 가볍게 끄덕였다. 서우진과 최윤기는 아직 나오지 않았다. 어디로 가버렸는지 김지언도 보이지 않았다. 유상길의 시선이 인파들 사이를 빠르게 헤집었다. 이윽고 출구에서 나온 사람들이 하나둘 흩어지자 유상길의 눈에 세 사람이 들어왔다.

서우진 최윤기와 마주 서 있는 김지언의 뒷모습에서 더할 수 없는 기쁨과 행복한 기운이 뿜어져 나오고 있었다. 김지언은 유상길 쪽으로 뒷모습을 보인 채 서 있었지만, 유상길의 눈에는 그녀가 서우진의 목을 껴안고, 그 목에 매달려 있는 듯한 느낌이 들 정도였다. 유상길과 홍기삼, 오자키가 다가서자 최윤기가 미소를 띤 얼굴로 반겼다.

"일은 순조로웠나?"

"새벽에 교대조로 온 두 명까지 깔끔하게 처리했습니다만, 심은섭 동지가 체포됐습니다."

"뭐라고요?"

서우진의 말에 홍기삼이 깜짝 놀랐다.

서우진이 상황을 설명하려는 데 홍기삼이 다그치듯 물었다.

"심은섭이 왜 체포됐다는 말입니까?"

"자세한 경위를 알 수는 없습니다만, 새벽에 교대하기 위해 오자키 선생 집으로 온 특고들을 해치운 다음, 열차를 타기 전에 저희들이 급히 사진관에 들렀습니다. 전날 낮에 사진관 근처에서부터 우리를 미행한 자가 있었고, 그 자를 처치했다는 사실을 알려주려고 말입니다."

"아!"

홍기삼이 탄식했다.

오자키 집 근처, 신축 공사 중인 건물에서 심은섭을 만났을 때 그 이야기를 전해 주었어야 했다. 심은섭은 사진관이 일경의 감시를 받고 있다는 정황, 미행자를 처치했다는 사실을 몰랐기에 태무심하게 사진관으로 출근했을 것이다.

"저희가 아침 일찍 사진관으로 갔을 때 경찰들로 보이는 자들이 이미 사진관 근처에 나타나 있었습니다. 그래서 출근하는 심 동지를 중간에서 만나려고 상점거리 입구에서 기다렸는데, 길이 어긋났는지 만나지 못했고, 조금 후에 심 동지가 경찰에 붙들려 호송되는 것을 확인했습니다."

"미행자가 있었다니, 무슨 말이야!?"

유상길 대장이 끼어들었다.

"그저께 낮에 저희들이 사진관에서 오자키 선생 집으로 이동하는 길에 미행이 붙었습니다. 그 자가 미행인 걸 확인한 다음 처치했습니다."

"어째서 그 이야기를 내게 보고하지 않았나?"

"우리가 공사 중인 건물에 도착했을 때, 대장님이 특고 두 명이 보이지 않는다고 말씀하셨고, 당시 상황이 워낙 긴박해서 보고할 겨를이 없었습니다."

서우진이 설명하는 동안 홍기삼은 소리 없이 통곡했다. 유상길 대장의 다급한 기세에 눌려 미행이 있었음을 말하지 않았던 것이 심은섭이 체포되는 결과를 낳았다. 따로 심은섭에게라도 그 이야기를 해 주었어야 했다. 마땅히 전했어야 할 중요한 사실을 전하지 않음으로써 심은섭이 체포되었다.

'내 잘못이다.'

홍기삼은 크게 자책했다.

"구할 수는 없었나?"

유상길의 말에 서우진과 최우진이 고개를 저었다.

"어쩔 수 없다. 이미 엎질러진 물이다. 우리는 이미 여기에 와 있다. 우리가 할 일은 심 동지가 체포된 것이 앞으로 우리가 펼칠 작전에 미칠 피해를 최소화하는 것이다."

"특고들이 심하게 고문할 겁니다."

홍기삼이 한숨을 내쉬며 고개를 저었다.

"심 동지가 체포되지 않았더라도 오자키 선생이 없어진 것과 특고들이 피살됐다는 사실은 진작 발각됐을 것이고, 도쿄는 난리가 났을 것이다. 이러고 있을 때가 아니다. 연락선 대합실로 이동한다. 혹 부산행 표가 떨어지기라도 하면 낭패니까."

유상길 대장이 상황을 정리했다.

"인천으로 들어가지 않고요?"

최윤기였다.

"오늘은 인천으로 들어가는 가는 배편이 없다고 한다."

시모노세키역을 나온 여섯 사람은 빠른 걸음으로 연락선 대합실로 향했다. 도보로도 얼마 되지 않는 거리였다.

연락선 대합실 역시 사람들로 북적댔다. 다행이 부산행 연락선 표는 남아 있었다. 일등실과 삼등실은 바닥났지만 이등실은 여유가 있었다. 홍기삼이 표 두 장을 추가로 구매했다.

역에서 보았던 노인 부부와 원피스를 입은 젊은 딸이 멍한 표정으로 연락선 대합실 의자에 앉아 있었다. 아내인 듯한 노파가 뭐라고 묻는 것 같았지만 남자 노인은 고개를 느리게 가로저을 뿐 대꾸하지는 않았다. 두 노인의 입성은 남루했지만 딸로 보이는 젊은 여자의 서양식 정장은 꽤 말쑥했다.

일본으로 건너가는 조선인들이 각자 사연이 있듯, 조선으로 건너가는 일본인들도 저마다 사연을 품고 있으리라. 김지언은 제 각기 모양과 크기가 다른 가방을 들고, 제 각기 다른 표정과 입성으로 대합실 의자에 앉아 있는 사람들을 보며, 사람이 살아간다는 것은 어디나 다 피로한 구석이 있다는 생각을 했다.

출항을 기다리는 시간은 초조하고 지루했다. 시모노세키역과 마찬가지로 어깨에 총을 멘 헌병들이 여기저기 서 있었고, 일부는 둘 씩 짝을 지어 대합실 곳곳을 순찰했다. 특별히 검문이 강화됐다는 느낌은 없었다. 어쩌면 경찰들은 도쿄 인근을 이 잡듯이 뒤질 뿐, 천 킬로미터나 떨어진 시모노세키까지 비상검문령을 내리지 않았을 수도 있었다.

'심은섭은 그날 밤 우리가 곧바로 시모노세키로 이동한 사실을 모른다. 특고들이 그를 고문하더라도 우리가 이처럼 신속하게 시모노세키까지 이동했다는 사실을 알아낼 수는 없다.'

유상길이 상황을 그려보다가 서우진에게 물었다.

"서 동지, 그날 밤에 공사 중인 건물로 가서 심 동지한테 우리가 곧바로 시모노세키로 떠난다는 사실을 알려주었나?"

"글쎄요."

서우진은 기억이 가물가물했다. 홍기삼 동지가 당분간 출근할 수 없으니 심 동지 혼자 사진관을 봐야 한다는 말을 한 것은 분명히 기억하고 있었다. 내일 아침 평소처럼 출근하라는 말을 한 것도 기억이 났다. 하지만 홍 동지가 시모노세키로 가야 하기 때문에 사진관으로 출근할 수 없다는 말을 했었는지는 기억나지 않았다.

"잘 생각해 봐, 심 동지가 우리가 곧바로 시모노세키로 이동한 걸 알고 있느냐, 없느냐는 중요한 문제야."

"정말 기억이 안 납니다. 홍 동지가 한 며칠 사진관에 나갈 수 없다는 말을 한 것은 정확한데, 시모노세키로 간다는 말을 했는지 는…."

"기억이 가물가물하다는 건, 그 말을 안 했을 가능성이 높다는 말이기는 하다. 그 말을 했더라도 이제는 어쩔 수 없겠지. 연락선 이 부산에 도착할 때까지 심 동지가 견뎌주기를 바라는 수밖에."

서우진과 김지언은 의자에 나란히 앉아 낮은 소리로 이야기를 주고받았다.

"당신, 무사해서 다행이에요."

김지언의 얼굴은 안도와 행복감으로 넘실댔다. 연인의 안도하 는 얼굴을 바라보는 서우진의 표정 역시 환했다.

"걱정하지 말라고 했잖아요."

말은 그렇게 했지만, 김지언이 트럭을 타고 먼저 출발한 뒤로 서 우진은 불안한 마음을 떨칠 수 없었다. 별 일 없을 것이라고, 몇 번 이나 스스로 다독였지만, 김지언과 영영 이별할 것만 같은 불안은 열차를 타고 오는 내내 떨쳐지지 않았다. 열차에서 내린 후, 플랫 폼을 걸어서, 역 건물 안으로 들어와서, 다시 일행들이 기다리는 출구로 걸어 나올 때까지 극도의 불안과 근심은 이루 형언할 수 없 었다. 김지언 일행이 도중에 검문에 걸려 체포됐을지 모른다는 불안에 심장이 멎을 것만 같았다. 차라리 이 플랫폼이 한없이 길어서 김지언이 체포됐다는 사실이 현실로 확인되지 않으면 좋겠다는 엉뚱한 생각이 들 정도였다. 그녀 역시 자신과 똑 같은 불안감에 시달렸을 것이라고 생각하니, 안쓰러움이 밀물처럼 밀려왔다.

"이제 위험한 고비는 거의 다 넘겼어요."

서우진의 말에 김지언이 연신 고개를 끄덕였다. 그녀는 이제 완전히 안도하는 얼굴이었다. 환한 미소가 떠나지 않았다.

유상길은 나란히 앉아 속삭이는 서우진과 김지언을 보았고, 연락선 대합실에 걸린 벽시계를 보았고, 자신의 손목시계를 보았고, 오자키의 무표정한 얼굴을 보았다. 대합실에 걸린 벽시계나 손목시계는 똑 같은 시각을 가리켰지만, 그는 마치 어느 한쪽이 고장이라도 났다고 생각하는 듯 벽시계와 손목시계를 번갈아 보았다. 시간은 너무나 더디게 흘렀고, 심은섭이 체포됐다는 사실까지 더하니 초조하기 그지없었다.

느리게 시간이 흐르는 가운데, 갑자기 대합실 안이 웅성거렸다. 여기저기서 사람들이 일어서서 짐을 챙기기 시작했다. 고개를 들어 주변을 살펴보니 개찰구에서 대합실 직원이 표를 받고 있었다.

7시 30분, 연락선이 출발하려면 아직 1시간30분이나 남았다.

"무슨 일이지? 원래 이렇게 일찌감치 개찰을 하나?"

유상길의 물음에 홍기삼은 자신도 모르겠다고 답했다.

'일 초라도 빨리 일본을 떠날 수 있다면 좋은 일이다. 9시에 출항하는 배가 더 일찍 출항할 리는 없다. 하지만 이처럼 서두르는 걸 보니 적어도 지각 출항하지는 않을 것이다. 좋은 일이다.'

도쿄배달조도 짐을 챙겨 일어섰다. 그때 줄 앞쪽에서 소란이 발생했다. 두 사람이 맞고함을 질러대는 소리가 들렸다.

"무슨 일이지?"

최윤기가 앞을 살폈다. 줄을 선 손님들끼리 마찰이 생긴 모양이었다. 여객 대합실 남자 직원이 소리가 나는 곳으로 달려갔다. 그리고 이내 소란은 가라앉았다.

유상길 일행도 긴 줄 꽁무니에 섰다. 그들이 줄을 서자 그 뒤로 금방 다른 승객들의 긴 줄이 이어졌다.

"천천히 조심해 들어가십시오. 저는 여기서 인사드리겠습니다."

줄 밖에 서 있는 홍기삼이 모자를 벗으며 인사했다.

"어떡할 생각이오? 사진관으로 돌아가면 체포될 텐데?"

"도쿄로 돌아가서 상황을 살펴보겠습니다. 일본을 떠나더라도 정리해야 할 일이 있고, 일본 현지 대원들에게도 상황을 알려주어야 하니까, 일단은 도쿄로 돌아가겠습니다."

"어쨌든 각별히 조심하시오. 심은섭 동지 소식을 알게 되면 충칭으로 연락주시오."

"알겠습니다."

"정말로 고맙소. 우리가 떠날 때까지 기다리지 말고 먼저 가보시오. 우리도 곧 배를 탈 거니까."

"아닙니다. 역 안에서 기다리고 있다가 배가 출항한 다음 떠나도록 하겠습니다. 혹시라도 제 도움이 필요한 일이 생기면 바로 달려 나오시면 됩니다. 그런 일은 없어야겠지만."

"고맙소. 상황이 갑자기 변했는데, 덕분에 수월하게 진행할 수 있었소. 모두 홍 선생이 애써 주신 덕분이오."

유상길은 줄 선 일본 사람들은 물론이고 조선 사람들 중에 누구라도 듣고 의심할 만한 상황이 발생하지 않도록 동지라는 말 대신 선생이란 말로 홍기삼을 불렀다.

"아닙니다. 모두 유 사장님의 정확한 판단과 여기 직원들의 노고 덕분입니다. 나머지 사업 일정도 차질 없이 진행하시기를 기원합니다."

"고맙소."

"배가 출항하고 나면 본사에 안부 전보電報 보내겠습니다. 직원들이 물품과 함께 부산으로 들어간다는 소식을 전하면 본사에서 부산 직원들을 마중 차 내보낼 것입니다."

"고맙소. 홍 선생도 건강하시고, 부디 몸조심하시오."

앞에 선 사람들이 점점 줄어들었고, 도쿄 배달조도 개찰을 시작했다. 개찰구 앞에는 헌병 네 명이 서 있었고, 개찰구 직원이 승객들의 연락선표와 신분증을 확인했다. 긴장되는 순간이었지만 김지언과 서우진의 얼굴은 마치 소풍이라도 나온 학생처럼 밝았다. 유상길이 그런 두 사람을 근심어린 눈으로 바라보았다.

특별 검문 안내 방송

개찰구를 나서니 선착장으로 연결되는 통로가 이어졌다. 나무 바닥을 깐 통로를 따라 몇 걸음 옮기니 곧 넘실대는 짙푸른 바다였다. 갯냄새가 확 밀려왔다. 눈앞에 펼쳐진 간몬해협은 예상보다 훨씬 넓었다. 광활하다 싶을 만큼 넓은 해협에 김지언은 놀란 표정을 감추지 못했다. 며칠 전 시모노세키에 도착했을 때는 밤이었다. 연락선 대합실의 휘황찬란한 불빛과 띄엄띄엄 떠 있는 선박들의 불빛만 보였다. 환한 대낮에 바닷물이 넘실대는 해협과 넓은 항만시설을 바라보니 무섭다는 느낌이 들 정도였다. 유상길도 놀라기는 마찬가지였다.

'일본이 이렇게 넓은 항만을 운영하고 있다니…. 이런 나라를 물리치고 독립을 쟁취하자면….'

간몬해협을 바라보며 유상길은 또 한 번 결심을 다졌다.

'어떤 희생이라도 감수해야 한다!'

개찰구를 나온 승객들은 뛰듯이 우르르 선착장으로 달려갔다. 각자 다른 사연을 안고 떠나는 길이겠지만, 배를 타러 가는 이 순간만큼은 모두 행복해 보였다. 선착장에서 멀찍이 떨어진 해협 중간에 부산행 연락선 공고마루金剛丸가 웅장한 모습으로 떠 있었다. 승객들이 선착장 앞에 도착하자 작은 증기선 두 대가 손님들을 태우고 선착장과 연락선 사이를 오고갔다. 선착장에서 곧바로 연락선에 승선하는 구조가 아니었다. 일찌감치 개찰을 시작한 까닭을 짐작할 수 있었다.

연락선 직원들이 선착장에서 승객을 분류했다. 일등실 승객들이 먼저 작은 증기선을 타고 해협을 가로질러 가서 연락선에 오르고, 그 다음 이등실 승객, 삼등실 순이었다. 일찌감치 시모노세키에 도착했던 유상길과 김지언, 오자키는 삼등실 표를 샀다. 늦게 도착한 최윤기와 서우진은 삼등실 표가 없어 이등실 표를 구했다. 최윤기와 서우진이 먼저 승선해야 했다.

그 짧은 이별조차 아쉬웠는지 김지언과 서우진의 얼굴에 서운함이 어렸다. 이제 긴장감이라고는 찾아볼 수 없는 최윤기는 싱글벙글 만면에 웃음을 띠고 있었다. 충칭까지 가자면 아직도 먼 길이었지만, 유상길도 마음이 한결 편해진 것은 마찬가지였다.

승객들이 차례로 연락선에 오르고, 요란한 호각 소리와 안내 방송이 이어졌다. 무슨 내용인지 알 수 없었다. 유상길이 오자키를 쳐다보았지만 그는 특별한 내용이 아니라는 듯 가벼운 미소와 함께 고개를 저었다. 오자키 역시 훨씬 느긋해진 얼굴이었다.

삼등실 승객들까지 모두 승선이 끝났는데도 배는 출항하지 않았다. 여전히 안내 방송이 이어졌다.

객실로 들어가지 않고 갑판에 머무는 승객들이 많았다. 사람들은 호기심 어린 눈으로 바다를 바라보거나 갑판 이곳저곳을 둘러보았다. 도쿄 배달조와 오자키 역시 객실로 들어가지 않고 갑판에 머물렀다.

얼마쯤 후 굉음 같은 기적소리와 함께 연락선이 서서히 움직이기 시작했다.

'드디어 떠나는구나.'

도쿄배달조는 갑판에 서서 멀어지는 시모노세키항을 바라보았다. 연락선 대합실과 근처 건물들이 점점 시야에서 멀어지고 있었다. 시모노세키항이 멀어지면서 위험도 멀어지고 있었다.

바닷바람이 거셌다. 해협을 벗어난 배가 속도를 올리자 이물에 부딪혀 부서진 파도가 거센 바람을 타고 잘게 부서지면서 갑판 위로 안개처럼 퍼졌다. 얼굴과 손등이 물기로 번들거렸다. 도쿄 배달조는 안도의 미소를 지으며 이야기를 주고받았다. 거센 바람과 왕~왕~왕~왕 연락선의 커다란 엔진소리에 알아듣기 힘들었다.

"부산까지 일곱 시간 삼십 분 걸린다고! 오후 네 시 삼십 분이면 도착이야!"

거센 바람 속에서 유상길 대장이 마치 고함이라도 지르듯이 큰 소리로 대원들에게 말했다. 갑판 가장자리의 안전 난간을 잡고 나란히 선 서우진과 김지언은 안도와 기쁨과 사랑이 묻어나는 얼굴로 서로를 바라보았다.

"무사히, 그것도 이렇게 빨리 돌아가게 돼서 행복해요."

김지언이 서우진의 팔을 붙잡으며, 마치 그 팔에 매달리기라도 할 것처럼 기쁘고 행복한 미소를 지었다.

"나도요. 이제 부산에 도착해서 열차를 타기만 하면 안둥(지금의 '단둥')까지 곧바로 가요."

"우진씨가 시모노세키에 무사히 도착해서 정말 다행이에요. 다른 사람들은 다 나오는데, 우진씨가 보이지 않아서 정말 울 뻔했어요."

"많이 힘들었죠? 충칭을 출발한 이래 내내 지언씨 얼굴에 수심이 가득해서 마음 아팠어요."

"이제 다 끝난 걸요. 근데, 지금 와서 말인데, 내 임무가 뭐였는지 알아요?"

"뭔데요?"

"한번 맞춰 보세요."

"글쎄요⋯."

서우진이 고개를 갸웃거렸다.

"나는 임무에 착수하지 않고도 임무를 완수한 대원이에요. 그래서 더 기뻐요."

김지언의 표정은 마치 재미있는 놀이에 빠진 아이처럼 밝았다. 충청을 떠나 도쿄까지 가는 동안 내내 어둡고 불안했던 얼굴과는 전혀 다른 얼굴이었다.

"임무를 시작하지도 않았는데, 완수했다고요?"

"그럼요."

김지언이 기쁜 얼굴로 고개를 끄덕였다.

"우리와 다른 별도 임무가 있었어요?"

"전체적으로는 같은 임무인데, 세부적으로 좀 달랐죠."

"그게 뭔데요?"

"미인계!"

김지언은 그렇게 말해놓고 깔깔깔 웃었다. 충청을 떠난 이래 내내 그녀를 마뜩찮고 불안하게 했던 임무는 지나간 일이었다. 김지언은 이제 그 임무가 스릴 넘치는 추억으로 남은 듯한 기분이었다.

"뭐라고? 미인계?"

"내가 또 한 미모 하잖아요. 오자키씨를 꾀어서 나와 함께 충청으로 떠나도록 만드는 게 내 임무였다고요."

"이런 미친! 세상에 충청 지도부가 그런 계략을 냈다고?"

"왜요?"

"그게 말이 돼요?"

"말이 되죠. 갑자기 조르게가 체포되고, 오자키씨도 체포될 위기에 처하는 바람에 아쉽게도 그 작전을 쓸 수 없게 됐지만, 충청 지도부 입장에서는 가장 확실한 작전 아니었겠어요? 감히 누가 나한테 안 넘어오겠어요?"

"그걸 말이라고 해요, 지금? 기가 막히네!!"

"왜 기가 막혀요? 질투해요?"

"질투라니? 충청이 대체 생각이 있는 거야 없는 거야? 그런 작전이 먹힐 거라고 생각했단 말이야? 현장을 하나도 모르는 인간들이 책상에 앉아서 그딴 식으로 작전을 세우나. 하! 나 참. 황당하네. 전술의 기본도 모르는 작자들 아니야?"

"그게 무슨 말이에요? 지금 내 미인계가 안 통했을 거란 말이에요?"

"이것보세요. 김지언씨. 그대의 미모는 나한테나 통하지 다른 사람한테는 안 통해요. 참~ 나."

"참~ 나? 그 말 진심이에요?"

"진심이지 그럼! 하이고. 뭐. 미인계? 어딜 봐서? 어? 어딜 봐서 그딴 작전이 통할 거라고 생각했대요?"

"정말 그런 식으로 말할래요?"

김지언이 정색했다.

"아이구, 왜 이러실까. 농담이에요. 농담. 김지언 미인계를 썼다면 오자키가 아니라 일본 수상인들 배기겠어요."

"흠. 이제 뭘 좀 아시네요."

"하지만 기분은 좋지 않네요. 지언씨에게 그런 임무를 부여하다니. 내가 알았다면 절대로 지언씨 못 가게 했을 겁니다."

"알아요. 저도 거절했어요. 근데 주석님이 간곡히 부탁했어요. 오자키씨를 무조건 데려와야 하는데, 일본에서 그 먼 거리를 강제로 데려올 수는 없다. 그의 마음을 얻는 수 말고는 달리 방법이 없다고. 오자키를 확보할 수 있느냐 없느냐에 충칭의 운명이 달렸다고…. 충칭을 출발한 이래 내내 정말 힘들었어요."

"그래요. 정말 고생했어요. 나는 그런 줄도 모르고, 나한테라도 좀 털어놓지 그랬어요."

"대원들한테도 절대 비밀로 하라고 했어요. 대원들도 몰라야 오자키씨도 속일 수 있다고 말이에요. 유상길 대장은 알고 있어요. 우진씨한테 이야기할까 생각도 해봤지만, 그러면 우진씨 마음만 아플 거 같고, 우진씨가 화를 내는 바람에 작전이 비틀어지기라도 하면 더 힘들어질 것 같기도 했고…."

"고생 많았어요. 정말 마음고생 많았어요. 이제 다 끝났어요. 독일인 조르게가 체포된 게 우리에게는 오히려 다행이었네요."

서우진이 김지언의 어깨를 어루만지며 위로했다.

"실패하면 돌아올 수 없다고…. 내가 얼마나 무서웠는지 알아요?"

김지언은 울음을 터뜨리며 서우진의 가슴에 얼굴을 묻었다. 서우진이 김지언의 어깨를 감싸고 토닥토닥 두드렸다.

서우진과 김지언은 각자 정해진 여객실이 있었지만 갑판을 떠나지 않았다. 배가 출항하고 잠시 갑판에 머물던 유상길 대장은 오자키와 함께 일찌감치 삼등실로 들어가고 보이지 않았다. 서우진과 김지언은 갑판 위에 머물러 있는 다른 승객들의 시선을 개의치 않고 입 맞추고 껴안았다. 서우진의 넓은 가슴에 안긴 김지언은 부풀어 터질 것 같은 행복을 느꼈다.

　　연락선 공고마루는 푸른 바다를 가르며, 상쾌한 바람을 받으며, 하얀 파도를 일으키며, 오후의 가을 햇살 속으로 미끄러지고 있었다. 부산으로 가는 길이었다.

　　삼등객실은 승객별로 따로 정해진 자리 없이 마룻바닥이 깔린 넓은 방이었다. 승객들은 각자 적당한 곳에 짐을 내려놓고 짐에 비스듬히 기대어 잠을 청하거나 가족들끼리, 일행들끼리 삼삼오오 모여앉아 이야기를 나누었다. 들뜬 표정들, 심각한 얼굴들, 어떤 느낌도 없는 얼굴들 사이에서 유상길 대장과 오자키 역시 한쪽 구석에 자리를 잡고 앉았다. 한쪽은 일본말을 모르고, 한쪽은 조선말을 몰랐다. 다행히 오자키는 중국어를 할 줄 알았다. 도쿄 근무 전, 중국에서 일본 외무성 소속으로 근무한 적이 있다고 했다. 두 사람은 트럭을 타고 시모노세키로 올 때부터 중국어로 대화를 나눴다. 오자키의 중국어는 유창하지 않았지만 의사소통에 큰 어려움은 없었다. 오자키는 중국 근무 시절 소련 스파이 리하르트

조르게를 만났고, 조르게의 주선으로 소련에 다녀온 적도 있다고
했다.

"만철(남만주철도주식회사)에 근무하던 시절에는 만철 산하 운
송업체들의 정보와 관동군 동향을 수집해서 조르게에게 전했습
니다. 조르게가 언론인 신분으로 일본으로 들어간 뒤에 저도 일본
으로 들어갔고요."

오자키는 충칭 임정이 파악하고 있는 기간보다 훨씬 오래 전부
터 조르게의 스파이 활동을 도운 모양이었다.

오자키가 쓰는 단어는 대부분 점잖고 고급스러운 표현들이었
다. 시장 바닥에서 배운 말이 아니라 책을 통해 배운 중국어였다.
사용하는 단어뿐만이 아니었다. 사고 역시 세련되고 철학적이었
다. 대화를 나누면서 유상길은 그가 상당히 교양 있는 사람이라고
생각했다.

"부산이오!"

조선인 남자 한 사람이 큰소리로 외치며 갑판에서 삼등실로 뛰
어 들어와 짐을 챙기기 시작했다. 고개를 들어 보니 유리창 너머
로 저 멀리 부산의 집들과 건물들이 가물가물 눈에 들어왔다. 마
룻바닥에 앉거나 누워 있던 사람들이 너도나도 일어나 부산하게
짐을 꾸리기 시작했다. 배가 항구에 닿으려면 꽤 시간이 남았는
데, 다들 마음이 급한 모양이었다. 벌써 등에 짐을 메고 일어서는
사람도 있었다.

그때였다. 객실에 설치된 스피커에서 요란한 사이렌 소리가 길게 울렸다. 그리고 일본말로 꽤 긴 설명이 이어졌다. 유상길은 이제 곧 부산항에 닿게 된다는 안내 방송일 것이라고 짐작했다. 그러나 오자키의 표정이 급속하게 얼어붙고 있었다. 불안감이 먹물처럼 그의 얼굴에 번지더니 점점 짙어졌다.

"무슨 일이오?"

"배에서 내려서 부산항에서 특별 검문을 받게 될 것이라고 합니다. 신분증과 연락선표를 미리 준비해달라고 합니다. 검문이 있는 만큼 하선 시간이 지체된다는 내용입니다. 이전에 부산을 오갈 때는 이런 일이 없었는데…."

"특별 검문이라니? 무슨 이유로?"

"이유는 밝히지 않았습니다."

유상길은 혼란스러웠다. 지금쯤 오자키의 탈출과 피살된 특고들의 시신이 발견됐을 것은 분명했다. 그렇더라도 수 천리 떨어진 조선까지 벌써 검문이 강화됐다는 것은 이해하기 어려웠다.

'아니다. 지레짐작할 것 없다. 다른 일로 검문을 할 수도 있지 않은가. 하지만 만약 오자키를 찾고 있는 것이라면? 그렇더라도 그 짧은 시간에 그의 사진을 조선까지 보낼 만한 시간적 여유는 없었다. 전화나 전보로는 기껏해야 이름과 인상착의를 전하는 정도일 것이다. 오자키가 현재 가지고 있는 신분증은 충칭 정부가 마련한 위조 신분증이고, 이름과 직책은 전혀 다르게 기입돼 있다. 특고

들에게도 도쿄 배달조에 관한 정보는 없을 것이다.'

유상길은 공연히 긴장하거나 부산 떨 것 없다고 스스로 다독였다. 자칫 평정심을 잃으면 엉뚱한 판단을 내릴 수도 있었다. 이럴 때일수록 문제를 기계적으로, 대수롭지 않게 생각할 필요가 있었다. 흔히 있는 검문일 것이라고, 의례적인 검문일 것이라고 생각해야 했다.

'심은섭 동지가 실토했다면?'

그래도 마찬가지였다. 심은섭은 우리가 그 밤에 곧바로 시모노세키로 출발했다는 사실을 모를 것이다. 모른다고 믿고 싶었다. 서우진은 심은섭에게 전했던 다른 말을 기억하고 있었다. 하지만 곧바로 시모노세키로 갈 것이라는 말을 했는지, 안 했는지는 기억하지 못했다. 그런 말을 하지 않았다는 강력한 방증인 것이다. 설령 심은섭이 우리가 시모노세키로 곧바로 떠났다는 사실을 알고 있다고 하더라도, 심은섭에게는 도쿄배달조의 얼굴사진이 없다. 사진관에도 도쿄 배달조의 사진은 없다. 그러니 일본 특고 경찰이 우리 얼굴 사진을 확보했을 리 없다.

문제는 오자키였다. 내각 고위 관료인 오자키의 사진은 일본 경찰이 얼마든지 갖고 있을 것이다. 하물며 충칭 임정도 확보하고 있는 사진이니 말이다. 하지만 부산 경찰도 오자키의 사진을 확보하고 있을까?

유상길이 오자키에게 물었다.

"오자키 선생, 부산에서 근무한 적 있소?"

"없습니다."

"혹시 부산 경찰이 오자키 선생의 얼굴 사진을 확보하고 있을 가능성은 있다고 보시오?"

"없다고 봅니다. 리하르트 조르게씨가 체포되기 전까지 의심받은 적은 없으니까요. 이전에 중국에서 근무할 때도 그런 적 없고요."

"다행입니다."

유상길이 고개를 끄덕였다.

오자키만 검문에서 걸리지 않는다면, 도쿄 배달조가 체포될 염려는 없다.

그러나…, 그러나…,

만약 연락선이 시모노세키 항을 떠난 직후 홍기삼이 체포됐다면, 특고들의 가혹한 고문을 견디지 못한 그가 도쿄 배달조들이 연락선 '공고마루'를 타고 부산으로 이동 중이라고 실토했다면? 만약 그런 상황이라면 사진이 없더라도 체포될 수 있다. 이 배에 우리가 타고 있다는 사실을 일본 경찰이 알고 있다면 무슨 수를 써서라도 우리를 찾아내려고 할 것이다. 아니다. 그럴 리 없다.

시모노세키 연락선 대합실에서 그와 헤어진 것이 겨우 9시간 전이다. 홍기삼이 우리와 헤어진 직후 체포됐다고 하더라도 아직은 도쿄까지 호송되지도 않았을 것이다. 아니다. 이미 경찰들이 도쿄의 사진관을 감시하고 있었고, 홍기삼과 배달조가 사진관을 떠날 때 미행까지 했다. 홍기삼이 일본 경찰의 의심을 받고 있었다는 말이다. 하물며 서우진과 최윤기가 미행하는 순사를 처치했다고 했다. 홍기삼은 시모노세키에서 체포돼 도쿄로 이송되지 않고, 시모노세키에서 고문 받았을 가능성을 배제할 수 없다.

'만약 그렇다면…'

유상길은 생각을 정리하려고 애를 썼다. 하지만 꼬리를 물고 이어지는 생각은 정리되기는커녕 오히려 가지를 치며 번져나갔다. 단순하게 생각해야 한다. 현재는 특별 검문을 받게 된다는 사실뿐이다. 일단은 검문에 대비해야 했다.

"오자키 선생, 딴 데 가지 말고 여기서 기다리시오. 대원들에게 다녀오겠소."

유상길은 이등실로 가서 최윤기를 불러냈다.

"서우진은 어디에 있나?"

"갑판에…."

두 사람이 갑판으로 나가니 서우진과 김지언은 그때까지 갑판 난간에 몸을 기댄 채 나란히 서 있었다. 유상길과 최윤기가 서우진과 김지언 옆으로 다가가서 갑판 난간에 두 팔을 얹으며 상체를 수그리고 섰다. 그런 유상길의 모습을 서우진과 김지언이 태무심한 얼굴로 바라보았다.

유상길은 두 사람 쪽으로 얼굴을 돌리지 않고 멀리 바다를 바라보며 말했다. 왕~왕~왕~왕, 엔진 소리와 바람소리에 큰소리로 말해도 갑판 위의 다른 승객들이 알아들을 염려는 없었다. 유상길은 다만 네 사람이 일행처럼 보이지 않도록 조심할 뿐이었다.

"좀 전에 나왔던 안내방송이 심각하다."

서우진과 김지언은 유상길을 흘낏 바라보고는 다시 바다로 눈을 돌렸다.

"항구에 내리면 특별 검문을 받는다는 방송이 나왔다."

"특고들한테 우리 행선지가 들통 났을까요?"

최윤기였다.

"알 수 없다. 안내 방송에 검문하는 이유는 없었다."

"어쩌죠?"

서우진이었다.

유상길이 작전을 설명했다.

"일단 각자 가진 권총을 다른 승객들 몰래 바다에 버린다. 신분증은 한 개씩만 남긴다. 단순히 신분증 검사가 아니라 소지품까지 검사할 가능성이 높다. 신분증이 여럿 나오면 바로 체포된다. 일등실 승객부터 순서대로 하선하게 될 테니까, 최 동지와 서 동지가 먼저 내려서 검문을 받게 될 건데, 검문이 끝나면 대합실에서 우리를 기다리지 말고 밖으로 나가라. 이 시간부로 오자키 선생은 일본 관리가 아닌 경성에서 포목점을 운영하는 상인으로, 김지언 동지는 오자키의 조선인 아내로 신분을 위장해 그와 함께 검문을 통과한다. 내가 맨 마지막으로 하선한다."

유상길의 작전 설명이 끝나자 서우진이 다른 안을 내놓았다.

"우리야 검문에 걸릴 가능성이 낮지만 오자키는 위험합니다. 만약 오자키가 잡히면 김지언 동지도 체포되는 것 아닙니까? 모두 각자 따로 검문을 통과하는 게 좋겠습니다."

"우리 모두 일본어를 할 줄 모른다. 오자키 선생이 갖고 있는 사진 자료를 들고 나가야 하는 데, 그 많은 사진을 숨길만한 곳이라고는 임신부 뱃속 밖에 없다. 아무리 특별 검문이라고 해도 임신한 여자의 옷을 벗기지는 않을 테니 말이야. 조선에 사는 일본인이 조선인 아내와 일본 본가에 다녀오는 길이라면 자연스럽게 보일 것이다."

유상길이 잠시 말을 멈춘 틈에 서우진이 끼어들었다.

"하지만 만에 하나 오자키가 체포되면, 김 동지까지 체포됩니다. 오자키는 오자키대로, 우리는 우리대로 각자 하선해서 검문을 통과하는 편이 낫다고 생각합니다."

"오자키 선생과 김 동지가 부부 행세를 하는 편이 자연스럽다."

"하지만 너무 위험합니다. 오자키가 체포되더라도 김 동지는 체포되지 않을 방도를 강구해야 합니다. 차라리 제가 김지언 동지의 남편으로 위장하는 편이…."

"일본어를 한마디도 못하는데, 검문하는 경찰이 김 동지의 복대에 대해 뭘 물으면 뭐라고 대답할 수 있나?"

"손짓발짓으로 임신했다고 설명할 수 있습니다."

"임신한 아내와 함께 일본엘 다녀올 정도로 일본과 인연이 있는 조선인이 일본말을 하나도 모른다? 그게 의심받지 않을 거라고 보나?"

"그럴 수도 있지 않습니까? 오자키가 체포된다고 김지언 동지까지 체포되는 일은 없어야…."

"오자키가 체포되거나 사진이 발각되면 우리 임무는 실패로 끝난다. 지금 우리가 할 일은 임무를 완수할 수 있는 방안을 강구하는 것이지, 임무가 실패했을 때를 대비해 피해를 줄일 궁리를 하자는 것이 아니다!"

"하지만, 굳이 불필요한 피해를 감수할 필요는 없지 않습니까?"

"사사로운 감정은 집어치워라!! 두 사람이 연애하러 이 먼 곳까지 왔다고 생각하나? 어떤 희생을 치르더라도 임무를 완수해야 한다. 오자키가 잡히면 모든 게 헛일이다. 설령 우리가 모두 죽더라도 임무를 완수해야지, 임무에 실패하고 우리가 살아남는 것은 의미 없다. 더 이상 토 달지 마라. 용납하지 않겠다!"

유상길 대장의 입에서 '연애'라는 말이 나오자 서우진은 찔끔했다.

더 이상 이의를 제기할 수 없었다. 유상길이 두 사람 사이를 알고 있다면, 정당한 이의 제기라도 연애 감정에서 나온 비합리적인

의견으로 들릴 수밖에 없을 것이 뻔했다. 위험한 고비를 다 넘겼다고 생각했는데, 시간에 몸을 얹고, 그 시간이 흐르기만 하면 끝이라고 생각했는데, 가장 큰 위험에 직면하고 있었다. 바다 위, 항구로 들어가는 연락선, 어디 피할 곳도 없었다.

"총을 바다에 던지고, 신분증도 하나만 남기고, 각자 객실 등급 순서에 따라 하선한다. 김 동지는 총 버리고 곧바로 삼등실로 돌아가 복대로 사진 둘러싸고, 대기하다가 오자키와 함께 하선한다. 오자키 선생이 중국말을 할 줄 아니까, 대화에 큰 어려움은 없을 것이다."

서우진이 불만 섞인 눈빛으로 유상길을 바라보았다. 유상길은 서우진이 시선에 아랑곳하지 않았다.

"따로 질문 있나?"

모두 말이 없었다.

"해산!"

최윤기와 이등실로 돌아가던 서우진이 문득 걸음을 멈췄다.

"왜?"

최윤기가 돌아보며 물었다.

"선배, 먼저 들어가요. 바람 좀 쐬고 들어갈게요."

"지금까지 밖에 있었잖아?"

"조금만 있다가 들어갈게요."

"알았어. 빨리 들어와."

서우진은 왔던 길을 되돌아 갑판으로 나갔다. 오자키가 검문에 걸리면 김지언도 체포된다. 사형을 면하지 못할 것이다. 오자키만 없애버리면 배달조가 검문에 걸릴 가능성은 낮았다. 유상길 대장 몰래 오자키를 바다에 던져 버리면 감쪽같을 것이라는 생각도 했다.

서우진은 오자키를 불러내기 위해 삼등실 앞으로 다가갔다. 유상길, 김지언, 오자키 세 사람은 삼등실 4호 칸에 앉아 있었다. 창문 너머로 보니 오자키와 김지언이 나란히 앉아 짐을 살피는 중이었다. 유상길 대장은 두 사람과 모르는 사이인 것처럼 뚝 떨어져 앉아 있었다.

서우진은 삼등실 4호칸을 바라보며 한참 서 있었다. 어떻게든 오자키를 불러내고 싶었다. 하지만 유상길 대장 몰래 오자키를 불러낼 방법이 없었다.

왕~왕~왕~ 커다란 엔진소리와 함께 연락선은 부산항을 향해 일정한 속도로 미끄러져갔다. 부산항과 그 인근의 건물들이 점점 또렷하게 다가오고 있었다. 서우진은 답답하고 복잡하고 난감한 심정으로 가까워지는 부산항을 바라보았다.

항구에 닿을 무렵이 되자 성미 급한 승객들 수십 명이 짐을 이고 지고 갑판으로 몰려나와 하선을 기다렸다. 서우진은 코앞으로 보이는 부산항과 객실에 앉아 있는 오자키 호츠미를 번갈아 쳐다보면서 자기 객실로 돌아갔다.

검문대 앞에 선 김지언

연락선 공고마루가 부산항에 닿자 일등실 승객들부터 하선이 시작됐다. 기다란 선착장 양쪽에 총을 어깨에 멘 10여 명의 헌병들이 일정한 간격으로 도열해 있었다. 연락선에서 내린 승객들은 기다란 선착장을 걸어서 대합실로 향했고, 선착장 끝이자 대합실 입구에 설치된 검문대에서 검문을 받았다.

한 사람 한 사람 신분증을 확인하고 짐을 확인하느라 검문대를 빠져 나가는 속도는 더뎠다. 양손에 짐을 잔뜩 든 승객들이 선착장에 길게 줄지어 늘어선 채 지루한 표정을 지었다. 아직 이등실과 삼등실 승객은 연락선에서 대기 중이었다. 한참 지나서야 이등실 승객인 최윤기와 서우진의 하선이 시작됐다.

느리게 움직이는 선착장 줄 속에서 서우진은 자주 뒤를 돌아보았다. 뒤에 줄지어 선 사람들은 모두 이등실 승객들이었다. 삼등실 승객들은 여전히 공고마루에 남아서 하선을 기다리는 중이었다. 연락선 갑판을 살폈지만 김지언의 모습은 보이지 않았다. 유상길 대장도 오자키도 보이지 않았다. 뱃전으로 몰려나와 있는 승객들 속에 묻힌 모양이었다. 형언할 수 없는 초조함이 밀려왔다. 유상길 대장이 보는 앞에서라도 오자키를 바다에 던졌어야 했다는 후회가 밀려왔다.

'눈앞에서 오자키를 바다에 던졌다면 유상길 대장은 내게 총을 쐈을지도 모른다.'

결국 오자키는 바다에 빠져 죽고, 나는 총에 맞아 죽고, 도쿄 배달조는 모두 체포됐을 것이다. 어처구니없는 짓이 분명했지만 그럼에도 오자키를 바다에 던졌어야 했다는 생각을 떨칠 수 없었다. 김지언을 잃는다는 것은 상상조차 할 수 없는 일이었다.

서우진은 앞에 선 사람의 꽁무니를 따라 검문대를 향해 한걸음 한걸음 다가섰다. 검문대 앞에 선 사람들은 미리 꺼내들고 있던 신분증을 헌병에게 내밀었고, 헌병은 신분증 속 사진과 얼굴을 비교했다.

유상길 대장의 예상과 달리 헌병들은 모든 승객의 짐을 검색하지는 않았다. 일단 신분증을 확인하고 대여섯 명 중에 한명 꼴로 짐을 열어보라고 지시하는 것 같았다. 서우진과 최윤기가 검문대 앞에 섰지만 헌병들은 무덤덤한 표정이었다. 신분증과 얼굴을 확인했을 뿐 일본 어디서 거주했는지, 일본에 다녀오는 이유가 무엇인지도 묻지 않았다. 옷가지가 든 짐을 열어보라고 하지도 않았다. 두 사람은 검문대를 통과해 연락선 대합실로 들어갔다. 대합실에도 헌병들이 곳곳에 서 있었다. 두 사람은 곧장 대합실 바깥 광장으로 나갔다. 광장 밖에서 서우진은 방금 자신이 나온 대합실 출입문을 뚫어져라 살폈다.

삼등실 승객인 김지언이 나오려면 한참 기다려야 했다. 서우진이 승객들이 길게 늘어선 선착장을 걸어와 검문대 바로 앞에 섰을 때에야 삼등실 승객들의 하선이 막 시작되는 것 같았다. 어쩌면 김지언은 아직 배에서 기다리는 중일지도 몰랐다.

연락선 공고마루에서 내릴 때 오자키는 배가 불룩한 김지언의 손을 잡아주었다. 김지언은 부들부들 떨리는 손을 오자키에게 맡겼다. 손에 잔뜩 힘을 주었지만 사시나무처럼 떨리는 것은 어쩔 수는 없었다. 두 사람 바로 뒤에 선 유상길 대장이 김지언의 떨리는 손을 보았다. 그는 도쿄에서 그랬던 것처럼 김지언의 뺨을 후려치고 싶었다. 긴장을 순간적으로 푸는 데는 뺨을 때리는 것이 효과적이라는 사실을 그는 지금까지 치른 수많은 작전에서 경험했다. 처음 현장에 투입된 대원들 열에 아홉은 작전이 임박하면 손을 부들부들 떨었다. 그는 그때마다 대원들의 뺨을 후려쳤고, 뺨을 세게 맞은 대원들은 떨기를 멈췄다. 하지만 이 많은 사람들 속에서, 그것도 남편과 함께 있는 임신한 여자의 뺨을 때릴 수는 없었다. 하지만 김지언이 저처럼 부들부들 손을 떨며 검문대 앞에 선다면 헌병들이 의심할 것이 분명했다.

"김 여사, 손 떨림을 참을 수 없겠소?"

김지언과 오자키 뒤에 바싹 붙어서 걷고 있는 유상길이 혼잣말처럼 무덤덤한 투로 물었다. 고개를 뒤로 돌리는 김지언의 얼굴이 창백했다.

'너무 긴장하고 있다.'

이런 얼굴, 이렇게 떨리는 손으로 신분증을 내민다면 의심을 피할 수 없다. 세 사람 앞에 늘어선 선착장 줄은 느리지만 일정한 속도로 줄어들고 있었다.

"오자키 선생은 괜찮으시오?"

유상길이 중국말로 나지막이 속삭이자 오자키가 고개를 뒤로 돌렸다. 그도 긴장한 빛이 역력했다. 유상길은 두 손을 들어 마치 장난이라도 치는 듯 오자키의 양 어깨를 탁 내리쳤다. 긴장을 풀어주기 위한 행동이었다. 깜짝 놀란 오자키는 눈을 동그랗게 뜨더니 유상길의 웃는 얼굴에 이내 표정을 풀었다. 유상길이 큰소리로 너스레를 떨었다.

"선생님은 언제보아도 과묵하십니다."

이번에는 조선말이었다.

조선과 일본을 오고가는 사람들 사이에서 조선말을 쓰는 것은 이상할 것이 없었지만 중국말을 쓰는 것은 위험했다. 조선말을 전혀 모르는 오자키는 빙그레 웃기만 했다. 거기서 멈추지 않고 유상길은 재미있는 이야기라도 들려준다는 듯 킬킬킬 웃으며 오자키에게 중국어로 귀엣말을 건넸다.

"부인이 조금 있다가 신분증을 건네면 받아요. 검문대에 도착하면 오자키 선생이 부인 신분증까지 함께 제시하시오. 내가 귀엣말을 끝내면 크게 한바탕 웃으며 '자네, 짓궂은 이야기 그만하게'라고 일본말로 내게 말해 주시오."

유상길이 오자키의 귓가에서 입을 떼자 오자키가 큰소리로 웃었다. 그리고는 '자네, 그런 농담은 좀 그만하게'라고 타이르듯이 점잖게 말했다. 유상길이 민망한 듯 손으로 뒷머리를 긁적였다.

유상길은 이번에는 목소리를 낮춰 김지언에게 '신분증을 꺼내 오자키에게 건네라'고 말했다. '가방 두 개를 오른손에 쥐고, 왼손으로 배를 부여잡고 고통스러운 표정을 지어라'는 말도 덧붙였다.

김지언은 유상길의 말대로 큰 가방 두 개를 오른손에 힘겹게 들고, 왼손은 부른 배를 부여잡았다. 그렇게 하고보니 오자키는 임신한 아내에게 무거운 짐을 모조리 맡기고 자신은 중간 크기의 가방 한 개와 신분증 두 개만 달랑 든 인정머리 없는 남편이 되었다.

검문 대기줄이 점점 줄어들면서 김지언의 얼굴은 더욱 창백해졌다. 쌀쌀한 날씨임에도 급기야 그녀의 이마에는 식은땀이 맺혔다. 잔뜩 겁에 질린 얼굴이었지만, 어찌 보면 산통을 겪는 만삭 임신부처럼 보이기도 했다.

마침내 검문대 앞에 오자키와 나란히 섰을 때 김지언은 창백한 얼굴, 잔뜩 찌푸린 표정, 부른 배를 받치듯이 움켜잡은 손, 이마에 맺힌 식은땀으로 누가 봐도 갑작스럽게 산통이 닥친 여자처럼 보였다.

오자키가 미리 꺼내 들고 있던 신분증을 군조軍曹 계급장을 단 하사관에게 내밀었다. 옆에는 헌병 사병 두 명이 서 있었다. 오자키의 얼굴과 신분증을 번갈아 확인한 헌병 군조가 김지언의 얼굴을 뚫어지게 바라보았다. 그 와중에도 김지언은 부른 배를 받치듯 잡은 왼손을 풀지 않았고, 오른손에 든 두 개의 큰 가방을 바닥에 놓지 않았다. 고통을 견딜 수 없다는 듯 인상을 잔뜩 찌푸린 채 눈을 감고 헌병과 눈을 마주치지도 않았다. 김지언을 바라보던 군조가 신분증과 중간 크기의 가방 하나만 달랑 든 오자키를 나무라듯이 말했다.

"부인의 산통이 심한 거 같은데, 가방은 선생이 좀 들지 그러시오."

군조의 핀잔 투 말에 오자키는 한심하다는 표정으로 김지언을 힐끗 바라보더니, 정나미라고는 털끝만큼도 없는 얼굴로 답했다.

"대접해주면 조선 여자들 버릇 나빠집니다."

"선생은 뭐하는 사람이오?"

군조의 음색에 '하 요놈 봐라'라는 가소로움이 묻어났다.

"게이조(경성)에서 포목상 합니다."

"게이조로 가는 길이오?"

"그렇습니다."

군조는 오자키를 뚫어지게 바라보았다. 눈에서 푸른 불빛이 일어나는 것 같았다. 뭐라도 트집을 잡고 싶은 모양이었다.

"게이조로 간다는 사람이 인천으로 들어가지 않고 왜 부산으로 들어온 것이오?"

"한시가 급한 데, 오늘은 인천으로 들어가는 배가 없어서요."

다른 사람들보다 검문이 길어지고 있었다. 김지언은 겁먹은 표정을 들키지 않으려고 더욱 인상을 찌푸렸다. 헌병 군조는 만삭인 여자의 그런 모습이 안쓰러워 빨리 보내주고 싶은 마음이었다. 하지만 만삭 아내에게 온갖 큰 짐을 다 맡기고 홀대하는 인정머리 없는 남편이 못마땅해 애를 먹이고 싶은 마음을 억누를 수 없었다.

"가방 좀 열어보시오"

군조가 오자키가 들고 있는 가방을 턱짓으로 가리켰다. 오자키는 짐짓 못마땅한 표정을 억누른다는 듯, 쪼그리고 앉아 가방을 열었다. 그 모습을 뒤에서 지켜보는 유상길의 마음은 복잡했다. 군조가 오자키를 딱히 의심하는 것 같지는 않았지만, 쉽게 보내주지 않을 것 같은 불길한 느낌이 엄습해왔다. 그야말로 어찌해볼 도리 없이 운에 맡겨야 하는 상황이었다. 이번 작전은 유독 운에 맡겨야 하는 순간이 많았다.

한가롭게 물고기를 낚는 사람들도 조황釣況을 운에 맡기지는 않는다. 운이 그날그날의 조황을 크게 좌우하는 것은 어쩔 수 없는 일이지만, 조과釣果를 운에 온전히 맡겨두는 낚시꾼은 없다. 하물며 낚시와 비교할 수 없는 임무를 지금 그는 운에 맡겨둘 수밖에 없었다.

"뭐 별거 없습니다."

군조는 손으로 오자키의 가방 속을 휘저었다. 손지갑과 거래처 장부를 꺼내 펼쳐보고, 가방 안에 든 세면도구가 든 아주 작은 가방도 열어보았다. 눈에 띌 만한 물건을 발견하지 못하자 군조는 손을 틀며 일어섰다. 오자키 역시 가방 지퍼를 잠그며 군조를 따라 일어섰다. 군조가 신분증을 오자키에게 돌려주었다.

"좋소. 가보시오."

오자키는 고개를 살짝 숙여 인사하고, 그때까지 배를 부여잡은 채 잔뜩 인상을 찌푸리고 있는 김지언의 팔을 잡고 앞으로 밀었다. 김지언은 깜짝 놀랐다는 듯 눈을 뜨더니 검문대 너머로 천천히 걸어 나갔다. 다음 차례인 유상길이 군조에게 신분증을 내밀었을 때, 군조가 갑자기 몸을 반쯤 뒤로 돌리더니 오자키를 불러 세웠다.

"어이! 미나미상!"

오자키는 군조가 부르는 소리를 듣지 못했다는 듯 천천히 걸어 나갔다.

"어이! 미나미상!!"

군조가 큰소리로 다시 부르자, 검문대 안쪽, 대합실 입구에서 총을 어깨에 메고 서 있던 헌병 일등병이 오자키를 막아 세웠다. 헌병이 오자키를 막아 세우자 겁에 질린 김지언은 그 자리에 주저앉고 말았다. 그녀의 몸이 부들부들 미친 듯이 떨리고 있었다. 잔뜩 겁먹은 얼굴로 돌아서는 오자키를 향해 군조가 소리를 질렀다.

"가방 당신이 좀 들어! 인정머리 없기는!!"

오자키는 겸연쩍은 표정으로 고개를 끄덕이며, 김지언이 주저앉아서도 꼭 쥐고 있는 가방을 뺏어 들었다. 그리고 그녀를 부축해 일으켰다.

"자, 갑시다."

김지언은 마치 넋이 나간 사람처럼 오자키의 손에 이끌려 양쪽으로 늘어선 헌병들을 지나 느릿느릿 부산항 연락선 대합실로 들어갔다. 검문대 앞에 선 유상길이 그 모습을 바라보며 가슴을 쓸어내렸다.

강을 건너는 수상한 사람들

유상길 대장이 연락선 대합실 밖으로 나가니 먼저 나간 대원들과 오자키 호츠미, 부산 현지 요명 두 명이 한 자리에 서서 그를 기다리고 있었다.

"유상길 부장님 어서 오십시오. 먼 길 다녀오시느라 수고 많으셨습니다."

"본사 연락 받고 나오신 분들이오?"

"네, 충청 본사에서 연락 받고 나온 부산 지소 직원들입니다."

"고맙소."

"일본 현지 사업은 다소 차질이 발생했지만, 결과적으로 잘 진행되었다고 들었습니다."

유상길은 고개를 끄덕였다.

도쿄 배달조는 열차로 이동하려는 당초 계획을 바꿨다. 항구와 마찬가지로 역마다 검문이 삼엄할 것이다. 열차 안에서도 무시로 검문 받게 될 것이 분명했다. 만약, 홍기삼이 체포됐고, 고문을 이기지 못해 배달조가 연락선을 타고 부산항으로 들어갔다고 실토한다면 설령 오자키의 사진이 아직 조선내 경찰서에 도착하지 않았다고 하더라도 검문망을 벗어나기 어려울 것 같았다. 어쩌면 오자키가 다롄의 만철에서 근무하던 시절 사진을 구해 각 지역 경찰에 배포했을 수도 있었다.

유상길 대장은 시간이 걸리더라도 안둥(지금의 단둥)까지 자동차나 도보 이동을 결정했다.

"자동차를 구하기는 어렵습니다. 조선은 일본과 달리 자동차가 훨씬 적고, 도난 신고가 접수되면 곧바로 추적당할 것입니다."

나이 지긋한 부산 현지 대원 엄대철이 상황을 설명했다.

"부산에서 안둥까지는 2천리(800km)가 넘습니다. 지름길을 찾아 걷는다고 해도 그 정돈데, 혹시 중간에 길을 잃거나 산길을 둘러가자면 하루 열 대여섯 시간씩 걸어도 보름 가까이 걸릴 겁니다."

최윤기였다. 맞는 말이었지만, 지금은 신속보다 안전이 중요했다. 유상길 대장은 부산 대원들의 도움을 받아 충칭에 암호 무선전보로 상황을 보고했다. 열차편을 이용할 형편은 아니며, 검문이 강화됐음을 알렸다. 유상길의 예상대로 충칭 임정 역시 시일이 걸리더라도 안전한 이동을 당부했다.

'오자키 호츠미를 충칭으로 무사히 데려오는데 작점 초점을 맞춰라.'

충칭 임정은 부산 현지 대원들에게 안둥까지 도쿄배달조와 오자키를 호위하라는 지시도 내렸다. 나이 지긋한 엄대철과 젊은 대원 한문석이 배달조에 합류했다. 도쿄 배달조 각자에게 권총 한 자루씩이 주어졌고, 부산 현지 대원들은 분해한 소총을 각자의 옷 안에 찼다. 분해한 소총을 등과 허리에 붙들어 매고 겉옷을 입으니 감쪽같았다.

젊은 대원 한문석은 1937년 난징에서 저격수 훈련을 받았다고 했다. 혹시 교전이 발생하면 혼자서 서너 명은 처치할 수 있다고 했다.

이미 해는 지고 날은 어두웠다. 부산 현지 아지트에서 저녁 식사를 하고, 출발 준비를 마쳤을 때는 오후 8시가 넘은 시각이었다. 엄대철이 하룻밤 쉬고 출발할 것을 권유했지만 유상길은 곧바로 출발했다.

컴컴한 어둠 속에서 7인이 길을 나섰다. 7명이 무리지어 함께 이동하는 것은 눈에 띄기 십상이었다. 유상길 대장은 일행을 3조로 나누고 대략 50, 60미터 거리를 두고 이동하도록 했다.

유상길과 오자키, 서우진이 한 조였고, 최윤기와 김지언이 한 조, 부산 현지 대원 엄대철과 한문석이 한 조였다. 최윤기와 김지언이 맨 앞에서 걸었고, 유상길 조가 중간에, 부산 대원들이 뒤에서 따랐다. 부지런히 걸었지만 밤에 산길과 들길을 걷느라 전진은 더디고, 체력은 더 많이 소모됐다. 좀처럼 속도가 나지 않자 유상길 대장은 야간 보행에서 주간 보행으로 생각을 바꾸었다.

"어디 밤이슬 피할 만한 곳을 찾아 자고, 아침 일찍 출발하는 게 낫겠다."

배달조는 한 시간쯤 더 걸어, 자정쯤 물이 졸졸졸 겨우 흐르는 작은 계곡 근처에서 빈 오두막을 발견했다. 오두막 앞에는 작지만 마당처럼 만들어놓은 빈터와 돌을 엉성하게 놓아 만든 노천 아궁이도 있었다. 돌에 묵은 그을음이 붙어 있었지만 그 위에 놓였을 솥이나 주전자는 보이지 않았다. 경첩 대신 쇠를 구부려 원 모양으로 만든 고리가 오두막 여닫이문을 위태롭게 붙들고 있었다. 바람에 나무문짝이 덜거덕 덜거덕 흔들렸다.

집 안에는 오래된 짚이 바람에 쓸려 한쪽에 몰려 있었고, 나뭇가지로 엮은 지붕은 군데군데 구멍이 나 밤하늘이 드러났다. 오두막 안은 흙바닥 그대로였다. 가운데에는 자갈을 둘러 모닥불을 피운 흔적도 있었다. 타다만 나무토막과 재가 자갈로 두른 원 안에 남아 있었다.

사람이 일 년 내내 사는 집이 아니라 특정 시기에만 머무는 오두막 같았다. 쓸 만한 가재도구는 없었고, 낡은 탁자와 반쯤 부서진 의자 두 개가 나뒹굴고 있었다. 통나무를 잘라 껍질을 벗기고 차곡차곡 쌓아 올려 만든 집 벽면은 그래도 튼실해 보였다. 오두막에서 계곡 아래로 흐릿하지만 계단 같은 흔적도 보였다. 물을 뜨러 계곡을 오르내리기 쉽도록 돌을 일부러 배치한 것 같았다.

부산에서 합류한 한문석이 오두막 주위에서 나뭇가지를 한아름 찾아왔다. 날씨가 쌀쌀해 서우진도 불을 피우면 좋겠다고 마침 생각하던 참이었다. 한문석이 나뭇가지를 자갈을 두른 원 안에 부려놓고 불을 피우려 하자 한쪽 구석에 누워 있던 유상길 대장이 몸을 일으키며 물었다.

"한 동지 뭐 하시오?"

"추워서 불 좀 피우려고요."

"그만 두시오. 이 훤한 들판에 누가 어디서 보고 있을지 모르오."

"벽으로 둘러싸여 있는데요?"

"곳곳에 틈이지 않소. 사방으로 불빛이 새어나갈 것이오."

한문석은 들고 있던 나뭇가지로 땅바닥을 탁탁 쳤다. 탁! 탁! 땅바닥을 치는 막대기에서 불만 섞인 소리가 났다. 대원들은 각자 오두막의 구석구석에 자리를 잡고 드러누웠고, 서우진이 맨 먼저 불침번을 섰다. 서우진은 오두막의 통나무 벽 여기저기에 나 있는 틈에 번갈아 눈을 가까이 대고 바깥을 살폈다. 멀지 않은 앞쪽 산에 길게 늘어선 나무와 구릉의 마른 풀, 거무튀튀한 바위들이 달빛에 드러나 있었다. 유상길 대장은 이내 코를 골았지만, 나머지 대원들과 오자키의 코고는 소리는 들리지 않았다. 잠들지 못하는 것이리라. 문기둥에 어설프게 매달린 나무문짝이 여전히 덜거덕 덜거덕 흔들렸다.

밤이 깊어가면서 하늘은 맑아졌고 여기저기 유유자적 떠다니는 구름이 달빛을 받아 포근해보였다. 눈앞으로 펼쳐지는 산과 언덕이 달빛을 받아 훤하게 드러났고 달그림자가 드리워진 계곡은 깊은 어둠 속에 고요하게 앉아 있었다.

서우진은 시간이 멈춘 것 같다는 기분이 들었다. 유상길 대장의 코고는 소리는 높이도 간격도 너무나 일정해 그 소리마저 멈춘 시간처럼 여겨졌고, 다른 사람들은 소리도 미동도 없었다. 한 줄기 바람이 불어와 오두막 문짝이 또 덜거덕 덜거덕 흔들렸다. 통나무 벽면 틈으로 밖을 살피던 서우진은 문득 고개를 돌려 한쪽 구석에 누워 있는 김지언을 바라보았다. 그녀는 팔을 두 눈 위에 얹어놓고 있었다. 아직 잠들지 못했다는 말일 것이다. 다른 사람들이 없다면 잠 못 드는 김지언과 밤새도록 이야기를 나누고 싶었다. 문짝이 또 덜거덕 소리를 내며 흔들렸을 때 김지언이 몸을 돌려 모로 누웠다. 그 모습을 본 서우진이 허리띠를 빼 덜거덕거리는 문짝을 기둥에 단단히 묶었다. 문짝은 더 이상 흔들리지 않았다.

날이 밝자 배달조는 부산 대원들이 준비해온 주먹밥을 먹고 길을 나섰다. 일정한 간격을 두고, 앞뒤를 살피며 걸었을 뿐, 일행 전체가 사람들 눈에 띄는 곳에서 모이지는 않았다. 산길에 들어가게 되거나 은폐가 가능한 곳에서만 잠시 만나 상황을 공유하고 작전을 논의했다. 때로는 산길을 걸었고, 때로는 시골 신작로를 걸었다. 지름길을 택하느라 논밭 사이로 난 두렁을 걷기도 했다. 벼 베기를 끝낸 논들은 휑했고, 여기저기 쌓아올린 볏가리가 정겨웠다. 중국에서 오래 생활했음에도 잊은 적 없는 조선의 가을 풍경이었다. 시골길이라 그런지 검문은 없었고, 순사들도 보이지 않았다.

다시 어둠이 내리고 밤이 깊을 때까지 쉬지 않고 걷던 배달조는 산자락에서 잠을 청하기로 했다. 경상남도 밀양 어디쯤이었다. 길에서 보면 산으로 움푹 들어간 골짜기였다. 이번에도 주먹밥을 물에 말아 먹었다. 쌀쌀한 날씨에 식어 딱딱한 밥을 찬물에 말아 먹으니 몸이 으슬으슬했다.

"으으 춥다. 아직 10월인데, 한겨울같네요."

최윤기가 부지런히 비빈 손을 양 겨드랑이 사이에 끼우며 중얼거렸다. 아닌 게 아니라 기온이 갑자기 내려간 것 같았다. 하루 이틀 지나면 곧 풀리겠지만 10월 하순 치고는 날씨가 몹시 차가웠다.

"근처에 민가도 없었고, 여기는 산자락에서 쑥 들어온 곳이라 보는 사람도 없을 테니 불 좀 피울까요?"

부산에서 합류한 한문석이었다. 그는 추위를 많이 타는 모양이었다. 어젯밤에도 그는 불을 피우고 싶어 했다.

"아무리 산속이라도 근방에 누가 있는지 알 수 없소. 혹시라도 누가 본다면 수상하게 여길 것이오."

유상길 대장은 이번에도 반대했다.

"그렇기는 한데, 오늘 밤은 너무 춥네요. 이러다가 감기 걸리겠습니다."

"추워도 어쩔 수 없소. 편하고 따뜻한 길로 갈 생각이었으면 열차를 탔을 거니까."

유상길 대장은 단호했다.

그렇게 또 밤이 지나가고 있었다. 한문석은 지금 자신이 있어야 할 자리는 차가운 산속이 아니라 굴뚝에 흰 연기가 오르는 지붕 아래 따뜻한 집이라고 생각했다. 집을 떠나 겨우 두 번째 밤을 밖에서 맞이하고 있을 뿐이지만 그는 부뚜막 아궁이에서 타들어가는 장작불과 따뜻한 밥상이 사무치게 그리웠다. 싸늘하고 삭막한 산에서 맞이하는 추위에 한문석은 진저리쳤다. 화도 나고 답답하기도 했다.

한문석은 도쿄배달조를 안둥까지 호위하는 임무를 맡게 되리라고는 꿈에도 예상하지 못했다. 당초 지시받은 대로라면 시모노세키를 출발해 부산에 도착하는 배달조를 만나 몇 가지 도움을 제공하고, 그들을 떠나보내면 그만이었다. 갑자기 검문이 강화되는 바람에 도쿄배달조가 열차를 이용하지 못하고, 도보로 이동하게 되면서 호위를 맡게 된 것이었다. 게다가 집에는 이제 겨우 세 살인 딸이 며칠 전부터 고열에 시달리고 있었다. 약을 써도 열이 떨어지지 않아 조마조마한 마음으로 며칠을 견뎌내는 중이었다.

아침에 집을 나설 때 아내에게 저녁에 늦지 않게 집으로 돌아오겠다고 말했다. 딸의 열을 내릴 다른 약이 있는지 찾아보겠다는 말도 했다. 그래놓고 약을 구해 집으로 돌아가기는커녕 직장 일로 한 며칠 집에 들어갈 수 없다는 말조차 남기지 못하고 떠난 길이었다. 4년 전에 결혼했지만 아내는 아직 그가 임시정부의 부산 현지 비밀 대원이라는 사실을 몰랐다. 그저 조선인이 운영하는 쌀가게에서 일하는 줄로 알고 있었다. 고열에 시달리는 딸과 남편이 어디로 사라졌는지 몰라 애태우고 있을 아내를 생각하니 한문석은 막막하고 안타까운 심정을 누를 수 없었다. 어쩌면 남편이 무슨 사고라도 당했을지 모른다며 절망과 슬픔에 빠져 눈물을 흘리고 있을지도 몰랐다. 그런 생각을 하니 슬프고 답답하고 화가 나 미칠 지경이었다.

날씨가 너무 추운 탓에 배달조는 잠을 이룰 수 없었다. 엎친 데 덮친 격으로 새벽부터 가을비까지 내려 뼛속까지 얼어붙는 것 같았다. 주먹밥은 이미 떨어졌고, 근처에 민가도 없어 일행은 식사를 거른 채 새벽길을 떠났다.

다행히 오전 8시를 지나면서 비가 그쳐 추위는 덜했다. 부산에서 출발하고 이틀째였다. 오후 3시쯤 일행은 경상남도 창녕에 닿았다.

'북쪽으로 더 올라가서 서쪽으로 방향을 틀 것인가, 일찌감치 서쪽으로 방향을 돌릴 것인가.'

유상길은 어느 쪽으로 길을 잡는 것이 유리할까 고민했다.

"이대로 북쪽으로 계속 올라가면 문경새재를 넘어야 합니다. 산이 험하니 일찌감치 서쪽으로 방향을 틀어 올라가는 편이 낫겠습니다."

부산에서 합류한 엄대철이 유상길 대장에게 건의했다.

"그럽시다."

서쪽으로 2시간 30분쯤 이동하자 큰 강이 배달조 앞을 가로막았다.

"낙동강입니다."

가을이라 강물은 줄어 있었고, 해질녘의 노을을 받아 황금빛으로 빛났다. 강가에 도착했지만 배달조는 더 얕은 곳을 찾아 강을 따라 상류로 이동했다. 20분쯤 상류로 이동한 일행은 강물로 들어갔다. 7명이 가방과 보따리를 머리에 이고 줄지어 강을 건넜다. 붉게 노을 물든 낙동강을 건너는 일행을 강 이쪽 편 둑에서 담배를 피우던 남자가 발견했다. 남자는 곧바로 근처의 감시초소로 뛰어가 쌍안경을 꺼내들었다. 쌍안경 속에 들어온 일행은 남자 6명에 여자 1명이었고, 짐 가방을 머리에 이듯이 얹고 강을 건너는 중이었다. 한눈에 봐도 인근에 사는 농촌 사람들이 아니었다.

서서히 어둠이 내리고 있었다. 유상길 일행은 누군가가 자신들을 지켜보고 있다는 사실을 까맣게 모른 채 강을 건넜다. 낙동강을 건너자 합천군이었다. 강기슭을 따라 북쪽으로 조금 올라가자 또 다른 강이 앞을 막고 있었다.

"저 강은 이름이 뭐요?"

유상길이 부산에서 합류한 대원들을 돌아보며 물었다.

"황강입니다. 우리가 건너온 낙동강과 합류합니다."

최윤기였다.

"최 동지가 어떻게 알아?"

"제 고향이 여기 합천입니다."

"북쪽으로 가자면 저 강도 건너야 합니다."

엄대철이었다.

유상길 대장이 주변을 살폈다. 오른쪽은 조금 전에 건너온 낙동강이었고, 왼쪽으로는 논밭이었다. 논밭 너머로 낮은 산을 등지고 옹기종기 들어앉은 집들이 눈에 들어왔다. 대원들은 산길과 들길을 걷느라 민가를 만나지 못했고 종일 한 끼도 먹지 못했다. 어디에서든 먹을 것을 찾아야 했다.

서우진이 옹기종기 앉은 집들을 바라보았다. 그 모습을 본 유상길 대장은 고개를 저었다.

"아직은 너무 일러. 이제 저녁 먹을 시간인데, 조금 더 가다가 다른 마을을 찾아보자."

마을 사람들이 잠이 들면 집에 숨어 들어가 음식을 좀 훔칠 생각이었다. 배달조는 마을을 피해 배달조 앞을 가로막고 흐르는 황강을 따라 상류로 올라갔다. 황강은 강물이 줄어 모래사장이 광활하게 펼쳐지고 있었다. 막 떠오른 만추의 달빛을 받아 부드럽게 펼쳐진 황강 모래밭은 이곳이 슬프고 고단한 현실과 거리가 먼 다른 세상 같았다. 해처럼 밝지도 그믐처럼 어둡지도 않은 달빛 덕분이었을 것이다.

강을 따라 상류로 조금 더 올라가자 넓은 논밭 가운데 외딴 초가집이 한 채 서 있었다. 마을의 다른 집들은 초가집에서 200미터쯤 더 멀리 떨어진 산자락에 버섯군락처럼 옹기종기 모여 앉아 있었다.

"일단 저 집으로 가 보자. 뭐라도 먹을 것을 좀 구해야지."

유상길 대장이 외딴 집을 가리켰다. 낯선 사람들이 다가오고 있음을 모르는 외딴 초가는 달빛 아래 고요하고 평화로워 보였다.

*

그 시각, 강을 건너는 유상길 일행을 쌍안경으로 지켜보았던 경비초소 감시원은 창녕 경찰서에서 나온 순사들에게 자신이 본 모습을 상세히 진술했다.

"칠 명이라…."

창녕 경찰서에서 나온 순사가 벗어서 오른손에 들고 있는 가죽장갑을 왼손바닥에 타닥타닥 내리쳤다. 옆에 서 있는 나이든, 그러나 계급이 낮은 순사가 조심스럽게 말했다.

"도쿄 경시청에서 내려온 수배 정보에는 4~5명입니다. 아닌 것 같습니다⋯."

"어제 저녁에 도착한 추가 정보에는 놈들이 그저께 연락선 편으로 부산으로 들어왔다고 했어.

만약 그저께 부산에 들어와서 도보로 부지런히 이동했다면 오늘 그 시각쯤 창녕 어디쯤 도착하지 않았을까?"

"시간은 얼추 맞아 떨어지지만 아무래도 숫자가⋯. 사람이 줄면 줄었지, 늘어날 가능성은 없지 않습니까?"

"그거야 모르지. 중간에 다른 놈들과 합류했을 수도⋯."

"일단 동원할 수 있는 병력 다 긁어모아 봐. 합천 경찰서에도 협조 요청 보내고."

"하이!!"

두 순사가 탄 삼륜 사이드카 오토바이가 낙동강변 초소를 떠나 창녕 경찰서를 향해 질주했다.

초가집으로 다가오는 달그림자들

도쿄 배달조는 초가집의 뒷담을 소리 없이 넘어갔다. 흙으로 대충 쌓은 담은 낮아서 김지언이 넘는데도 어려움은 없었다. 집안은 조용했다. 방에 켜둔 호롱불빛에 방문 문종이가 불그스름했다. 집 뒤쪽 담에 붙은 헛간에는 농기구가 어지럽게 늘려 있었고, 좁다란 마당으로 달빛이 포근하게 내려앉고 있었다. 집 안을 휘리릭 훑어보던 최윤기가 물었다.

"뭐라도 먹을 게 좀 있나 조용히 뒤져볼까요?"

"아니야. 아직 주인이 잠들지도 않았을 텐데 들쑤시고 다니면 놀랄 거야. 공연히 일이 꼬일 수도 있어. 주인을 불러내서 좋게 이야기를 해보는 게 낫겠어. 어젯밤에 너무 추워서 다들 한잠도 자지 못했으니까 오늘은 여기서 배불리 먹고 잠도 좀 자야 해."

유상길 대장은 주인을 불러내라고 답했다.

"밤에 낯선 남자들이 갑자기 들이닥치면 놀랄 테니까, 김지언 동지가 부르는 게 좋겠다."

김지언이 방문 앞으로 다가섰다. 툇마루 아래 댓돌에 검정 고무신 두 켤레가 나란히 놓여 있었다.

"주인 계세요?"

김지언이 높지도 낮지도 않은 목소리로 불렀다. 방안에서는 기척이 없었다. 분명히 들었을 것이다. 주인은 이 밤에 누가, 무슨 일로 찾아왔는지 몰라 망설이는 모양이었다.

"안에 주인 계세요. 좀 나와 보세요."

김지언이 재차 불렀고, 잠시 후 덜컹 소리와 함께 방문이 열렸다. 밖으로 나온 사람은 수염이 희끗희끗한 노인이었다. 여자 목소리에 방문을 열었던 노인은 한 무리의 건장한 남자들이 뒤에 서 있는 것을 보고 놀란 얼굴이었다. 낯선 여자 목소리에 짐작은 했지만 역시 동네 사람들이 아니었다.

남자와 여자 모두 몰골이 후줄근했다. 그러나 한눈에 보기에도 농사꾼들은 아닌 것 같았다. 동네에서는 물론이고 인근 동네에서도 본 적이 없는 얼굴들이었다.

"쉿! 놀라지 마십시오."

유상길 대장이 검지를 입술에 대며 놀란 노인을 진정시켰다.

"누구신지요?"

잔뜩 겁먹은 목소리였다.

"우리는 사냥꾼들인데, 날이 저물고 양식도 떨어져서 먹을 것을 좀 구하려고 합니다."

그때 방안에서 역시 나이든 여자가 밖으로 나왔다. 체구가 자그마한 노인이었다. 노인의 아내인 듯했다.

"미안하지만 나눠 드릴 양식이 없어요. 보다시피 형편이 이래서 두 식구 겨울나기도 버겁구먼요."

"돈을 드리겠습니다."

부산에서 합류한 엄대철이 지갑에서 종이돈을 꺼내 두 노인 앞으로 내밀었다. 노인 내외는 서로의 얼굴을 바라보며 고민하는 눈치였다. 유상길 대장이 정중하게 덧붙였다.

"부탁드립니다."

망설이던 노인이 말했다.

"찧어놓은 쌀은 없고, 감자와 고구마는 좀 있습니다만…."

며칠 전까지 동네 이웃집들의 벼 베기를 거들고 받은 나락이 있었지만 더 말려야 했고, 아직 도정한 쌀은 없었다.

"갖고 오시오! 있는 대로 갖다 주시오!"

부산에서 합류한 한문석이 대뜸, 소리치듯이 말했다. 노인 부부는 한문석의 갑작스러운 압박에 움찔 놀라는 눈치였다.

노인이 고무신을 꿰신고 댓돌에서 내려와 헛간으로 향하자 최윤기와 한문석이 따라갔다. 노인이 겨울을 날 양식으로 헛간 한쪽에 쟁여 둔 감자와 고구마를 꺼냈다. 두 식구가 아껴 먹는다고 해도 겨울 끝 무렵에는 꿔다 먹어야 할 형편이었다.

노인이 고구마와 감자를 꺼내는 동안 한문석은 탈곡했으나 아직 도정하지 않고 헛간 시렁에 얹어 둔 쌀을 헝겊 포대에 싹 쓸어 담았다.

"다 쓸어 가면 우리는 어쩝니까?"

노인이 겁먹은 목소리로 항의했다.

"동네에 집들이 많은 데 굶어죽기야 하겠소?"

헛간에서 탈곡한 벼와 고구마를 찾아낸 한문석은 부엌을 뒤져 파와 무까지 먹을 만한 것을 모조리 찾아냈다.

"다 훑어가면 우리는 어쩝니까요?"

한문석이 소쿠리 가득 고구마를 담아 나오는 모습을 본 안주인 여자가 기어들어가는 목소리로 항의했다.

"돈 준다고 하지 않았소?"

역시 한문석이었다. 그는 안동까지 예정에 없던 길을 나선 데다 종일 굶어 화가 나 있었다. 이 자리에 있는 것 자체가 싫었고, 집에서 기다리는 아내와 딸 걱정에 지금 벌어지고 있는 모든 일들이 못마땅했다.

"돈이 있어도 이 산골에서 양식을 맘대로 구할 순 없습니다요."

"산골에서 못 구하면 근처 읍내에 나가서 구하면 될 거 아니요? 돈을 준다는데…."

"자자, 그만들 하시오. 한 선생도 너무 욕심내지 마시오. 이 분들 입장도 생각해야지."

유상길 대장이 양쪽의 실랑이를 말렸다.

"우선 감자와 고구마 좀 삶아 주십시오."

유상길 대장이 아주 부드러운 어조로 부탁했다.

"삶자면 물을 떠와야 됩니다."

노인이 대답했다.

"집에 우물 없습니까?"

"없습니다, 동네 우물에서 떠다 먹습니다."

"동네 우물은 어디에 있습니까?"

"마을 가운데 있습니다."

노인이 손으로 집들이 옹기종기 모여 있는 마을 쪽을 가리켰다. 유상길 대장은 잠시 고민했다. 초가는 동네 다른 집들에서 멀리 떨어진 논밭 사이에 외따로 서 있다. 이미 저녁 시간이 지났다. 굳이 이 밤에 우물에서 물을 떠가는 것을 동네 사람들이 본다면 이상하게 여길 것 같았다. 밤에 물을 떠간다고 일부러 신고할 사람이야 없겠지만, 매사 조심해서 나쁠 것은 없었다.

"동네 우물 말고, 논밭 저쪽 아래에 있는 강에 가서 떠오시오."

노인이 양철 물동이 두 개를 지게 양쪽에 걸고 막 집을 나서려는 순간 유상길 대장이 불러 세웠다.

"잠깐!"

'이 노인들은 우리가 사냥꾼이 아니란 것을 이미 눈치챘다. 도

둑이나 강도, 어쩌면 죄를 짓고 도망 다니는 사람쯤으로 의심하고 있을지도 모른다.'

유상길은 두 노인의 불안해하는 태도에서, 그리고 전혀 내키지 않음에도 반대는커녕 순순히 따르는 모습에서 그들의 극심한 두려움과 의심하는 마음을 읽었다. 유상길은 노인의 아내에게 물을 떠오라고 했다.

"할머니, 남편이 여기 우리 손에 있다는 걸 잊으면 안 됩니다. 조용히, 동네 사람들 눈에 띄지 않게 강에 가서 물만 떠오면 됩니다. 엉뚱한 생각, 엉뚱한 상상하지 말라는 말입니다. 엉뚱한 짓만 하지 않으면 우리도 두 분이 다치는 일도, 손해 보는 일도 없도록 충분히 보상해 드리고 조용히 떠날 겁니다. 만에 하나라도 엉뚱한 생각을 하면 남편은 죽고, 이 집은 재로 변할 겁니다."

이런 상황을 바라지는 않았다. 가능한 의심 받지 않고, 불만이 생기지 않는 범위에서 양식과 잠자리를 얻고 싶었다. 충청까지는 앞으로도 갈 길이 멀었다. 사소한 의심이나 마찰도 가능하면 피해야 했다. 오늘 저지른 사소한 실수, 오늘의 작은 마찰이 뒤에 태풍이 되어 닥치는 경우는 허다했다. 하지만 이미 엎질러진 물이었다. 상황이 이렇게 된 이상 겁을 줘서 입을 틀어막는 수밖에 없었다.

안주인이 강에 가서 물을 떠왔다. 고구마를 삶고, 감자를 구웠다. 늙은 안주인은 아궁이에 불을 때면서 눈물을 흘렸다. 연기 때문은 아니었다. 가을 내내 남의 집 일을 거들고 받은 양식이 생면

부지 괴한들의 입으로 들어가는 중이었다. 논밭 한 뙈기 없이, 평생 남의 집 일을 거들며 살아온 부부였다. 올해도 밤낮으로 일한 끝에 겨우 겨울을 날 양식을 장만했다. 아껴 먹으면 그럭저럭 내년 보리타작 때까지 버틸 수 있다고 믿었다. 그런데 생면부지의 괴한들이 목숨 같은 양식을 빼앗아 가고 있었다. 아궁이 앞에 앉은 안주인의 검고 주름 가득한 얼굴에 수심이 가득했다.

배를 채운 배달조는 한결 느긋해진 얼굴로 방과 부엌, 헛간에 자리를 찾아 드러누웠다. 어젯밤을 추위 속에 뜬눈으로 지새운 데다, 종일 굶은 채 걷고, 차가운 강을 건너느라 모두들 무척 지쳐 있었다. 가능한 일찍 잠자리에 들고, 새벽 일찍 일어나 떠날 작정이었다.

'굶주리고 지치면 집중력이 떨어진다. 그런 상태가 계속되면 육체는 균형을 잃고, 정신은 판단력을 잃는다. 그러면 위험해진다.'

집주인이 의심할 것을 예상하면서도 유상길 대장이 민가에 들어와 양식과 잠자리를 구하기로 결정한 이유였다.

"다들 일찍 자도록 하지."

먼저 최윤기와 한문석이 집 앞 뒷담에 기대 불침번을 섰다. 달빛 아래 집을 둘러싼 텅 빈 논밭이 훤했다. 비록 헛간과 부엌이라고 하나 찬바람을 피할 수 있고, 배가 부르니 금세 잠이 스르르 몰려왔다.

도쿄 배달조들이 막 잠이 들 무렵, 수많은 달그림자들이 논밭 사이에 덩그렇게 서 있는 초가집으로 조심스럽게 다가오고 있었다. 일본 경찰과 군인들이었다. 군경이 300보쯤 안으로 들어왔을 때 최윤기가 그들을 발견했다.

"경찰입니다!"

최윤기가 유상길 대장과 서우진, 오자키가 자고 있는 헛간으로 달려가 낮은 소리로 외쳤다. 그리고 곧장 부엌으로 달려가 김지언을 깨웠다. 헛간과 부엌에서 뛰어나온 대원들이 담 아래 웅크리고 앉아 집 밖을 살폈다. 훤한 달빛 아래 무장한 경찰과 군인들이 초가집으로 천천히 다가오는 중이었다.

"쉿! 놈들은 아직 우리가 눈치챘다는 걸 모른다."

유상길 대장은 이 상황을 어떻게 받아들여야 할지 생각을 금방 정리할 수 없었다.

'놈들이 어떻게 알았을까? 아니다. 우리 정체를 파악했다고 단정할 수는 없다. 다만 수상한 무리가 있다는 신고를 받았을 가능성이 높다.'

그때 방문이 열리면서 안주인 여자가 밖으로 나왔다. 갑자기 밖이 소란해져 이 자들이 또 무슨 짓을 벌이는지 걱정이 됐던 것이다. 남편은 '자칫 우리가 다칠 수 있으니 그냥 모른 척, 놈들이 떠날 때까지 내버려 두자'며 이불을 뒤집어썼다. 안주인은 그럴 수 없었다. 괴한들이 양식을 다 긁어 가면 죽기는 마찬가지라고 생각했다.

방문을 열고 나와 툇마루에 선 안주인은 흙담 너머 텅빈 논밭을 가로질러 이쪽으로 다가오는 군경들을 보았다.

'저 사람들은 또 뭐지? 이게 대체 무슨 일이람….'

바로 그때 부산에서 합류한 한문석이 달려가 안주인의 입을 한손으로 틀어막으며 툇마루에서 끌어내렸다. 한문석은 한손으로 안주인의 입을 틀어막고, 또 한손으로 안주인의 목덜미를 우악스럽게 붙잡고 담 밑으로 끌고 왔다. 그 소란에 방에 있던 노인이 맨발로 뛰어나와 배달조 앞에 엎드려 빌었다.

"살려주십시오. 살려주십시오. 양식 다 가져가시고, 제발 살려주십시오."

그때까지도 남자 주인은 집을 포위하고 다가오는 일본 군경을 보지 못했다.

"이 여편네가 밀고한 게 틀림없어!"

한문석의 억센 손에 목덜미를 붙잡힌 안주인이 안간힘을 다해 고개를 저었다. 그리고 자신은 신고하지 않았다고 틀어 막힌 입으로 웅얼거렸다.

"한 동지 놔 주시오. 이 할머니가 밀고 한 것이 아니오."

유상길 대장이었다.

"그럼 놈들이 어떻게 알고 저렇게 몰려왔단 말입니까?"

"저 병력을 보시오. 경찰에 군인까지 섞인 대부대요. 할머니가 물 뜨러 가는 길에 밀고해서 갑자기 출동했다고 보기에는 병력이 너무 많소. 어디서부터인지는 모르겠지만 진작부터 우리를 추적해 왔던 게 틀림없소."

일본 군경은 얼핏 보아야 50, 60명은 될 것 같았다. 이쪽의 무기는 소총 두 자루와 권총 네 자루가 고작이었다. 그나마 소총은 구식이었고, 권총 실탄은 한 사람당 탄창 두 개씩에 불과했다. 달빛 아래 드러난 일본군은 소총뿐만 아니라 기관총까지 갖추고 있었다. 상대가 되지 않는 싸움이었다.

유상길 대장은 곧바로 퇴각을 명령했다.

"신속하게 철수한다. 조용히 집 뒤쪽 담을 넘어서 강으로 최대한 빨리 이동한다. 놈들에게 들키지 않고 강을 건널 수만 있다면 따돌릴 수 있다. 자, 이동!"

"에이씨."

유상길 대장이 이동 명령을 내리자 한문석이 안주인의 목덜미를 잡고 있던 손을 풀면서 그녀의 배를 발로 찼다. 한문석의 발길질에 안주인은 마당 한쪽에 세워둔 돌절구에 골반을 처박으며 쓰러졌다. 마당에 쓰러진 안주인이 단말마 같은 비명을 질렀다. 쓰러졌던 안주인은 일어서려다가 다시 고꾸라졌다. 한문석이 안주인을 발로 찬 것은 커다란 실수였다. 안주인의 비명 소리가 나고, 얼마 지나지 않아 일본 군경이 일제 사격을 시작했다.

'비명 소리가 났다고 곧바로 총을 쏘아댄다? 저들이 우리 정체를 파악하고 있다는 말이 아닌가? 대규모 추격이 시작된 걸로 볼 때, 홍기삼이 체포됐고, 고문을 이기지 못해 실토한 모양이다. 하지만, 홍기삼이 아는 것은 우리가 연락선을 타고 부산으로 들어갔다는 사실뿐이다. 부산에서 열차를 타지 않고, 도보로 이동한다는 사실을 저들이 어떻게 알았을까? 부산에서 충청으로 보낸 암호 전보가 발각된 것일까?'

유상길은 자신이 살아서 충청으로 돌아간다면, 반드시 그 연유를 파악해보겠다고 생각했다.

배달조는 뒷담을 넘어 강 쪽으로 달아났다. 배달조는 달아나면서 산발적으로 권총을 쏘았고, 일본 군경은 쫓으면서 쏘았다. 배달조의 총 소리는 따콩! 따콩! 산발적이었지만, 일본 군경은 땅땅땅땅땅 연속 사격을 했다. 이윽고 잠시 시간이 지나자 일본군경의 기관총이 '트트트트트트트' 불을 뿜었다. 기관총 소리에 배달조는 대응 사격을 포기하고 전속력으로 논밭을 가로질러 강을 향해 달렸다.

"강으로!! 강을 건너야 한다!!"

유상길 대장이 달리면서 대원들을 향해 소리쳤다.

'트트트트트트트' 기관총 소리가 밤 허공을 갈가리 찢어발겼다.

초가집 뒷담을 넘을 때까지는 배달조 모두 살아 있었다. 서우진, 김지언, 최윤기는 나란히 횡으로 늘어서서 달렸다.

무지막지하게 터지는 기관총과 소총소리에 고요했던 밤이 유리조각처럼 부서져 사방으로 날렸다. 강둑을 얼마 남겨두지 않았을 때 최윤기가 얼굴을 논바닥에 그대로 처박으며 엎어졌다. 그는 비명조차 지르지 못했다. 최윤기가 총에 맞아 엎어지는 모습을 옆에서 함께 달리던 서우진과 김지언이 두 눈으로 보았다.

최윤기의 고향은 경상남도 합천이었다. 고향을 떠난 뒤 중국과 러시아를 거쳐 일본까지 먼 길을 돌아온 그는 생을 시작한 땅에서 생을 마감했다. 일본 군경의 콩 볶는 듯한 기관총 소리 속에 서우진은 김지언의 손을 잡고 강을 건너며 울었다.

'최윤기 선배가 죽었다.'

사람 좋은 최윤기 선배, 수많은 작전에 함께 참여했던 사람, 충칭의 양쯔강 기슭에 비스듬히 누워 강물 위로 번지는 저녁노을을 바라보며 '나는 고향에서 죽을 기다'고 말하던 사람이었다.

"그게 마음대로 됩니까?"

나라를 잃고, 정처 없이 떠도는 처지에 죽을 자리인들 마음대로 택할 수는 없었다. 서우진만 그렇게 생각하는 것은 아니었다. 충칭 임시정부 사람들 누구나 그랬다. 상해를 떠난 임정이 항저우, 전장, 창사, 광저우, 류저우, 치장을 돌아 마침내 충칭에 도착했을 때까지 남아 있던 사람들은 오래된 동지들이었다. 숫자는 많지 않았지만 결사를 맹세한 동지들이었다. 그런 만큼 어떤 경로를 통해서든 일본 경찰의 수배 명단이나 감시 명단에 포함돼 있을 가능성이 높았다.

"독립이 못 되면 나는 죽어서도 갈 곳이 없다. 그러니 내 죽기 전에 무슨 일이 있어도 대한독립을 이뤄야 한데이."

"그래야지요."

"우리 부모님, 할아버지 할머니가 다 거기, 고향에 누워 계신다."

늦게 본 자식 자랑을 하며 온 세상을 다 얻은 듯 벙글벙글 웃던 사람, 장난치기 좋아하고, 덤벙거리는 편인 최윤기 선배가 그런 이야기를 할 때는 한없이 쓸쓸해 보였다. 그의 소원 중 하나는 이루어지지 않았지만 하나는 이루어졌다. 대한독립은 아직 이루어지지 못했지만, 그는 고향에서 죽는 호사를 누린 셈이다.

배달조가 강을 건너고 시간이 얼마쯤 지나자 일본군경의 총소리가 멎었다. 경찰과 군인들은 마른들에 불을 질렀다. 논밭에 흩어져 있던 마른 고춧대와 짚단이 타올랐고, 들이 대낮처럼 밝았다.

불길 속에서 총소리가 간헐적으로 터졌다. 집 주인 노인은 괴한의 발길질에 차여 절구 옆에 쓰러진 아내를 돌볼 여력이 없었다. 집으로 날아드는 불꽃을 빗자루로 쓸어 끄기 바빴다. 동네 개들 짖는 소리가 요란했다.

배달조는 강을 건너 상류로 10분쯤 이동한 후 다시 강을 건너 마을 쪽으로 돌아왔다. 강을 건너 북쪽으로 도망친 것으로 아는 일본 군경의 추격을 따돌리기 위한 속임수였다.

다행히 상류 쪽도 물은 깊지 않았다. 강을 건너 다시 마을 쪽으로 왔지만 도착한 곳이 깎아지른 낭떠러지라 땅으로 올라갈 만한 곳이 없었다. 배달조는 강물을 거슬러 상류로 조금 더 올라간 다음 기어오를 만한 곳을 찾아냈다.

강물에서 나와 산으로 올라가는 언덕은 가팔랐다. 길은 없었고, 배달조는 땅 위로 드러난 나무뿌리를 밟고, 가지를 잡아당기며 기어올랐다.

야트막한 산등성이에 올라서자, 저 아래로 강을 건너는 일본 군경의 불빛이 강물에 비쳐 요란하게 일렁거렸다. 배달조가 다시 강을 건너 이쪽 편으로 되돌아온 사실을 눈치 채지 못한 모양이었다.

일본 군경의 공격에서 살아남은 사람은 유상길 대장과 김지언, 서우진, 오자키, 부산에서 만난 임정 대원 엄대철이었다. 서우진은 최윤기 선배가 눈앞에서 쓰러지는 것을 보았지만, 부산에서 합류한 한문석이 쓰러지는 것을 보지 못했다. 최윤기가 쓰러진 후 김지언의 손을 잡고 정신없이 강을 건너느라 다른 대원들의 생사를 확인할 겨를이 없었다.

"한문석 동지는 어떻게 됐습니까?"

서우진이 거친 숨을 몰아쉬며 물었다.

"강둑까지는 함께 달렸는데, 강둑에서 쫓아오는 놈들을 향해 총을 쏘다가…."

부산 대원 엄대철은 말을 잇지 못했다.

'한문석이 도망치지 않고 일본군경을 향해 총을 쏘며 대응했구나. 그래서 놈들이 쉽게 따라붙지 못했구나….'

배달조가 강을 건너는 동안에도 일본군경이 강둑을 넘어오지 않는 것이 이상했다. 일본군경과 배달조의 거리가 그다지 멀지 않앉는데도, 배달조가 강을 건너갔다가 다시 이쪽으로 강을 건널 무렵이 되어서야 놈들이 강을 건너기 시작한 까닭을 짐작할 수 있었다. 한문석의 응사 덕분에 나머지 대원들이 살아남았다고 생각하니 고맙고 미안했다. 부산에서 합천까지 함께 오는 동안, 그가 왠지 얼굴이 어둡고 불만이 많은 사람 같아서 몇 마디 말도 주고받지 않았던 게 후회스러웠다.

'집에서 식구들이 기다리고 있을 텐데….'

부산을 떠난 뒤로 한문석이 엄대철에게 여러 번, 넋두리처럼 했던 말이다. 엄대철은 자신이 살아서 부산에 돌아간다면, 한문석의 가족에게 무슨 말을 해야 할지 몰라 막막했고, 젊은 아내와 어린 자식을 두고 돌아오지 못할 먼 길을 떠나야 하는 한문석의 운명이 슬펐다. 유난히 가족에 대한 정이 깊었던 그가 슬프고 외로운 저승길을 홀로 걸어갈 것을 생각하니 질식할 것만 같았다.

부산을 떠난 뒤로 한문석은 자주 한숨을 쉬었다.

"집사람한테 한 며칠 집에 들어가지 못한다는 말도 못했습니다. 마음이 여린 사람인데, 지금쯤 내 걱정을 하느라 미칠 지경일 건데…, 아이는 좀 어떤지…."

가족들에게 작별 인사라도 하도록 집에 갔다가 올 시간을 주었어야 했다. 하지만 충청에서 도쿄배달조를 호송하라는 예기치 못한 임무가 떨어졌고 갑작스럽게 출발하는 바람에 그러지 못했다. 한문석은 차마 저승길을 떠나지 못하고 돌아보고, 돌아보고 또 돌아보며 떠나기를 주저할 것이다.

엄대철의 두 눈에 눈물이 그렁그렁했다. 어두워서 그 눈물이 다른 사람들한테 보이지도 않는데, 그는 고개를 젖혀 검은 하늘을 보았다.

배달조가 올라와 있는 산등성 아래로 옹기종기 모여 앉은 동네 집들의 지붕이 나지막했다. 멀리, 배달조가 떠나온 노인 부부의 외딴집 주변에서는 여전히 불길이 치솟고 있었다. 일본 군경은 논 여기저기 쌓아놓은 볏가리에도 불을 질렀다. 농부들의 한 해 벼농사가 재로 변하는 중이었다.

산등성에서 내려다보니 일본 군경의 반쯤은 강을 건너 북쪽으로 이동하고 있었고, 반쯤은 강 이쪽에서 남아 수색 중이었다. 노인의 집 주위에서도 군경의 손전등 불빛이 바쁘게 흔들렸다. 일본 군경이 데리고 온 개들과 마을 개들이 떼창이라도 하듯 어지럽게 짖어댔다.

"이제 어디로 갑니까?"

"일단 산등성을 타고 최대한 마을에서 멀어진다. 놈들은 우리가 강을 건너 북쪽으로 달아난 줄 알고 있을 테니 조금은 여유가 있을 것이다."

잠시 숨을 고른 배달조는 산등성을 따라 남쪽으로 방향을 잡았다. 충청으로 가자면 북쪽으로 가야 했지만 군경의 추적을 따돌리기 위해서 남쪽으로 얼마간 이동할 생각이었다.

사랑하는 우진씨에게

보름달이 떠 있었지만 산속은 어두웠다. 나무 숲 사이로 달빛이 끊어졌다가 이어지기를 거듭했다. 유상길 대장이 앞서고 오자키, 김지언, 서우진, 부산에서 합류한 엄대철이 맨 뒤에서 따랐다. 마을 개들이 짖는 소리가 점점 멀어졌다. 숲속은 어둡고 길이 없어 걷기가 몹시 힘들었지만 유상길 대장은 걸음을 늦추지 않았다. 그가 어둠 속에서도 거의 뛰듯이 산길을 헤치며 나아가자 대원들도 잰걸음을 옮겼다.

서둘러 걷느라 돌을 차기도 했고, 가시덩굴에 발목이 걸려 생채기도 났다. 땅 밖으로 나와 있는 나무뿌리에 걸려 넘어지기도 했다. 그렇게 한 시간 가까이 뛰듯이 걸었다. 어두운 나무숲 저 앞쪽으로 달빛을 받아 개활지가 훤하게 드러나 있었다. 유상길 대장은 개활지를 향해 거침없이 나아갔다. 맨 앞에서 달리는 유상길 대장이 나무숲을 벗어나 달빛에 훤하게 드러난 개활지에 들어서려는 순간, 뒤따르던 김지언이 외마디 비명과 함께 앞으로 고꾸라졌다. 발을 헛디딘 모양이었다. 바로 뒤에서 김지언을 따라오던 서우진이 김지언의 어깨를 안아 일으키려 했다.

"아아! 그만!!"

김지언이 외마디 비명을 질렀다. 그 소리가 예상 외로 커서 서우진은 깜짝 놀랐다.

"왜 그래요?"

"발목이 너무 아파요."

"삔 거 같소?"

"아니요, 아니요. 삔 게 아닌 거 같아요."

김지언이 고개를 저었다. 이미 개활지로 나갔던 유상길과 오자키가 돌아와 주저앉아 있는 김지언 앞에 섰다. 맨 뒤에 처져서 따라오던 엄대철이 땀을 뻘뻘 흘리며 다가와 걱정스러운 눈으로 김지언을 내려다보았다.

"한번 일어서 보시오."

유상길의 말에 김지언은 몸을 일으키려다가 외마디 비명과 함께 주저앉았다. 유상길이 그녀 앞에 쪼그리고 앉아 발을 살폈다. 왼발이 옆으로 완전히 돌아가 있었다. 발목이 부러진 것 같았다. 서우진이 김지언을 안아 들어 달빛이 환하게 들어오는 나무줄기에 기대도록 앉혔다. 그리고 조심스럽게 양말을 벗겼다.

김지언은 터져나오는 비명을 참느라 얼굴을 일그러뜨렸다. 발목이 기역자로 꺾여 돌아가 있었고, 피도 조금 흐르고 있었다. 유상길이 김지언의 꺾인 발을 내려다보았다.

'이 정도로 발이 돌아갔다면 발목이 완전히 부러진 것이다.'

서우진이 난처한 표정으로 유상길을 올려다보았다. 유상길은 서우진의 시선을 마주보는 대신 바위와 돌이 널린 개활지 너머를 보았다. 배달조가 가야 할 방향이었다. 개활지 위쪽에 크지는 않지만 깎아지른 듯한 바위 폭포가 흐르고 있었다. 수량이 많지 않아 폭포는 쏟아진다기보다는 졸졸졸 흐르는 정도였다.

"발에 부목을 대고 조금 쉬는 게 좋겠습니다."

서우진이 제안했지만 유상길 대장은 대꾸하지 않았다. 그의 시선은 여전히 먼 데를 향하고 있었다. 서우진은 주변의 굵은 나뭇가지를 꺾어 부목을 만들 작정이었다.

'엉성하더라도 부목을 처매면 한결 나을 것이다.'

서우진이 나뭇가지를 몇 개 꺾었지만 김지언의 발에 대고 묶을 수가 없었다. 김지언이 고개를 절레절레 흔들며 완강히 거부했다. 통증이 너무 심했다.

"너무 아파요. 지금은 안 되겠어요. 그냥 이대로, 조금만 더 있어봐요. 지금은 도저히 안 되겠어요."

유상길은 말이 없었다. 바로 그때 산 아래쪽에서 오토바이 소리가 났다.

"웬 오토바이 소리지?"

"저 아래로 길이 나 있습니다."

엄대철이 손으로 개활지 아래쪽을 가리켰다. 산자락 아래로 달빛을 받아 허옇고 구불구불한 흙길이 시야에 들어왔다. 오토바이 소리는 배달조가 떠나온 마을 쪽에서 점점 이쪽으로 다가오는 중이었다. 이윽고 라이트를 환하게 밝힌 삼륜 사이드카 오토바이 두 대가 흙길을 따라 남쪽으로 빠르게 달려갔다. 초계 쪽으로 이어지는 길로 배달조가 가고 있는 방향이었다. 산자락 아래 길에서는 이쪽이 보일 리도 없었지만, 배달조는 급히 나무 그늘 아래에 몸을 숨겼다. 그리고 잠시 기다렸다.

더 많은 병력이 지나갈 것이라고 생각했지만 더 이상 오토바이 소리도, 병력이 움직이는 낌새도 없었다. 유상길 대장이 혼잣말처럼 중얼거렸다.

"군경 지휘부가 본부로 돌아가는 모양이군. 나머지 병력은 강 건너편에서 우리를 찾고 있을 테지…."

"우리가 이쪽으로 이동한 걸 눈치 채지 못했나 봅니다. 잠시 쉴 만한 곳을 찾아보는 것이 어떻겠습니까?"

서우진이었다.

"지체할 시간 없어. 길도 없는 산을 타느라 시간이 많이 소요되어서 그렇지, 마을에서 그다지 멀리 온 것도 아닐 거야. 바로 이동한다. 놈들이 우리를 놓친 걸 알아차리고 이쪽으로 방향을 돌려 개들을 풀어놓으면 발각되는 건 금방이야."

"하지만 지금 상태로는 김지언 동지가 움직일 수 없습니다. 조금 쉬면서 어쨌든 부목이라도 단단히 댄 다음에야 어떤 방도가 있지 않겠습니까?"

유상길 대장은 말이 없었다. 그의 시선은 개활지 아래, 달빛을 받아 허옇게 드러난 흙길에 고정돼 있었다. 여전히 일본 군경의 이동 움직임은 없었다.

서우진은 김지언 옆에 무릎을 꿇고 앉아 그녀의 다리를 살폈다. 김지언은 고통을 견디기 힘든 듯 얼굴을 찌푸리고 눈을 감은 채 말이 없었다.

"많이 아프지요. 그래도 부목을 대야 해요. 힘들지만 좀 참아 보겠어요? 부목을 처매는 순간은 견딜 수 없이 아프겠지만, 일단 꽉 묶고 나면 지금보다는 나을 거예요."

김지언은 대답하지 않았다. 너무 아파서 아프다는 말조차 할 수 없을 지경이었다.

"꾸물거릴 시간 없다! 자, 출발!!"

우두커니 서서 산자락 아래 길을 물끄러미 바라보던 유상길이 대원들 쪽으로 돌아서며 소리쳤다. 서우진은 김지언 옆에 꿇어 앉은 채 고개를 들어 유상길을 쳐다보았다.

"이 상태로 어떻게 이동합니까? 다리가 부러진 것 같은데…."

"내 말이 의논하자는 말로 들렸나?"

서우진은 대꾸하지 않았다.

"모두 출발!!"

유상길은 단호했다.

지금까지 모습으로 볼 때 유상길은 다른 사람의 말을 들을 사람이 아니었다. 어쩔 수 없었다. 서우진은 김지언의 두 팔을 들어 자신의 어깨에 얹더니 그녀를 업고 일어섰다. 김지언은 터져 나오는 비명을 눌러 참으며 서우진의 목을 둘러 안은 팔에 잔뜩 힘을 주었다. 아파서 견딜 수 없었다. 힘을 잔뜩 준 김지언의 두 팔에서 전해오는 경련은 어떤 비명소리보다 서우진의 가슴을 아프게 찔렀다.

유상길 대장이 앞서고 오자키와 엄대철이 뒤를 따랐다. 김지언을 업은 서우진이 맨 뒤에서 따랐다. 서우진이 스무 걸음도 채 걷기 전에 맨 앞에서 걷던 유상길 대장이 걸음을 멈추고 돌아섰다.

"서 동지! 김 동지 내려놓아!"

"예에?"

서우진은 유상길의 말을 이해하지 못했다. 돌아선 유상길 대장은 오자키와 엄대철을 지나쳐 김지언을 업고 맨 뒤에서 따라오는 서우진 앞으로 다가왔다. 그리고 검지로 땅바닥을 가리켰다.

"여기, 내려놓으라고!"

낮았지만 단호한 목소리였다.

유상길의 눈은 흔들림 없이 평온했다.

"무슨 말씀인지….”

"김 동지를 두고 떠난다.”

"두고 떠나다니요?”

"말 그대로다. 김 동지를 여기 두고, 우리만 먼저 간다.”

김지언은 서우진의 등에 업힌 채 눈을 감고 말이 없었다. 유상길 대장의 말이나 결정에 이의를 제기하는 것은 말할 것도 없고, 다른 어떤 생각도 할 수 없을 만큼 그녀는 지금 고통스러웠다. 어떤 소리를 듣더라도, 어떤 일을 당하더라도 지금 겪는 고통에 비하면 낫겠다는 생각이 들 정도였다.

"말도 안 됩니다. 같이 가야 합니다!”

서우진이 마치 소리를 지르듯이 대꾸했다.

"우리 임무는 오자키 선생을 충칭까지 안전하게, 최대한 신속하게 데려가는 것이다. 여기에 다른 고려 사항이 끼어들 여지는 없다!”

"그럴 수 없습니다. 김 동지를 여기 두면 경찰들에게 체포되거나 밤에 산짐승들 공격을 받을 수도 있습니다. 날이 싸늘하니 저체온이 올 수도 있고요. 같이 가야 합니다.”

"오자키 선생을 무사히 데려가느냐, 데려가지 못하느냐에 충칭 임정의 운명이 달려 있다. 한 사람 때문에 작전을 망치고, 아비지옥에 빠진 조선 민족을 저버릴 수는 없다. 이성적으로, 합리적으로 생각해라!”

"같이 갈 수 있습니다. 도와달라고 하지 않겠습니다. 제가 업고 가겠습니다."

"사람을 업고 얼마나 갈 수 있다고 생각하나?"

"천리든 만리든 갑니다. 제가 업고 갑니다!"

"서우진! 정신 차려! 우리가 무엇 때문에 이 고생을 하고 있는지 잊었나? 다른 동지들이 왜 죽었나? 그들의 희생을 헛되게 할 작정이냐?"

"알고 있습니다! 하지만 김 동지는 우리와 함께 임무를 수행 중인 동지입니다. 함께 돌아가야 임무를 온전하게 수행하는 것입니다! 충분히 구할 수 있는 동지를 저버리는 것은 임무수행도, 도리도 아닙니다."

"김 동지의 주 임무는 오자키 선생을 설득할 때까지였다. 더 이상 김 동지가 꼭 수행해야 할 임무는 없다. 김 동지의 임무는 이미 완료됐다. 서 동지는 본인 임무에 충실하면 된다. 딴소리하지 마라."

서우진이 이글이글 타는 눈으로 유상길 대장을 노려보며 차갑게 내질렀다.

"김 동지의 임무가 오자키를 꾀어내는 미인계였습니까? 리하르트 조르게가 체포되고, 오자키마저 체포될 상황이라 미인계 따위를 쓸 필요도, 쓸 여유도 없어서 안 쓴 겁니까? 오자키를 확보했으니 이제 김지언 동지는 버려도 그만이다, 이 말입니까? 그것이 목숨을 걸고 함께 임무를 수행하는 동지에게 할 대접입니까? 유 대장님의 신의와 동지애는 그런 겁니까?"

"쓸데없는 감상 주절거리지 마라! 김 동지를 버리자는 말이 아니다. 우리에게 주어진 임무에 충실하자는 것이다. 김 동지는 김 동지의 임무가 있고, 서 동지는 전투원으로서 임무에 충실하면 된다. 딴 생각할 필요 없다. 상황이 복잡하고 위급할 때는 매사를 기계적으로 생각하고, 기계적으로 접근해야 한다."

"충칭 임정이 충정을 요구하면서, 대원들에게 하는 대접은 그처럼 기계적인 겁니까? 김지언 동지나 내가, 우리가 모두, 언제든 버려도 되는 소모품입니까?"

"서 동지에게는 수행해야 할 임무가 있다! 딴소리 말고 내려놔!"

"김 동지와 함께 가지 않으면 나도 가지 않겠습니다!"

"그걸 말이라고 하나! 전투원으로서 네놈 임무는 끝나지 않았다. 앞으로 어떤 상황이 닥칠지 모른다. 업고 가느라 네놈의 체력이 바닥나거나, 다치거나, 판단력이 떨어지면 작전에 막대한 차질이 생긴다. 이동 속도가 늦으면 늦을수록, 그만큼 위험은 커진다. 지금은 사사로운 정에 얽매일 때가 아니다!"

"사사로운 정? 동지를 구하겠다는 것이 사사로운 정입니까? 지금까지 작전에 함께 참여했던 수많은 동지들이 죽거나 체포됐어도 유 대장은 죽지도 다치지도 체포되지도 않은 것이 오늘처럼 위기 때마다 동지들을 저버린 덕분입니까? 위험에 빠진 동지를 버리고 혼자만 도망친 덕분에 불사신이 된 겁니까? 이번에도 동지들을 다 죽이고 혼자 살아남아서 불사신임을 입증할 생각입니까?"

"입 닥쳐!!! 지금은 전시나 마찬가지다. 명령 불복종은 즉결 처형이다!"

"그럼 날 쏘시오! 내 목숨보다 귀한 사람이요. 나 혼자서 돌아갈 생각은 털끝만큼도 없소. 이 사람과 함께가 아니면 나도 가지 않을 것이오. 당신들끼리 가시오. 일본놈들한테 잡히든, 산에서 굶어 죽든, 얼어죽든 우리 둘이 알아서 할 테니까, 당신들은 가시오! 가서 그 잘난 임무 당신네들끼리 열심히 수행하시오! 나는 임무보다 이 사람이 천배 만배 더 중하오."

"이 미친놈이! 대체 네놈 대가리에 뭐가 들었단 말이냐? 일의 경중도 구분하지 못하는 놈은 임정 대원 자격도, 한민족에 대한 충성심도 없는 놈이다!"

"임정 대원 자격? 충성심? 저 혼자 살겠다고 부상당한 동지를 버리는 것이 임정 대원 자격이고, 충성심이오? 그 따위 충성심 개나 갖다 주시오! 나는 그런 충성심 없소! 당신네들이나 가서 그 충성심 유감없이 발휘하시오!"

유상길 대장이 서우진이 허리춤에 차고 있는 권총을 화락 뽑아 그의 이마를 겨눴다. 김지언을 업고 있던 서우진은 손 쓸 틈조차 없이 권총을 빼앗기고 말았다.

"이 자식이 터진 입이라고 함부로 놀려?"

"그래, 쏘시오! 차라리 우리 두 사람을 쏘아 죽이고, 당신네들은 임무를 수행하시오."

서우진은 유상길이 든 총구에 자신의 이마를 들이밀었다. 김지언을 혼자 두고 떠날 바에는 같이 죽는 편을 택하고 싶었다. 다친 김지언을 이 산속에 혼자 내버려두고 떠날 수는 없었다. 일본 경찰에 잡히지 않는다고 해도 혼자 남는다면 며칠 안에 사고를 당할 것이 불 보듯 뻔했다. 게다가 이처럼 밤 기온이 차가운 날이라면 하룻밤도 버텨내기 어려울 수도 있었다.

"이 새끼가!!"

유상길이 총구로 서우진의 이마를 세게 밀었다. 깜짝 놀란 엄대철이 두 사람 사이에 끼어들었다.

"자자, 유 대장님, 서 동지 좀 진정하십시오. 지금 이러고 싸울 때가 아니지 않습니까? 제발 진정, 진정들 하십시다."

나이 지긋한 엄대철이 뜯어말리자 유상길은 서우진의 이마에 대고 있던 권총을 거두며 물러섰다. 하지만 화를 참을 수 없다는 듯 두 팔을 들어 흔들다가, 권총을 쥔 손으로 자기 머리를 팍팍팍 때렸다. 서우진은 유상길이 방심한 틈에 그를 제압할 수 있겠다는 생각을 했다. 하지만 김지언을 갑자기 내려놓자니 다친 다리에 더 탈이 날까 걱정이었다. 무엇보다 일단 무력을 쓰게 되면 그를 죽이지 않고는 이 상황을 해결할 수 없을 것이다. 유상길을 죽일 경우 오자키 배달 작전도, 김지언과 함께 충칭으로 돌아가겠다는 바람도 모두 물거품이 될 것은 불 보듯 뻔했다.

"자자, 서 동지 이렇게 서 있지 말고, 우선 김 동지를 내려놓고 좀 앉읍시다. 앉아서 차근차근 생각을 좀 정리합시다."

처음 봤을 때 엄대철은 마흔 중반쯤 되어 보였다. 그러나 한 며칠 함께 지내면서 그의 나이가 겉보기보다 많을 수 있다는 느낌이 들었다. 언행으로 볼 때 족히 쉰은 넘었을 것이라고 서우진은 짐작했다.

엄대철의 권유에 서우진은 김지언을 땅바닥에 조심스럽게 앉히고, 자신도 옆에 앉았다. 엄대철이 서우진 앞에 엉덩이를 깔고 앉아 조곤조곤 이야기를 꺼냈다.

유상길은 돌아서서 훤한 달빛에 구름이 유유자적 흐르는 밤하늘을 바라보았다. 하나의 시간, 하나의 세상임에도 하늘과 땅은 지금 너무나 달랐다. 하늘은 유유자적 고요했고, 땅은 숨 가쁘고 거칠었다. 하늘은 다툼도 고민도 어떤 욕심도 없는 것 같았다. 하루도 빠짐없이 아귀다툼이 벌어지는 이 땅에 서 있는 자신이 측은하다는 생각도 들었다.

유상길은 스무 살이 되던 해 독립군에 들어왔다. 숲속을 뛰어다니며 총을 쏘아댄다고 독립을 쟁취할 수 있을까, 하는 의구심은 무장 항쟁에 처음 뛰어들었을 때나 많은 세월이 지난 지금이나 마찬가지였다.

함께 작전에 참여했던 수많은 동지들이 목숨을 바쳤다. 앞으로 또 얼마나 많은 동지들이 목숨을 바쳐야 할지 몰랐다. 어쩌면 한국광복군 아니 조선민족이 한 사람도 빠짐없이 모두 죽어야 할지도 몰랐다. 조선민족 모두가 목숨을 바친다고 하더라도 독립을 이룰 수 있다는 보장도 없었다. 그의 무력투쟁은 대한독립을 쟁취할 수 있다는 확신에서가 아니라, 독립을 갈구하는 염원에서 비롯되는 것이었다. 엎드려 빌고 또 비는 자신의 탄원을 어떤 절대자가 들어줄지, 들어주지 않을지 알 수 없었다. 그럼에도 빌고 또 빌 뿐, 달리 도리가 없었다. 엎드려 비는 일 외에 자신이 할 수 있는 일이 없다고 생각했다. 유상길에게 총을 들고 산과 들을 뛰어다니고, 적진에 침투해 펼치는 모든 작전은 누구인지, 어떻게 생겼는지도, 어디에 존재하는지도 모르는 절대자에게 빌고 또 비는 기도에 다름 아니었다.

서우진 옆에 나란히 앉은 엄대철이 낮은 목소리로 이야기를 이어갔다.

"서 동지, 나는 아들을 잃었소. 살아 있으면 지금 스무 살이 넘었소. 사랑하는 사람과 작별하는 것은 참으로 슬프고 고통스러운 일이오. 하지만 말이오. 붙잡고 싶다고 붙잡을 수 있는 것은 아닌 것 같소. 붙잡으려는 마음이 오히려 화근이 되어 결코 놓쳐서는 아니 될 인연을 놓치게 되는 경우도 있소. 지금 길게 이야기할 형편은 아니지만 내가 그랬소. 아들을 지키려던 마음이 화근이 되어 오히려 아들을 잃었소. 지금도 그때를 생각하면 피눈물이 흐르오. 땅을 치고 후회도 하지만 다 부질없는 일이오."

"무슨 말씀을 하시고 싶은 겁니까?"

"김 동지와 우리가 함께 이동하면 모두 잡힐 것이오. 이것은 작전 성공만을 생각하자는 말이 아니고, 김 동지를 두고 떠나자는 말도 아니오. 우리 모두가 사는 길을 찾자는 얘기요. 우리가 어떻게 판단하느냐에 따라 김 동지도 살고, 우리 모두 살고, 임무도 수행할 수 있소."

"어떤 방도가 있다는 겁니까?"

"김 동지를 어디 좀 안전한 곳에 숨겨두고, 우리가 신속하게 움직이면 이십일 쯤 후에는 여기로 돌아올 수 있소. 물론 우리가 살아서 충칭까지 간다는 전제 아래 하는 말이오. 그때까지 김 동지가 버티면 우리 모두 살 수 있소. 마침 가진 식량이 꽤 있으니 모두 김 동지에게 남겨주고, 근처 어디 사람들 눈에 띄지 않을 곳에 김 동지를 숨겨두고 우리만 신속하게 충칭에 다녀오는 것이 낫지 않겠소? 가당찮게 들릴 수도 있지만, 나이든 사람의 통탄스러운 경험에서 나온 말이라고 생각해주시오."

서우진은 엄대철의 말이 틀렸다고 생각하지는 않았다. 하지만 그 말을 따를 수는 없었다. 그는 자신이 대한독립을 위해 살아간다고 생각하지는 않았다. 충칭 임정에서 최정예요원 평가를 받고 있고, 임정이 부여한 임무를 목숨 걸고 수행해왔다. 누구보다 대한독립을 소망하는 것도 사실이다. 독립을 위해 최선을 다해 작전에 임했다. 임무 수행 중에 죽을 위기에 직면한 적도 있었다. 그럼에도 작전 참가를 피하지 않았다. 하지만 그것은 어디까지나 자신이 살고, 김지언이 살고, 사랑하는 사람들이 모두 함께 살기 위해서였다. 자신이 죽고, 김지언과 이별하고, 다정한 사람들을 배신하거나 버림으로써 독립되는 세상을 바라지는 않았다. 김지언과 자신이 함께 살아가기 위해 대한독립이 필요한 것이지, 대한독립을 위해 자신과 김지언을 저버릴 수는 없었다.

"그렇게 해요, 우진씨. 지금 난 한 발자국도 움직일 수 없어요. 얼른 갔다가 다시 와 주세요. 그 편이 나아요. 혼자서도 잘 버틸 수 있어요. 이까짓것 얼마든지 견뎌낼 수 있어요. 작전이 성공해야 우리 모두 살아요. 얼른 갔다가 와요."

소나무에 기대고 앉은 김지언이 옆에 앉아있는 서우진의 어깨를 부드럽게 쓰다듬었다. 그녀는 엄청난 통증에도 밝은 미소를 지었다.

"그럴 수 없소. 여기서 헤어지면 우리는 영이별이오. 같이 움직여도 살아남을까 말까한 판에, 혼자서, 그것도 다리가 부러져 옴짝달싹 못하는 몸으로 어떻게 이십일을 버틴다는 말이오. 게다가내가 이십일만에 다시 오게 될지, 영 못 오게 될지 어떻게 안단 말이오. 여기 남을 거면 같이 남고, 갈 거면 같이 가는 겁니다. 우리

두 사람, 죽어도 같이 죽고, 살아도 같이 삽니다."

서우진은 단호했다.

"가만! 무슨 소리지?"

유상길 대장이 갑자기 자세를 낮추며 일행을 돌아보았다.

"개 짖는 소리 같습니다."

오자키가 중국말로 말했다. 배달조는 숨을 죽이고 소리에 귀를 기울였다. 일분, 이분이 지났지만 더 이상 소리는 들리지 않았다. 잘못 들은 모양이었다. 유상길 대장이 배달조가 걸어왔던 길을 거슬러 걸어갔다. 그리고 후방을 면밀히 살폈다. 검은 숲속으로 달빛이 새어들 뿐이었다. 군경이 추격해오는 낌새는 없었다. 다시 일행들 쪽으로 돌아오는 유상길에게 서우진이 부드럽고 공손한 어투로 청했다.

"유 대장님, 부탁드립니다. 김 동지와 함께 가거나, 아니면 김 동지와 함께 저도 여기 남도록 허락해주십시오."

유상길 역시 한층 누그러진 어투로 답했다.

"서 동지 마음 이해한다. 피 끓는 청춘의 정을 모르는 바도 아니다. 임무완수만 생각하는 내가 인정머리라곤 없는 냉혈한처럼 보일 수도 있다. 하지만 서 동지. 가족이 다정하게 둘러앉아 식사를 하고, 아무 걱정 없이 밤잠을 자고, 연인들이 이별의 불안 없이 눈을 마주 바라보고, 내일을 간절히 염원하지 않아도 오늘처럼 내일 날이 밝아오고, 아침 해를 보며 논밭으로 나가자면 우리가 해야 할 일이 있다. 불행하게도 지금 우리는, 우리 민족은, 비상한 각오와 피눈물 없이 내일을 기약할 수 없다. 내 말이 야박하게 들릴 줄 안다. 그러나 서 동지….."

그때였다.

'웍! 웍! 웍!'

먼 곳에서 나는 소리지만 개 짖는 소리가 분명했다. 이번에는 일행 모두에게 들릴 만큼 확실했다. 이윽고 좀 더 먼 곳에서 희미하게 '왁! 왁! 왁!' 다른 개가 짖는 소리가 잇따라 났다. 앞서 추적하는 개가 위치를 알리고, 뒤 따르는 개가 이를 받아 뒤로 위치를 알리는 것 같았다. 일본 군경 추격대가 방향을 돌려 이쪽으로 오는 모양이었다. 개들 뒤에서 가쁜 숨을 몰아쉬며 달리고 있을 군경들의 모습이 눈앞에 어른거렸다.

"일본 군경이 이쪽으로 오고 있다. 멀지 않다. 출발!"

유상길 대장이 돌아서서 뛰기 시작했다. 오자키가 그 뒤를 따라 달렸다. 자리에서 일어난 엄대철이 그때까지도 김지언 옆에 앉아 있는 서우진의 어깨를 오른손으로 잡고 꾹 한번 누른 다음 오자키 뒤를 따라 뛰어갔다.

"어서 가요."

김지언이 소나무에 기대앉은 채로 서우진의 등을 밀었다.

"혼자서는 안 가요. 같이 가는 거야."

서우진이 김지언을 조심스럽게 업고 일어섰다. 앞선 유상길 대장은 벌써 저만치 멀어지고 있었다. 김지언을 업은 서우진이 엄대철 뒤를 빠르게 쫓아 달렸다. 앞에서 뛰어가던 유상길 대장은 문득 뒤를 돌아보았지만, 이번에는 김지언을 내려놓으라고 말하지 않았다. 대신 그는 달리는 속도를 높였다. 유상길이 더 빨리 달리자 오자키도, 엄대철도 속도를 높였다. 서우진 역시 더 빨리 달렸다.

개 짖는 소리가 또 났다. 더 가까이 온 것 같았다. 개들은 곧 닥쳐올지 모르지만 일본 군경은 어느 정도 거리가 있을 것이다. 서우진은 개들을 쏘아버리면 어느 정도 시간을 벌 수 있을 것이라고 생각했다.

"권총 갖고 있지요?"

서우진이 고개를 반쯤 돌리며 등에 업힌 김지언에게 물었다.

"네."

"꺼내 들어요. 개들이 가까이 오면 쏴 버려요. 일단 개들만 죽여버리면 놈들도 이 밤중에 우리를 쉽게 찾지는 못할 거야."

서우진은 이마에 방울방울 땀이 맺힌 채, 가쁜 숨을 몰아쉬며 달렸다. 하지만 앞서가는 유상길 일행과 거리는 조금씩 멀어졌다. 밤이 깊어가면서 하늘 높이 떠오른 만월이 두 사람을 안쓰럽게 비추고 있었다.

앞선 일행이 점점 멀어지는 것을 바라보며 김지언은 어느 해 (1939년) 이른 봄날을 떠올렸다. 임시정부가 류저우柳州에 머물던 시절이었다. 임정건물에서 그리 멀리 떨어지지 않은 용담공원에서 서우진과 만나기로 한 일요일이었다. 만나서 근처 마안산馬鞍山에 올라갈 것인지, 류저우 시내를 거닐 것인지 결정할 생각이었다.

오전 11시에 만나기로 약속하고, 김지언이 막 임정본부를 나서려는데 행정반장 양정호가 김지언을 불렀다. 중국 각지 대원들에게 급하게 보내야 할 자료를 작성해달라는 말이었다. 지도부가 내려 준 초안 형태의 명령서를 일목요연한 전달 자료로 작성하는데 한 시간 가량 걸렸고, 지도부가 그것을 꽤 시간을 들여 수정한 뒤 다시 전달 자료로 작성하고, 지도부의 최종 승인을 받아 각지 대원들에게 보내고 나니 오후 4시가 훌쩍 지나 있었다.

행정실에서 나왔을 때 밖에는 비가 내리고 있었다. 봄비 치고는 제법 굵은 비였다. 김지언은 약속 시간이 지나고 처음 10분, 20분, 30분 동안은 초조했다. 하지만 약속한 시간에서 1시간을 지나면서 오히려 마음은 편해졌다. 약속을 어기는 일이 없는 자신이 제때 약속 장소에 나가지 못했으니 서우진은 '본부에 급한 일이 생겨서 못나오는구나' 짐작했을 것이다. 김지언은 그가 당연히 본부로 돌아왔을 것이라고 생각했다.

행정실에서 나온 김지언은 2층 남성 대원 내무실로 가서 서우진을 찾았다. 약속을 지키지 못한 것을 사과하고 이유를 설명할 생각이었다. 내무실에 서우진은 없었다. 오전에 밖으로 나가 돌아오지 않았다고 했다. 김지언은 그길로 우산을 꺼내들고 용담공원으로 달려갔다.

이른 봄에 비까지 내려 날씨는 차가웠다. 두 사람이 만나는 용담
공원 벤치에 서우진의 모습은 보이지 않았다. 임시정부가 류저우
에 둥지를 튼 뒤로 두 사람이 매주 휴일마다 만나온 자리였다. 김
지언의 시선이 공원 안을 빠르게 훑었다. 어디로 간 것일까. 공원
안을 훑던 김지언의 시선이 공원의 중앙 광장 한쪽 편에 있는 간이
매점에 멈췄다. 거기, 간이매점의 폭 좁은 처마 아래 서우진이 비
를 피하며 서 있었다. 시간은 어느새 5시를 향해 가는 중이었다.

'대체 이 사람은….'

서우진을 발견한 김지언이 젖어 질퍽거리는 공터를 가로질러
매점을 향해 뛰어갔다. 김지언을 발견한 서우진이 처마 밑에서 달
려나와 김지언을 반겼다. 차가운 봄비 속에 두 사람은 작은 우산
하나를 받쳐 들고 마주 섰다.

"여태까지 대체 뭐에요. 어쩌자고…."

"뭐기는요. 이렇게 지언씨를 기다리는 시간도 기뻐요."

"언제 올 줄 알고, 기다려요…?"

"시간이 지날수록 지언씨가 올 시간이 가까워지잖아요."

"못 나올 수도 있는데, 무작정 기다리면 어떡해요."

"무작정이라니요? 지언씨가 이렇게 내 앞에 서 있잖아요."

"미안해요. 시간 맞춰서 나오려는데, 행정실장님이 찾으셨어
요. 급하게 처리해야 할 일이 있다고…."

"괜찮아요. 짐작하고 있었어요. 이 시간에 마안산에 올라가기는 어렵겠고, 좀 이르지만 저녁 먹으러 가요."

우산 아래, 김지언과 서우진은 팔짱을 끼고 차박차박 공원길을 걸었다.

서우진은 그런 사람이었다. 결코 떠나지 않고 끝까지 기다리는 사람이었다. 덕분에 그날 용남공원에서 두 사람은 만날 수 있었다. 하지만 오늘, 여기는 달랐다. 어떡해서든 서우진을 보내야 했다. 두 사람이 함께 있을 수 있는 자리가 아니었다.

"우진씨, 내려줘요."

"그런 말 하지 말아요."

"이러면 안 돼요. 날 내려주고 먼저 가요. 갔다가 빨리 와 줘요."

"함께 가야 해요. 걱정 말아요. 뒤나 잘 살펴요. 개들이 가까이 오면 쏴 버려요. 함부로 쏘지 말고, 아주 가까이 올 때까지 기다렸다가 쏴요. 우리를 물려고 할 때 쏘아도 늦지 않아요."

서우진은 가쁜 숨을 몰아쉬었지만 달리는 속도를 늦추지는 않았다.

"우진씨, 내려줘요. 제발…."

서우진의 등에 업힌 김지언이 애원했다.

"걱정하지 말아요. 일단 개들만 쏴 죽이면 되요. 개들을 없애고 나면 유 대장 일행과 다른 길로 빠질 생각이오. 그러면 더더욱 놈들이 우릴 찾기는 힘들어질 테니까."

"우진씨, 이러지 말아요. 내려줘요. 내가 기다렸다가 개들이 가까이 오면 쏠게요."

서우진은 대답하지 않았다.

"이러다가 둘 다 잡혀요. 내려줘요. 내려주고 당신 먼저 가요. 제발 내 말 들어요."

"그런 일은 절대로 없어. 헉헉, 같이 가야 해. 헉헉."

서우진이 거친 숨을 몰아쉬었다.

"우진씨 이러지 말아요. 제발 내 말 좀 들어요."

서우진은 대답 대신 온힘을 다해 달렸다. 심장이 터질 것 같다고 느낀 순간 발을 헛디딘 서우진의 몸이 휘청했다. 하마터면 넘어질 뻔했지만 용케 넘어지지 않고 몸의 균형을 잡았다. 그리고 내달렸다.

김지언이 뒤를 돌아보았다. 더 이상 개 짖는 소리는 들리지 않았고, 컴컴한 산속이라 개들이 보이지도 않았다. 하지만 숲 저쪽에서 손전등 불빛이 나무숲에 가렸다가 나타나기를 거듭하며 이리저리 흔들리고 있었다. 불빛은 하나둘이 아니었다.

유상길 일행과 두 사람의 거리는 더 벌어지고 있었다. 서우진의 호흡은 점점 가빠졌고, 늦가을의 서늘한 날씨였지만 몸은 땀으로 흠뻑 젖었다.

김지언은 서우진과 손을 잡고 양쯔강가를 달리던 날을 떠올렸다. 하늘은 높았고 바람은 시원했다. 특별히 재미있거나 우스운 이야기를 나누었던 것은 아닌데 두 사람은 강가를 거닐거나 달리며 종일 웃었다.

서우진의 맑고 경쾌한 웃음소리가 새처럼 창공으로 날아오르고 있었다. 그 웃음소리를 다시 들을 수 있다면…, 그 환한 미소를 다시 볼 수 있다면…. 김지언은 고통에 얼굴을 잔뜩 찌푸리고 있었지만, 스스로는 지금 미소 짓고 있다고 느꼈다. 지금 자신은 양쯔강 하늘로 울려 퍼지던 서우진의 맑은 웃음소리를 듣고 있는데, 귓가에 맴도는 것은 서우진의 거친 숨소리였다. 안개 짙은 이른 아침처럼 눈앞이 흐릿했다. 어느 쪽이 현실이고, 어느 쪽이 환상인지 분간하기 어려웠다. 지금 가고 있는 이 길이 마치 꿈길처럼 몽롱했다.

'웍웍웍웍!'

문득 개 짖는 소리가 무척 가깝게 들렸다. 좀 더 먼 곳에서 또 다른 개들이 짖는 소리도 났다.

"우진씨 제발…."

"아무 말 하지 말아요."

"우진씨…."

서우진은 대답하지 않았다. 지친 그에게는 이미 보이는 것도, 들리는 것도 없었다. 그는 자신이 지금 어디로 가고 있는지도 몰랐다. 다만 김지언을 업고 가쁜 숨을 몰아쉬며 달릴 뿐이었다. 이렇게 달려서 일본 군경의 추격에서 벗어날 수 있으리라는 기대 같은 것은 뇌리에서 사라진지 이미 오래였다. 그는 다만 죽을힘을 다해 달릴 뿐이었다. 자신이 지금 할 수 있는 일, 지금 해야 할 일은 김지언을 업고 달리는 것뿐이었다. 땀이 비처럼 흘렀고, 호흡은 터질 것처럼 가빴지만 그는 느끼지 못했다.

"우진씨…. 나 내려줘요."

서우진은 이번에도 대답하지 않았다.

"제발, 이러지 말아요."

'……'

"우진씨…."

'……'

"우진씨…."

'……'

"사랑해요."

'……'

'탕!'

총소리와 함께 권총이 먼저 땅바닥으로 떨어졌다. 이윽고 김지언의 두 팔이 서우진의 가슴 앞으로 늘어졌다.

서우진은 순간, 이 상황이 무엇을 의미하는지를 이해하지 못했다. 총소리가 났고, 권총이 서우진의 발치 앞으로 떨어져 굴렀고, 김지언의 두 팔이 맥없이 떨어졌다. 이윽고 서우진의 목덜미로 뜨거운 액체가 흘렀다. 총소리에 저만치 앞에서 달리던 유상길 대장이 멈췄고, 오자키와 엄대철이 뒤를 돌아보았다.

"안돼!!!"

서우진은 김지언을 바닥에 내려놓고 그녀의 얼굴을 살폈다. 김지언의 관자놀이에서 피가 흐르고 있었다. 서우진은 손바닥으로 피가 흘러나오는 곳을 막으며 고함을 질렀다.

"지언씨 정신차려요!!! 정신차려!!!"

서우진은 두 손바닥으로 김지언의 뺨을 감싸고 그녀의 이름을 목이 터져라 불렀다.

"으아아아!!!!!!!!!! 아아아!!!!!!!!!"

서우진이 김지언을 끌어안고 울부짖었다. 그들이 달려온 숲 뒤에서 개들 짖는 소리가 요란했다. 먹잇감이 눈앞에 있음을 알고 잔뜩 흥분한 듯 개들은 미친 듯이 짖어댔다. 급하게 되돌아온 유상길과 엄대철이 서우진의 양쪽 팔을 붙잡아 일으켰다. 두 사람은 서우진을 끌다시피 데리고 방향을 바꿔 산등성으로 올라갔다.

아래쪽에서 개 짖는 소리가 요란했다. 뒤에 달려온 개들도 합류했는지 여러 마리가 짖어댔다. 개들은 배달조 일행을 따라 산등성으로 올라오지 않고, 김지언이 쓰러진 자리를 맴도는 것 같았다. 얼마 후 그 자리에 나타난 일본 군경의 후레시 불빛이 너울너울 춤을 추었다. 이윽고 다시 개들이 짖어대는 소리가 났다. 다시 추격을 시작한 모양이었다. 도쿄 배달조는 산등성으로 올라가 가파른 바위산을 기어올랐다. 속도는 늦었지만 개들의 추적을 따돌리기 위한 계책이었다.

충칭의 자링강 강둑에서 서우진은 김지언의 무릎을 베고 누워 유난히 밝은 보름달을 바라보고 있었다. 서우진의 눈동자에 비친 보름달을 내려다보며 김지언이 그의 이마를 쓸었다.

'우진씨, 보름달보다 그 다음 날 달이 더 큰 거 알아요? 사람들은 잘 모르지만, 보름달보다 보름 다음 날 달이 더 커요.'

'그런 게 어딨어요. 보름달이 제일 크지.'

'아니에요. 보름달보다 보름 다음 날 달이 더 커요.'

'말도 안 돼요.'

'왜 말이 안 돼요?'

김지언이 '내 말 못 믿어요?'라는 표정으로 서우진을 바라보았다. 김지언의 귀여운 표정에 서우진은 싱긋 웃었다.

김지언이 다시 '보름달보다 다음 날 달이 더 크다'고 말해준다면, 서우진은 '그럼요. 보름달보다 다음 날 달이 더 크고말고요.'라고 대답할 것이라며, 눈물 흘렸다.

"보름달보다 그 다음 날 달이 더 크고말고요."

*

충칭 도착 후 일주일에 걸쳐 도쿄 배달조가 임무를 수행하는 과정에 어떤 일이 있었는지, 소상히 보고됐다. 약식으로나마 최윤기, 김지언, 한문석 동지의 시신 없는 장례식도 거행됐다.

오자키 호츠미를 소련에 넘기는 절차도 차질 없이 진행됐다. 얼마 뒤 노란 콧수염이 멋진 소련 공산당 중앙당 간부가 모스크바에서 충칭 임정본부로 왔다. 그는 오자키 호츠미를 만나자 기쁜 표정을 감추지 못했다.

7일간의 휴식 후 임정으로 복귀한 서우진은 다른 사람이 되어 있었다. 그는 이제 작전에 적합하지 않은 인물이었다. 움직이는 물체라도 백발백중을 자랑하던 서우진의 총은 더 이상 표적을 맞추지 못했다. 소총을 든 그의 손은 도쿄 배달작전 이전이나 이후나 떨림이 없었지만, 그의 영혼은 이제 단 한순간도 한자리에 고정되지 못했다. 더 이상 서우진은 특등사수가 아니었다.

오자키 호츠미를 모스크바로 이송하는 임무는 새로 조직한 배달조가 맡았다. 모스크바에서 온 소련 특공대 세 명이 배달조에 합류했다. 유상길은 소련 특공대원이 포함된 새 배달조의 대장에 임명됐다. 서우진은 제외됐다. 그것이 충칭 임정의 결정인지, 유상길 대장의 결정인지는 알려지지 않았다. 서우진 역시 참여를 원하지 않았다.

어느 날, 서우진은 임시정부를 떠나겠다는 의사를 밝혔다. 오자키 호츠미를 소련 공산당에 인계하고 한 달쯤 지난 뒤였다. 서우진을 만류하는 사람은 없었다. 한겨울이었고, 밖에서 바지런히 일하던 사람들도 봄이 올 때까지 집안에 틀어박혀 지내는 무렵이었다. 충청에 비교적 드문 눈이 사나흘마다 내렸고, 도시는 온통 눈 세상이었다.

"어디로 갈 생각인가?"

서우진이 작별 인사차 내무실에 들렀을 때, 유상길은 붓글씨 연습 중이었다. 일본에서 오자키 호츠미를 데려온 데 이어 머나먼 모스크바까지 호송작전도 수행했지만 그는 지친 기색이 없었다.

"딱히 정한 곳은 없습니다."

"조선에는 가지 않는 게 좋을 거야."

"어째서요?"

"수배령이 내려졌을 테니까."

"그들이 나를 본 적이 없으니, 수배령을 내렸다고 해도 내 얼굴 사진을 붙여놓았을 리는 없겠지요."

"도쿄에 우리 임정 대원이 있는데, 충청 임정 근방이라고 일본 첩자가 없겠나? 그들이 아직 우리 얼굴 사진을 확보하지 못했을 거라고 생각한다면 오산이야. 지금 와서 하는 말이네만, 나는 도쿄에서 오자키 선생의 집을 지키던 특고들을 처리할 때까지도 자네들 중에 스파이가 있을 수 있다는 생각을 했어."

"그랬습니까?"

"그런 세월이지 않나?"

유상길 대장은 너무나 당연한 말을 왜 하느냐는 표정이었다. 그는 서우진이 작별인사차 내민 손을 잡지 않았다.

"언젠가 다시 만나는 날 악수하지. 그러자면 자네나 나나 살아 있어야겠지만….'

"무사하시기 바랍니다."

서우진은 인사를 마치고 내무실을 나서려다 돌아서서 물었다.

"유 대장님은 무엇을 위해 삽니까?"

다시 붓글씨 연습으로 돌아갔던 유상길이 붓을 손에 든 채 고개를 들어 서우진을 물끄러미 보았다.

"글쎄….'

충칭 임정을 떠난 서우진은 흑룡강성 일대와 소련 하바롭스크 북쪽 산림지대를 떠돌았다. 그중 몇몇 곳은 임정 임무 수행 차 가 본 적이 있는 지역이었다. 조선인이나 중국인 마을에 고용돼 해수 퇴치 일을 맡기도 했고, 사냥한 짐승 가죽을 팔기도 했다. 그렇게 겨울과 봄, 여름, 가을이 가고 다시 겨울이 오고 있었다.

광저우 임시정부시절부터 류저우, 치장, 충칭 시절까지 함께 근무했던 이유봉을 다시 만난 것은 흑룡강성 밀산密山의 한 산골마을에서였다. 밀산현縣에서 40리쯤 떨어진 곳으로 30여 호쯤 되는 동네였다. 마을 주민 중에는 만주족도 더러 끼여 있었지만 대부분은 함경도에서 건너온 조선 사람들이었다. 마을로 내려와 가축을

물어가는 호랑이를 잡아 줄 조선인 포수를 구한다는 말을 듣고 찾아간 길이었다.

이유봉은 서우진과 마찬가지로 임정에서 일등 사수로 평가받던 전투원이었다. 마을 주민의 안내를 따라 이장집으로 갔을 때 이유봉이 먼저 와 있었다.

"이유봉 선배 아니시오?"

이유봉 역시 깜짝 놀란 얼굴로 반겼다.

"서우진! 자네가 여길 어떻게!!"

"여기서 선배를 만나다니요!"

이유봉은 이틀 전에 이 마을에 들어왔다고 했다. 서우진과 마찬가지로 조선인 포수를 구한다는 말을 듣고 찾아왔다고 했다.

"두 사람이 아는 사이오?"

체구가 작고 백발이 성성했지만, 눈빛은 형형한 마을 이장이 서우진과 이유봉을 번갈아 보며 물었다.

"아, 예…. 몇 해 전까지 한 마을에 살았습니다."

이유봉이 대답했다. 굳이 임시정부 대원이었다는 말을 할 필요는 없었다. 일본 군경이 아니라 조선인들 중에도 임정에 불만을 품고 있는 자들이 더러 있었다. 그런 일이 아니더라도 곧 헤어질 사람들에게 자신의 행적을 구구절절 알릴 필요는 없었다. 경험으로 볼 때 손해가 나면 났지, 득될 일은 없었다.

"충청을 아주 떠난 겁니까?"

이장이 호랑이 사냥에 나설 때까지 기거하라며 내 준 방에 두 사람만 남게 되었을 때 서우진이 물었다.

"할 일이 없어서…."

"할 일이 없다니요? 소련에서 무기 받았을 것 아닙니까?"

이유봉은 쓸쓸한 미소를 지으며 고개를 저었다.

"여태 무기를 못 받았다니요? 소련 동부지역 부대가 서부전선으로 옮아간 지가 언젠데…."

"임정에서는 속았다는 말들이 많아. 스탈린은 애초부터 무기를 줄 생각이 털끝만큼도 없었다는 거지."

"뭐라고요? 어떻게 그런 일이…."

"모르지 뭐."

"김구 주석은 어떤 대책을 세우고 있답니까?"

"그것까지 내가 알 수야 없지만, 고양이가 쥐를 속였다고, 쥐가 복수할 수야 없지 않아? 애당초 안 속았어야지…. 자유시(1921년 자유시참변)에서도 그랬고…."

서우진은 하마터면 눈물을 쏟을 뻔했다. 무기를 못 받았다니? 애초부터 거짓말이었다니? 그럼 우리가 수행했던 임무는 무엇이란 말인가? 김지언과 최윤기, 한문석은 대체 무엇을 위해 죽어야 했다는 말인가. 유상길 대장은 이 어처구니없는 상황을 어떻게 받아들이고 있을까. 이렇게 될 줄 알았더라도 그는 임무 수행을 위해 다른 모든 것을 외면했을까?

"유상길 대장은 아직 충청에 있습니까?"

"그 사람은 진즉 상해로 돌아갔어."

"소식 들은 바는 없고요?"

"모르지, 나는 올 여름에 충청에서 나왔으니까."

서우진이 도착한 다음 날 또 한 명의 포수가 마을로 들어왔다. 이장은 당초 계획했던 포수 3명이 확보됐으니 몰이꾼 7명을 붙여 주겠다고 했다. 만주족 4명과 함경도 출신 조선인 장골 3명이었다. 모두 기골이 장대하고 사냥에 이골이 난 사람들이었다. 이제 눈이 내리기를 기다려 호랑이 사냥에 나서기만 하면 될 일이었다. 눈밭에서는 호랑이의 기동성이 급격히 떨어지고, 발자국이 남아 추적도 쉬웠다.

"가죽에 구멍 내믄 아이 되오."

"총을 안 쏘고 호랑이를 어떻게 잡습니까?"

"장골이 일곱이나 있지 않소? 가죽 아이 상하게 잡으시오."

"총을 쏠 것도 아닌데, 포수는 뭐 하러 구했습니까?"

"아즈바이! 총은 만일에 일이 생기므는 쏘려고 들구 있는 거지비. 불쎄루(갑자기) 곰이 나타날 수도 있으니까니. 하지마는 에지 간하믄 구멍 내지 말고 잡으라 이 말이오. 값 떨어지니까니. 아즈바이들 뽑은 값도 치루야 하구…."

마을 이장과 포수들이 호랑이 사냥에 관해 이런저런 이야기를 주고받았지만 서우진의 귀에는 들어오지 않았다.

스탈린이 약속한 무기를 주지 않았다. 처음부터 줄 생각이 없었고, 충칭 임정을 속였다고 했다. 알 수 없는 일이다. 스탈린은 그런 약속을 하지 않았을 수도 있다. 그저 '뭐 한번 생각해보든지'라며 가볍게 고개를 끄덕였을 뿐인지도 모른다. 어쩌면 스탈린이 소련 동부에서 서부로 부대 이동을 결정하는데, 오자키 호츠미가 갖고 있는 정보는 결정적인 변수가 아니었는지도 모른다. 무기가 간절했던 충칭 임정이 자의적으로 판단하고, 스탈린의 가벼운 관심을 '약속'으로 오인했을 수도 있다. 강자의 가벼운 고갯짓과 미인의 얼굴에 스치는 미소를 약자와 사랑에 빠진 남자는 자기 기분대로 해석하기 십상이다.

스탈린이 속였건, 충칭 임정이 오인했건, 그것은 입장에 따라 다르게 해석할 수 있다. 분명한 것은 무기를 받지 못했다는 사실, 김지언과 최윤기와 한문석이 죽었다는 사실이다. 스탈린의 가벼운 고갯짓에 김지언과 최윤기가 죽은 것이다. 김지언과 최윤기라는 존재가 세상에 있는지조차 모르는 자의 얼굴에 스친 미소에 사랑하는 사람들이 죽었다. 우리는 왜 죽어야 했나. 대체 무엇을 위해 우리가 그 길을 가야 했다는 말인가.

이튿날 날이 밝자 서우진은 이장에게 '송구하다'고 양해를 구했다. 이장은 난감한 표정을 짓고는 보수를 더 주겠다고 제안했다. 서우진은 사양하고 바로 마을을 떠났다. 그길로 쉬지 않고 걸어 산림지대를 지났고, 두만강을 건넜다. 그리고 남쪽으로 남쪽으로 걸어갔다. 조선의 경남 합천으로 가는 길이었다. 김지언과 최윤기의 흔적을 찾을 수 있으리라는 기대를 하지는 않았다. 그래도 가야 했다. 두 사람과 이별한 곳이고, 두 사람이 기다리는 곳이었다.

아침부터 먹구름이 몰리더니 점심 무렵을 지나면서 눈이 내렸다. 바람에 풀풀 날리던 눈송이는 이내 함박눈이 되어 온 산을, 온 세상을 하얗게 메우며 쏟아졌다. 한 치 앞도 가늠하기 어려웠지만 서우진은 걸음을 늦추지 않았다. 그 무렵 밀산 산골마을 일곱 장골들과 포수들은 호랑을 찾아 마을을 나서는 중이었다.

〈끝〉

1.

어린 시절 산골 마을에 살았다. 내가 다닌 초등학교는 산자락을 따라 난 길을 따라 10리쯤 가야 했다. 어느 날 혼자 집으로 돌아오던 중에 늑대를 만났다. 늑대와 나는 30미터쯤 거리를 두고 마주서 있었다.

동네 어른들은 평소 "늑대를 만나면 벽에 기대어 서 있거나 나무 위로 올라가야 한다."고 말했다. 늑대는 일단 먹잇감을 넘어뜨린 후에 잡아먹는데, 넘어지지만 않으면 살 수 있다는 말이었다.

그때 나는 여덟 살이었다. 겁을 먹어 나무 위로 올라갈 엄두를 내지 못하고, 소나무를 꼭 붙들고 서 있었다. 얼마쯤 시간이 지나자 늑대가 더 나타나 다섯 마리로 불어났다. 이대로 죽는구나, 생각했는데, 갑자기 늑대들이 숲속으로 순식간에 달아났다.

무슨 영문인지 몰랐는데, 돌아보니 내 뒤에 호랑이가 와 있었다. 호랑이에게 죽게 됐구나, 생각했다. 호랑이는 늑대들이 사라진 뒤에도 꼼짝하지 않고 내 뒤에 앉아 있었다. 그리고 한참 시간이 지나자 일어나더니 어슬렁어슬렁 숲으로 들어가 버렸다. 나도 집으로 걸어갔다.

내가 사람들에게 이 이야기를 했더니 거짓말이라고 했다. "우리나라에 야생 호랑이가 멸종된 게 언제인데, 그런 소리를 하느냐?" "늑대를 쫓아 보낸 호랑이가 너를 잡아먹지 않았을 리 없다"는 둥. 나름 논리적인 추론이었다.

사람들이 거짓말 그만하고, 진실을 말하라고 하길래, "호랑이가 등에 나를 태우고 집에까지 데려다 주었다"고 말했다. 사람들이 웃었다.

2.

지하철을 기다리고 있었는데, 대충 보기에도 몸무게 80kg이 넘어 보이는 여성이 두리번거리고 있었다. 그 사람은 왼쪽으로 걸어갔다가 돌아와서 오른쪽으로 걸어갔다. 그리고 다시 돌아와서 왼쪽으로 걸어갔다. 그렇게 왼쪽으로, 오른쪽으로 왔다 갔다를 반복했다. 그래서 "어디를 찾느냐"고 물었더니 "아무 곳도 찾지 않는다"고 했다. "길을 잃어버린 것이냐"고 물었더니 "길을 잃어버린 것도 아니고, 찾는 곳도 없다"고 했다. 그래서 "살펴 가시라"고

했더니 내게 욕을 했다.

3.

서로 모르는 두 사람이 길에서 마주쳤다. 한 사람이 다짜고짜 다른 사람의 뺨을 때렸다. 뺨을 맞은 사람이 따졌다.

"왜 때려?"

그러자 때린 사람이 말했다.

"왜긴? 너 잘 되라고 때렸지."

맞은 사람은 고개를 갸웃거리며 물었다.

"나를 아세요?"

때린 사람이 대답했다.

"내가 너를 어떻게 알아. 생판 남이지만 서로 도와야지."

옆에서 구경하던 사람들이 고개를 끄덕이며 말했다.

"이 얼마나 고마운 일인가."

황당한 이야기지만 세상에는 이런 일들이 있다. '미인 1941'의 인물들은 위 1,2,3과는 다른 사람들이다. 하지만 그들에게도 납득할 수 없는 일들이 벌어진다.